# 張小嫻

AMY CHEUNG

# 愛情王國

# 愛過你

You're Not Only Memory to Me

張小嫻

目錄 contents

# 漂泊

chapter 1

生命中的某一天，有個人突然闖進來，而你覺得他很特別，
比你所遇到過的每一個人都要特別，會不會就是危險的開始？

# I

誰能夠預見十五年後的事呢？比如說，一個從小在香港西區長大，讀書、工作都離不開西區的女孩，怎會想到十五年後的一個夜晚，她會在西非貧瘠小國寂寂的蒼穹下苦苦地想著心愛的人？想著他現在離她有多遠。時間再往前推移，多年以前，安徽蕪湖一座孤兒院裡那個只比她大兩歲的小男孩，甚至不知道五個小時之後能不能吃上一頓飽飯。

那是一九九九年，我的實習生涯正式開始，那年我二十二歲，初生之犢，滿懷期待又戰戰兢兢。實習醫生是醫生之中最低級的，負責所有的雜活，當我穿上白大褂走進病房，我以為等著我的是做不完的工作、看不完的病人、挨不完的罵，還有因為缺睡而變得遲鈍的大腦和連續熬夜的黑眼圈。多年以後，當我回望當天那個青澀的小醫生，我才發現，那時候等著我的還有此後人生裡漫長的歡聚和離別、希望和失望、成長與挫敗，而這一切都和程飛有關。

那一年的十二月，我剛剛結束了小兒科的實習，轉到內科。

內科一向被喻為戰場，人手永遠不夠，病人絡繹不絕，這樣一個兵荒馬亂的地方，卻也是每個實習醫生最好的訓練場。經過內科的洗禮，才算是在戰火中走過一回，可以準備好去打下一場仗了。

我和程飛相遇的那天，同學史立威家有喜事請假，求我幫他頂班。內科本來就只得我和史立威兩個實習醫生，我一個人做兩個人的工作，已經連續當班超過六十小時，整張臉因為缺水而冒油，一顆頭好像平時的兩倍大，連走路也會睡著。要是當時我在病房裡不小心摔一跤，我大概也會懶得爬起來，直接趴在地上睡去。

程飛見到的，是最糟糕的我。他後來說，那天看到我的時候，他確實被驚豔到了，可誰都聽得出他不是這個意思，他的原話是：

「還沒來香港之前，我一直以為香港的兩隻熊貓安安和佳佳……是叫安安和佳佳吧？是住在海洋公園裡的，沒想到西區醫院這裡也有一隻，還會幫人看病呢……我以後是不是可以叫妳熊貓？」

「不可以，太難聽了。」我板起臉說。

程飛沒理我的反對，自己揚起一邊眉毛偷笑，嘴角笑歪了，眼睛也皺了，而我竟然不生氣。從那以後，有段時間他都不叫我的名字方子瑤，偏偏要叫我「熊貓醫生」，我永遠記得他那個樣子，那麼可惡，一張嘴壞到透頂，卻又那麼天真和幽默。直到好多年後，發生了那麼多事情，每當想起這一幕，我還是會不禁微笑，還是會想念那天和那時候的我和他。

程飛初次見到我的時候，嚴重缺睡和腦部缺氧的我壓根兒沒看到他。六十小時不眠不休，那天我看誰都像一個幻影，朦朦朧朧的，就連我在徐繼之的病床邊做過些什麼，又對他們兩個說過些什麼，我也想不起來了。

「那天妳問我們兩個是不是一對兒。」程飛後來告訴我。

我完全不記得我有這麼說過。我怎麼可能說出這樣的話呢？我可是個很嚴肅的小醫生啊。

我更早之前就在病房和病房外面的走廊見過程飛幾次，在我的記憶中，那才是我們真正的初遇。或者那時候他也見過我，眼光卻不曾停留在我身上。我太普通了，他並沒有從一開始就注意我。

那時的他也比我好不了多少。我一直堅信我的黑眼圈、蒼白的臉色和時不時兩天不洗的頭，是神聖的，是為了病人犧牲小我，而程飛呢，他本質就是個流浪漢。那時我並不知道他的過去。

我和程飛的相遇，是因為另一個人。

＊＊＊

徐繼之是十一月底住進20A內科病房的，他得了白血病，要做化療才有機會活下來。當時我剛剛轉到內科實習，他只比我大幾個月，和我上同一所大學，我是醫科畢業之後在醫院全職實習，完成這一年的實習，拿到醫生執照，才能成為正式的醫生，而他已在讀物理系研究院的第二年。這是他住院之後，我們兩個偶爾聊起來才知道的。

一開始會注意到他，是因為他那麼與眾不同。

化療的痛苦，即便是最強壯的人也受不了。劇烈的嘔吐、高燒和發冷輪番上場欺侮你，身上大大小小的瘀青、渾身的疼痛、破嘴唇和每天大把大把掉下來的頭髮，更是把一個原本健康的人折磨得毫無尊嚴。他卻總是那麼安靜，一雙脆弱而敏感的大眼睛始終帶著一抹明亮的微笑。

只要精神稍微好一點，他就會坐起來戴上厚厚的近視眼鏡入迷地看他那幾本泛黃捲邊的棋譜，又或者在病床的餐桌板上擺好棋盤跟自己對弈。這些圍棋棋譜全都是那個自封為一代棋俠的對手帶來給他的，這個對手說無敵是最寂寞，吩咐徐繼之不能在還沒有打敗他之前死去。

跟他聊起這些事的那天夜晚，病房挺安靜的，很多病人都睡了。我替他量體溫，他有點發燒，但精神還不錯，亮著床頭的小燈，擺好棋盤跟自己下棋。

「他這麼說只是想鼓勵我，其實我怎麼都贏不了他。」徐繼之說著挪了一顆黑子。

「也不一定的，只要活著就有機會。」我試著鼓舞他。

「我也可能活著但一直輸。」他喃喃說，然後問我，「妳會玩圍棋嗎？」

我搖搖頭：「你那個朋友真的有這麼厲害嗎？竟敢自稱一代棋俠。」

「總之是未嘗一敗，宿舍裡沒有一個人能贏他，我們這幾個人可都是玩圍棋玩了很多年的。」

「是不是就是常常來看你的那個人？頭髮像泡麵那個？」

「泡麵？」

「嗯，自然鬈，挺像泡麵的。」

徐繼之哈哈笑了一聲：

「沒錯，就是他，一直覺得他的髮型像某種能吃的東西，跟他做了快兩年的室友我都說不出來是什麼，啊，原來是泡麵！」

這天之前我還不知道他叫程飛。徐繼之住院的那陣子，他每天都會出現。那時的他皮膚曬得黑黑的，人長得又高又瘦，總是穿著破舊的牛仔褲、衛衣和西裝外套，背著個破爛的黑色尼龍背包走進病房。他有時會一直待到很晚，坐在床邊那張塑料椅子上陪著徐繼之聊天。他身上那件深藍色棉布西裝外套從來沒有換過，好像從高中時代就一直穿著，白天穿，夜晚穿，睡覺也穿，早就被他穿得走了樣。

雖然頂著個泡麵頭，全身縐巴巴的衣服近乎襤褸，牛仔褲也有點縮水，腳上一雙球鞋更是又破又髒，程飛身上卻沒有半點寒酸模樣，劍眉星目，臉帶微笑，走起路來昂首大步，一副自得其樂的樣子，完全不在乎別人的目光。

「又輸了。」徐繼之看著棋盤皺眉，「這局棋我們今天還沒下完。程飛太難捉摸了，每次一開局好像是他輸，可是到了中段他就一路殺回來，其實他一開始根本沒輸。他借給我看的棋譜，他十歲前就已經全部讀過。他就算一邊看小說一邊下棋也能贏我們，贏了我們的錢就統統拿出來請大家吃東西。他很喜歡吃白切雞，一個人能吃掉一隻，是個很有趣的傢伙。很少看到他溫書，或者去補習，他就是玩牌、泡吧、打籃球，女孩子都喜歡來找他玩，很瀟灑的一個人，我特別羨慕他。」

徐繼之摘下眼鏡，把護士留給他的一杯溫橙汁喝完，疲累地說道：

「要是我能夠活著離開這裡，我真的希望可以活成他那樣。」

聽到他這麼說，那時初出茅廬的我，突然希望自己老十歲，再老十歲，成為一個大醫生、一個好醫生，知道怎樣治好他的病，或者至少知道怎樣減輕他的痛苦。然而，那一刻，我只能賣弄我的小聰明，跟他說：

「你當然可以活著離開這裡。知道為什麼嗎？」

徐繼之怔怔地看著我，等著我告訴他。

我聳聳肩，一隻手放在病床的護欄上，微笑說道：「你竟然沒留意嗎？你這張病床是七號，沒什麼的，『七』剛好是我的幸運數字。」

「啊，那我太幸運了。」徐繼之咧開嘴笑了。

我點點頭，不知道這麼說是否給了他一點安慰。然而，當我轉身背向他緩緩走出那間安靜的病房時，我的眼睛早已經一片模糊。我記得那樣深刻，因為那是我頭一次為一個病人掉眼淚。

那時我沒想過，許多年後的一天，他再一次讓我掉下眼淚。

＊＊＊

隔天傍晚，我又見到程飛。

晚上的探病時間還沒開始，來探病的人都得在病房外面的走廊上等著。我從病房出來，準備搭電梯到樓下，他剛好坐在一張電梯附近的長椅上，戴著一只耳機聽歌，一副悠然自得的樣子。兩個穿校服的十三、四歲的孩子坐在他身邊，看來像兩兄妹，正拿著作業本低著頭做數學題。

「女孩子要學好數學。」程飛對那個秀氣又苦惱的少女說。

「為什麼啊老師？」少女抬起頭茫然地問他，她看來一點都不喜歡數學。

「學好數學，將來嫁人容易些。」程飛挑眉說。

「那我不用學了，我是男生。」那個機靈的少年馬上說。

少年剛說完就被程飛打了一下頭：「信不信我把你小頭打成大頭？一個男人數學不好將來怎麼出來混？你沒聽過博弈論嗎？想要在酒吧裡追到最漂亮的那個女孩子，就要懂博弈論。」

正在等電梯的我，聽著偷偷笑了。

探病的鐘聲響起，病房的兩扇自動門緩緩打開，程飛站起來，摘掉耳機還給那少年，說：「你們先去吃飯，我進去看我朋友。」

「老師，要幫你買盒飯嗎？」

「你有錢嗎？」

「有啦。」那少年說。

「冰淇淋……」進病房之前，程飛回頭跟那少年說。

那少年回答：「記得啦老師，還是芒果冰淇淋對嗎？」

程飛擺擺手，表示對了。

少年和少女匆匆收起作業本，和我擠同一部電梯到樓下去。

我站在電梯最裡面，看著擠進來的那兩兄妹的背影，想起他們三個人剛剛的對話，想起程飛那一本正經的腔調，我噗哧一聲笑了，幸好我當時戴著口罩。

# 2

跟程飛正式見面是我替史立威頂班的第二天。傍晚時分，我頂著兩個黑眼圈走進２０Ａ內科病房，感覺好像已經有一個世紀沒有睡上一覺了。我白大褂一邊的口袋裡有一個黑色小筆記本，密密麻麻寫滿了當天要做的事，我把筆記本拿出來看了一遍就開始幹活。

當我走到徐繼之的床邊，程飛也在那兒，他剛剛替徐繼之上完課，回來講給他聽，一本寫滿了物理公式的筆記本攤放在餐桌板上，兩個人很認真地討論。以下的對話是程飛事後告訴我的。

「這是程飛，這是方子瑤。」徐繼之給我們互相介紹。

我眯眼看了看他們兩個，然後說：「哦，你們兩個是一對嗎？」

說完，程飛和徐繼之兩個同時愣愣地張嘴看著我。

而我，據說我當時就像冷面笑匠一樣若無其事，從口袋裡拿出我的聽診器戴上，準備做檢查。

「然後我就問妳：『醫生，這個和他的病有關係嗎？』」程飛笑嘻嘻地說。

要不是他這麼說，那天的事我完全想不起來。他這麼一說，我又好像有點印象。幸好當時只有我們三個，沒有別的人聽到。

程飛告訴我這件事的時候，我們是在醫院的餐廳裡碰到。那天夜晚九點，餐廳差不多打烊了，我終於可以坐下來吃飯。他和前幾天那對小兄妹坐在另一桌，就在飯堂那棵瘦弱的綠色塑料聖誕樹旁邊。據說那棵聖誕樹每年的十二月都會擺出來，這麼多年來就沒有換過新的，年紀比我們這些實習醫生都要大。那兩兄妹在那棵掛著幾個彩球和小鈴鐺的老聖誕樹旁邊一邊吃飯一邊做習題，程飛看到我，衝我笑笑打招呼，走過來坐下，然後把那天的事說了一遍。

我當然不會承認，而且裝出一副我不記得我有這麼說過的表情。

「妳為什麼會認為我們是一對呢？就因為我們那麼好？男人和男人之間就不能有純友誼嗎？妳真是太俗氣了。」程飛兩條眉毛擰在一起，看我的神情分明是在捉弄我。

「你也很俗氣就是。」我看了他一眼。

「我哪裡俗氣？」

「為什麼說女孩子學好數學將來嫁人容易些？」

程飛恍然大悟：「妳聽到了？」

我不置可否。

「妳讀理科，數學應該也不錯吧？雖然沒有我好。這是很簡單的數學啊。愛情就是關於機率，說到機率，就是數學的事。」

「如果這裡機率的意思是緣分，那我同意。」

「緣分太虛無了，機率精準得多。先不講愛情，講嫁人這事吧，因為我說過數學好的女孩嫁人容易些。妳聽過數學有個『最佳停止理論』嗎？」

「沒聽過。」

「那妳就很大可能會孤獨終老。」

「你才孤獨終老。」我白了他一眼。

「不過，幸好妳遇到我，妳從今天開始就不會孤獨終老。」

我禁不住眨了眨眼睛，以後也常常想起他這句話。遇到他，就不會孤獨終老？他當時說得太興奮了，一心只想著表演他那個「最佳停止理論」，並沒有意識到這句話對一個女孩子來說還有另一重意思。

「『最佳停止理論』可以幫妳找到命中註定的那個人。」他說。

「真是聞所未聞，我洗耳恭聽。」我吃著我的叉燒飯，等著程飛發表他的偉論。

「這張紙可以借我用嗎？」他說著拿走我放在餐盤上的餐巾紙，用筆在上面寫下一條簡單的公式：

「P是妳找到最佳人選並且成功和他結婚的機率，這個機率其實是妳這輩子的潛在情人，即n，和被妳甩掉的情人的數目r所構成的。如果妳這輩子註定和十個人交往，妳找到最佳人選的最佳時機是在妳甩掉前面四個情人之後，那時妳找到真命天子的機率是百分之三十九點八七；如果妳這輩子註定和二十個人交往……」他站起身，快步走到他原本坐的那一桌，把吃到一半的蛋炒飯和芒果冰淇淋拿過來，吃了一口飯，繼續說，「這樣的話，妳應該甩掉前八任情人。那麼，妳找到真命天子的機率是百分之三十八點四二。」

程飛咬著勺子，端詳了我一會兒，似笑非笑地說：「啊，假設妳這人特別風流，追妳的人比天上的星星更多，那妳應該拒絕前面百分之三十七的人，那麼，妳找到真命天子的機率就是三分之一！」

他揮動著手裡的筆，越說越激動：「如果妳不跟隨這個策略，而是迷信妳說的所謂的緣分，妳找到最佳人選的機率只有1／n，也就是說，如果妳跟二十個人交往，嫁給對的人的機率只有百分之五，但是……妳照著這個策略，機率就會提高到百分之三十八點四二。」

「我覺得你可以去開婚姻介紹所了。」我沒好氣地說。

「這個我倒是沒想過哦，基本上，我覺得婚姻是違反人性的，要是我去開個婚姻介紹所，不就等於去做一件沒人性的事嗎？這種事我做不出來。」

不知道為什麼，我當時笑了。

「你很詼諧……」

「這是讚美嗎？」他做了個鬼臉。

「我還沒說完呢，你沒發現你這套理論有一個很大的漏洞嗎？現實生活中真的有那麼多潛在情人排著隊讓你選嗎？你以為每個女孩都是瑪麗蓮．夢露或者伊麗莎白．泰勒嗎？」

「哦，妳說得對……」他點點頭，「這個策略還可以簡單化，而原則是一樣的，畢竟妳並不是瑪麗蓮．夢露。」

「啊……謝謝你提醒我。」我嘴角假笑了一下。

「我們忘記人數，用時間來玩吧，假設妳十五歲開始跟男孩子約會，希望四十歲的時候結婚……」

「四十歲？」那時的我覺得四十歲已經很老了。

程飛一口飯一口冰淇淋，慢條斯理地說：「只是假設，別怕。」

「我沒怕。」我不在乎地看了看他。

「假設妳希望四十歲的時候結婚，那麼，在妳交往時期的前百分之三十七，也就是妳滿二十四歲之前，應該先不要和這個時期的男朋友結婚，而是好好瞭解一下戀愛市場的運作，摸索一下自己想要個什麼樣的老公，等到淘汰階段結束，妳就可以選擇妳認為比所有前任都更好的那一個，這樣就可以大大提高妳找到最佳人選的機率。當然，這個策略也是有缺點的，但是也最切合現實生活的狀況，許多女孩子往往到了二十五歲，坐二望三的時候就想要安定下來了。」

我忍不住了，看了他一眼，然後說：「你是不是太沒人性了？難道一個人為了找到最佳人選就要甩掉前面幾個人嗎？二十四歲之後遇到的也不一定就比以前交往的男人好。」

他看著略微生氣的我，好像覺得這樣的我很有趣：「不是我沒人性，我們現在說的是機率啊，世間的一切都充滿模式，愛情也不例外，當然啦，數學只是一些原則，有些女孩子一輩子可能只得一個追求者，根本就沒有機會甩掉前面的百之三十七。」

說完，他哈哈大笑。

「難道喜歡一個人和愛一個人也有機率可以計算嗎？為了嫁給最適合的人，就必須依從這個策略嗎？可有時候，人往往不是嫁給最適合的那個人，而是嫁給最愛的那個人，不管他是否最適合做丈夫。」我說。

「這個策略，贏的機會明顯大些啊。」他反駁我。

「或者有人喜歡輸呢。」我回嘴。

「誰會喜歡輸？」他不以為然。

「如果你以為每個人都想贏，那你太膚淺了。」

他看著我，不服氣的樣子：「妳不是喜歡輸吧？」

「我的意思是，愛情是不能計算的，要是可以計算，又有什麼值得稀罕？有些事情，明知道沒有結果還是會去做，還是會去賭一局，因為沒有人能夠預知結局。」

「啊，沒想到妳原來是個賭徒。」他皺眉看著我。

「每個人都是賭徒啊，不過有些人賭得大些，有些人不怎麼敢賭。」

他裝出害怕的樣子：「妳不會拿病人的生命來賭吧？」

「我當然不會，你當我是什麼人？」

「是妳說每個人都是賭徒的啊。」他無奈地笑笑。

「有時候，即使做足準備，也還是要賭一把的啊，可能我是個宿命主義者吧。」

「妳不是宿命主義，妳是個女人。」他說。

「什麼意思？我當然是個女的。」

「女人基本上都是憑直覺做事的，而不是用邏輯。」

我笑了：「這跟直覺和邏輯沒關啊，我們現在說的是愛情。茫茫人海，兩個人相遇或者錯過，也有個模式嗎？為什麼不是緣分呢？無緣見面不相識啊。為什麼是這一秒遇見你而不是下一秒？一次錯過是不是就永遠錯過？命中註定的那個人是不是真的會出現呢？人生的悲歡離合，愛一個人的幸福和依戀、思念或者傷痛，難道也像你說的這套『最佳停止理論』那樣，可以計算出什麼時候應該停止，不要再白白浪費時間和青春嗎？」

他皺眉，好像在咀嚼我剛剛一口氣說的話。

「女人並不是只想在適當的年齡把自己嫁出去，而是想要和愛的人在一起。」我接著把話說完。

「啊，妳太感性了，我承認，數學是不實際的，不像醫學。數學也有很多做不到的事，就好像這個世界上總有一座高山是人類無法登頂的，總有一塊肉是永遠吃不到的……」

剛剛把一塊叉燒送進嘴裡的我被他逗笑了：「你這都什麼比喻？」

他笑了：「有一天，我希望我能夠幫妳計算出緣分的機率……假設真有這個機率的話。」

我吃了一口飯，說：「借用你的比喻吧，雖然你的比喻有點古怪，這麼說吧……我認為總有一片星空是沒有人見過的，於是我們以為它不存在，醫學也有很多做不到的事情，就像緣分偶爾也會遺忘了某個人。」

程飛點點頭，讚賞的眼神：「妳的比喻……意境的確比我的高一些。」

我為自己居然說出了「總有一片星空是沒有人見過的，於是我們以為它不存在」、「緣分偶爾也會遺忘了某個人」這兩句話而沾沾自喜，禁不住得意地笑笑。

「妳剛剛說醫學也有很多做不到的事情……那麼，徐繼之他有機會嗎？他會好的吧？」他問我。

「這個要看他對化療的反應，化療也不是只做一次，那真的是漫漫長路，我只是個實習醫生，我沒有辦法，也沒有資格回答你。」

「我看他一臉福相，肥頭大耳的，應該不會那麼短命吧？」

「他哪裡肥頭大耳了？」

「宿舍裡大家都叫他大頭，妳居然沒看出他頭很大？」
我哈哈笑了起來，問程飛：「你們感情很好？」
他點點頭：「我一個人從安徽來香港讀書，人生地不熟，他很照顧我，常常請我吃飯，帶我到處逛，衣服都讓我隨便拿去穿。」
我禁不住看了一眼他成天穿在身上的那件又破又舊的藍色西裝外套。
「哦，不是這件，這件是我自己的，好看吧？我就喜歡西裝外套。」
要不是我穿著白大褂坐在醫院的餐廳裡，那一刻，我真的想趴在桌了上大笑。
然後他說：「逗妳玩的，我這人穿什麼都無所謂，我不愛美，因為我本來就美。」
我終於沒忍住哈哈笑了起來。
程飛滿臉笑意，說：「大頭是個頂好的人，人厚道，不功利，與世無爭……唯一的缺點就是棋藝太爛。要是他吃了那麼多苦還是無法活下來，那也太慘了，這個世界太不公平了。」
「即使還有另一個世界，也不一定就比這個世界公平，所以，還是好好活在這個世界吧。」我說。
他皺皺眉，好像想說些什麼又沒說，然後把他那盤蛋炒飯吃得一點不剩。
「妳不吃了？」他吃完，望著我面前的叉燒飯問。
「我吃飽了。」
「還剩那麼多就不吃了？妳減肥？」
「我又不肥。」

「太浪費了，我幫妳吃吧。」

「我吃過的，你不介意？」

「沒關係，我不客氣了。」他把我吃剩的叉燒飯拿過去倒進自己的盤子裡，吃得津津有味。

吃著吃著，他若有所思地說：「妳剛剛說，即使還有另一個世界，也不一定就比這個世界公平……我倒是相信，是有一個更好的世界，比這個世界好太多了，就像妳說的，有一片星空我們還未曾見過，但是它一直都在那兒。」

我靜靜地看著程飛，他和我素昧平生，衣衫襤褸，頭髮亂糟糟的，但是眉眼好看，數學很好，瀟灑、聰明、風趣，重朋友，喜歡調侃別人，飯和冰淇淋會放在一塊吃，又有很多古怪的想法……這一切都和我無關，直到一天，我們遇見。

他的家鄉，我從未去過，他以後會去的地方，我也從未知曉。他偶爾停留在我出生和長大的這座小城，我對他卻生出了一種如故如舊的感覺，跟他聊天就好像跟一個老朋友聊天，聽著他天南地北無所不談，我會忘記身體的疲累和壓力，開懷大笑，然後趁他不覺的時候偷偷補擦口紅，想讓他看到我最好的一面。

生命中的某一天，有個人突然闖進來，而你覺得他很特別，比你所遇到過的每一個人都要特別，會不會就是危險的開始？

3

親愛的媽咪，親愛的爸爸：

聖誕卡和衛衣上星期已經收到，很喜歡這個酒紅色，正穿在身上呢。那邊買Roots比香港便宜很多吧？媽咪就多買幾件送我吧，拉鍊連帽衫和圓領長袖我都喜歡，圓領衛衣可以穿在白大褂裡面。

你們不在身邊，我過得挺寂寞的。（才怪！）這個月在內科實習，忙趴了。出租房子的事會做，我覺得不如租給附近的學生吧，聽說很多人都申請不到大學的宿舍，我在學生會的網頁登個廣告就可以，用不著找地產代理。不知道媽咪意下如何？

媽咪要的麥維他消化餅和爸爸要的壽星公煉奶已經寄出。多倫多居然沒有麥維他和煉奶？我一直以為這兩樣東西都是外國的呢。

你們那邊已經下大雪了吧？天氣冷，爸爸別出去鏟雪了，讓姐夫去做吧，否則幹嘛要住到他們隔壁啊。

我一切都好，就是睡眠不足，站著也能睡。

聖誕快樂，請多保重。

毛豆

# 4

親愛的窩窩：

兜兜已經會走路了？她為什麼叫兜兜呢？是吃不完兜著走的意思嗎？

遺傳基因是多麼奧妙、多麼無可奈何的東西！譬如說，妳的小氣、妳的歇斯底里、妳的大屁股和小短腿，都像媽咪，而我就像爸爸，人好、善良、大氣，長得好看，聰明慷慨，脾氣好，幽默又富有同情心。

雖然妳遺傳了媽咪所有的缺點，幸好妳也遺傳了媽咪最大的優點，妳們兩個都壯得像母老虎，嗓門又大，要是妳在多倫多家裡大吼一聲，我估計遠在溫哥華的一隻可憐的蝴蝶也會從天上掉下來。

有些人就沒那麼幸運了，內科病房有個病人，叫大頭，我們同年又同校，很談得來，他得了白血病，正在做化療。他爸爸、媽媽和哥哥，都是得癌症死的，他哥哥死的時候只有十六歲，是淋巴癌。現在終於輪到他了，這不是遺傳基因又是什麼？所以他很看得開，覺得活一天是賺一天。

大頭是妳喜歡的類型，身家清白、家境好、成績好、人老實、好脾氣、乾淨整齊、聽話、有安全感，可惜妳已經收山嫁人，不再為禍人間。不過呢，就算妳還未收山，人家也比妳小五歲，不會愛上妳啦。

大頭的室友程飛，頭髮像泡麵，很好玩的一個人，他對大頭很好，天天來醫院，自己讀數學，竟然跑去替讀物理的大頭上課，然後回來講給他聽。男人和男人之間的友誼有時候比親姐妹還好呢。

程飛跟大頭完全是不同類型，沒安全感、不修邊幅、不踏實、不會聽妳的話，大概也有點吊兒郎當吧，很逍遙的一個人，說話很好笑，喜歡捉弄人，卻又把朋友看得很重。這種男人，妳是不會喜歡的吧？

對了，妳有沒有聽過「最佳停止理論」？妳根本沒聽過吧？我也是頭一回聽到，可是……我的天！妳不就是這樣嗎？二十六歲之前一直換男朋友，到了二十六歲突然宣布收山嫁人，從此退隱江湖，真不愧是會計師，所到之處，連草都被妳算光，太會計算了，可是，也太無情。女人是不是會計算才會幸福呢？

這個世界上最可愛的毛豆

## 5

死毛豆：

妳才像媽咪，妳腿才短，妳才小氣。

妳人好？脾氣好？妳不記仇？天呀！妳認識妳自己嗎？那個因為一點芝麻綠豆的小事就把自己關在房裡發脾氣，三天不肯出來見人的是誰？

妳說話還能再誇張一些嗎？我在多倫多家裡大吼一聲，怎麼溫哥華的一隻蝴蝶就會掉下來？溫哥華太近了吧？妳不如說那隻蝴蝶在北非！

還有，妳才壯得像母老虎，我生完兜兜不到六個月就瘦回來了，天生麗質沒辦法。

「最佳停止理論」是什麼鬼東西？

我二十六歲結婚，是因為我想安定下來生孩子。

女人的卵子不像男人的精子，可以不斷製造，我們從出生那天就帶著這些卵子，它們是有數量的，越年輕的時候，卵子的質量也越好，在卵巢裡待太久只會一天天變老，妳讀醫的難道不知道嗎？媽咪是三十歲之前生我，三十歲之後生妳（據說是意外），妳看到這中間的差別有多麼大嗎？所以，我怎麼敢過了三十歲才生孩子呢？我也希望妳二十六歲能嫁出去，要是妳能嫁出去，妳想要什麼禮物我都送妳好了（估計這份禮物我是送不出去的）。

我怎麼為禍人間了？我和每個前男友都能做朋友，愛我的人太多了，就算我收山了退出江湖，他們也不肯忘記我。我這輩子其實都忙著叫人別那麼愛我，別再對我死心塌地，可他們就是不願意。妳能想像我有多麼累嗎？妳那個大頭要是見到我，說不定藥到病除呢。

吊兒郎當的男人就算了吧，妳以為我沒喜歡過一個吊兒郎當的男人嗎？二十五歲之前，妳覺得和這種男人戀愛才是戀愛，他們太有趣了，光芒萬丈似的；二十五歲之後，還是和這種男人在一起，已經沒有什麼光芒了，妳看到的是黯淡的未來，他們是不會和妳結婚的，就算結了婚也不會是好丈夫。

我怎麼會無情啊？妳這忘恩負義的東西！但凡有我的，不都有妳的一份嗎？我穿過的裙子都留給妳！（妳沒我穿得好看，這能怪誰？）妳六歲那年有一次發高燒是誰擔心妳會死掉，在被窩裡抱著妳給妳取暖直到天亮？妳這個沒良心的女人！

兜兜很愛我們新買給她的圍兜，連睡覺都不肯脫下來，所以妳姐夫就叫她兜兜。她長得可美了，跟我小時候一樣，有兩個小酒窩，完全是美人胚子，不像她阿姨，長得怪模怪樣，不知道是從哪裡撿回來的「天外飛仙」，眼睛像狐狸，鼻子是豬膽鼻，嘴巴十足像金魚，可以當作吸盤用。

永遠的美女窩窩

## 6

善忘的窩窩：

什麼芝麻綠豆的小事？是妳和媽媽帶回來的那隻哈巴狗，叫白蘭地是吧？還是威士忌？長得很白癡，整天流口水的那隻，牠把我的書和筆記咬個稀巴爛，我可是要溫習考試的呀！

我六歲那年感冒發高燒是被妳傳染的呀！我發燒妳還抱著我，到底是誰拿誰來取暖了？

我為什麼要二十六歲嫁出去？我的人生很漫長呢，我又不想生孩子。媽媽三十歲之前生妳，三十歲之後生我，我還真的看到這中間的差別有多麼大，第二個孩子更完美呢。真的沒想到，在我們家裡就上演了一段人類物種偉大的進化史。

天外飛仙？眼睛像狐狸？豬膽鼻？嘴巴像金魚，可以當作吸盤用？妳說的是我嗎？一段時間沒見，妳連自己親妹妹長得多美都不記得了。妳這個沒良心的女人！

正在傷心的毛豆

## 7

臭毛豆：

可愛的哈巴狗不是叫白蘭地，也不是叫威士忌！牠的名字叫馬天尼，有靈有性，長得可愛極了，人見人愛，花見花開，早上看一眼，心軟到夜晚。

我的馬天尼為什麼有天突然不見了呢？我一直懷疑是妳懷恨在心，偷偷把馬天尼殺了。一個會拿起手術刀把人解剖的女人，還有什麼冷血的事做不出來？

將來會為馬天尼報仇雪恨的窩窩

## 8

馬天尼牠主人：

我不但殺了馬天尼，我還把馬天尼的一隻爪子割下來製成標本，做了一支「不求人」拿來撓癢癢呢。妳知道的，我有辦法弄到一些毒藥和防腐劑。

我沒把人解剖，我解剖的是屍體，不是活人，明白嗎？

我覺得我上次對妳有些誤會，狐狸的眼睛是多麼的深邃？金魚嘴是多麼的性感？豬膽鼻旺夫益子，天外飛仙分明就是讚美，沒錯，妳說的就是我！

Always衛生巾真的有那麼好用嗎？能寄一打過來給我試試嗎，我的好姐姐？

正在撓癢癢的毛豆

那年代還在用傳真機。信寫好了，我傳真過去。看看手表，時間差不多了，我脫掉身上的睡衣，洗了把臉，換上毛衣和牛仔褲，準備去接李洛和蘇楊。

## 9

李洛和蘇楊是同一天搬進來的，那天可熱鬧了，兩個人各自拎著大包小包從出租車上走下來，一下車就跑到後車廂那兒，讓出租車司機把她們的行李箱扛出來放到地上。蘇楊穿一件淡粉紅色兔毛外套，推著個紫色的箱子；李洛穿著帥氣的連帽迷彩軍裝長夾克，拉著她那個黑色尼龍大箱子。李洛首先看到我，當時我站在三樓的陽台上等著她們，然後蘇楊也看到我了，兩個人興奮地朝我大力揮手，李洛大聲喊道：

「我們來了！」

我揮揮手，匆匆跑下樓去接她們。

在陽台上和她們揮手的那幾十秒的光景，我覺得除夕[1]晚上我肯定是喝太多了，不然怎麼會糊裡糊塗答應這事呢？那天之前，我根本不認識她們。

事情是這樣的，十二月中，徐繼之完成第一期化療，殺掉了身體裡好些癌細胞，化療的效果總算是讓人鼓舞，他可以出院回家了。那天下午，陽光明媚，我來到病房的時候，徐繼之早早就收拾好東西，背包放床上，換好衣服，坐在床邊那張塑料椅子上等著回家。他穿著一件墨綠色的立領羽絨夾克，頭戴深藍色的棒球帽，帽子上面有個由紐約的英文縮寫組成的標誌繡。

主診醫生早上查房的時候已經簽好出院的文件，徐繼之出院前，我只需要確定他一切都好。當然，他人還是有點虛弱的。

看到我，他對我微笑：「妳來啦？」

我笑笑：「今天可以走了啊，覺得怎麼樣？」

他看著窗外：「我好像從來沒見過這麼好的陽光。」

陽光那麼好，因為他活下來了。

「帽子很好看呢，這個什麼標誌？」我問他。化療期間他掉了很多頭髮，得戴上帽子。

「啊，這個……是紐約洋基隊的棒球帽。」他脫下帽子給我看看，摸了摸薄薄的一層頭髮，又重新戴上，「有一年暑假去紐約玩，去看了洋基隊的球賽，在球場買的，沒想到有天會用得著。」

「你喜歡打棒球？」

「小時候因為哥哥喜歡，他打得很好，我也跟著去玩，後來就沒有再玩了。」

我心裡想，多半是他哥哥離開之後他就沒再玩了。

「今天是不是程飛來接你？」

他愉快地點頭：「已經來了，還有兩個室友，他們去幫我辦出院手續和拿藥……啊，他們回來了。」

我轉身看向病房入口，程飛領著兩個男生興高采烈地走進來，兩個男生都穿黑色夾克，第一個男生的臉很長，第二個的臉更長一些，兩個人就好像從一個叫「長臉星球」的地方來的。程飛身上穿的依然是那件破舊的藍色西裝外套。這件外套，他後來一直穿了好多年。

「醫生，妳在呀？昨晚睡得很好吧？」程飛衝我笑，他手上拿著徐繼之的藥單和藥。

「你怎麼知道？」我前一天的確睡得很甜，很久沒睡那麼好了。

「妳今天沒有黑眼圈啊……」他說。

我正有些得意，程飛接著說：「今天……只有兩個眼袋。」

「有嗎？」我連忙摸摸兩邊眼肚。

「沒有。」程飛馬上做了個鬼臉。

我真想踢他一腳。

1. 香港將十二月三十一日稱為除夕。

「從下個月開始，我會轉到急診室實習。」我告訴他。

「哦？啊……就是像《急診室的春天》那樣？會很刺激嗎？」程飛有點摸不著頭腦我為什麼突然跟他說這個。

「對，就是跟《急診室的春天》一樣……萬一你突然肚子痛……」我指了指他右下腹那兒說，「就是這裡，要是痛得很厲害，那可能是闌尾炎，要去急診室，到時說不定會見到我呢。」我一本正經地說。

程飛兩條眉毛擰成一個小疙瘩，嘖嘖兩聲：「不是說醫者父母心嗎？醫生妳怎麼這麼黑心？」

我歡快地說：「啊……我還不算是正式的醫生，我只是實習醫生。」

大小長臉在病床邊張開嘴大笑，兩個人的臉顯得更長了。

我回頭對徐繼之說：「回去多吃點東西，多休息，要長胖些。」

徐繼之衝我點點頭，笑笑說：「知道了，我有很多想吃的……想吃炸醬麵，要吃很大很大的一碗……」他說著做了一個雙手捧著一個大碗的手勢。

「哈哈……看來你真的很想吃炸醬麵……有什麼不舒服馬上打電話告訴我們，啊……你也可以打給我。」我把程飛手裡的藥單拿過來，在空白的地方寫上我的手機號碼，想了想，我把傳真號碼也寫了下來，然後塞給程飛，說，「你幫他拿著吧。」

我多機警啊，這樣他也會看到我的號碼。

程飛打開背包，把藥和藥單塞了進去，對徐繼之說：「手續辦好了，可以走啦，要不要拿張輪椅過來推你到樓下？」

「不用，我自己可以走。」徐繼之慢慢站起身。

程飛扶著他，把他一條胳膊繞過去搭在自己另一邊肩膀上，問他：「行嗎？」

「行。」

「走嘍。我們沒事不要隨便回來，這裡有個實習醫生很黑心。」程飛對我翻翻白眼。

徐繼之對我微笑道：「啊，還有不到兩星期就過聖誕啦，聖誕快樂，新年快樂。」

「你也一樣，聖誕快樂，新年快樂。」我說。

我陪他們走到病房門邊，大小長臉拿著徐繼之的背包走在前頭，徐繼之和程飛兩個人肩搭著肩慢慢地走。

程飛邊走邊唱起了〈瀟灑走一回〉。

「……恩恩怨怨，生死白頭，幾人能看透……紅塵呀滾滾，癡癡呀情深，聚散終有時……」

「你走調了。」徐繼之說。

「是嗎？我哪一句走調？」

「每一句。」

「會不會是化療影響了你的聽力？」

「我耳朵好得很。」

「啊，那可能是你的化療影響了我的聽力。」

「你這是哪一條物理定律？」

我笑彎了眼睛，雙手插在白大褂的口袋裡，目送著他倆的背影漸行漸遠。從明天開始，當我走進病房，再也不會見到他倆了，那一天、那一刻，我並不知道我們還會再見，只是，我以後再也沒看到這麼溫暖並行的兩個背影了。

日光穿過幾個大玻璃窗落在長長的走廊上，天很藍，走著走著，程飛和徐繼之同時回過頭來和我揮手道別，他們的動作是那麼一致，兩個人臉上的笑容就像那天的陽光一樣燦爛。

「再見，熊貓，後會有期。」程飛愉快地說。

我揮揮手說再見。他倆的身影在我視線裡變得越來越小，然後消失。

＊＊＊

十二月中還是陽光普照，到了冬至那天，卻是香港有紀錄以來最冷的一個冬至。氣溫急降，哮喘發作和心臟不舒服的病人一個個不停被從急診室送到內科病房，夠我們忙的。直到半夜十二點，我才終於可以躲進醫生休息室裡吃我自己的「藥」。

我拿出我那只胖嘟嘟的馬克杯，燒開水，調好一杯熱可可，加點牛奶，然後打開儲物櫃，把一包彩色棉花糖拿出來，慷慨地倒了半包到杯裡，小小的、粉嫩的棉花糖漂浮在一大杯又香又濃的熱可可上面，就像我兒時半夜躲在被子底下讀過的所有童話書加起來那麼夢幻、那麼幼稚，卻也那麼幸福，甜到罪惡，一向是我熬夜和心情沮喪時的良藥。

我像個半夜走下床溜到廚房偷吃的孩子似的，挨著電冰箱，呷一口熱可可，往嘴裡塞了幾顆棉花糖，這時我的手機不停震動。

「喂？是熊貓嗎？」
是程飛的聲音，只有他會這樣叫我。
「喂……」我說著話不小心嗆到。
「喂？妳在嗎？妳是不是在吃東西？」
「咳咳……我在吃棉花糖，差一點就窒息。」
「妳還活著嗎？」
「死了，是我的鬼魂在跟你說話。」
「那妳能穿過電話看到我嗎？」
「我不能，但我能穿過牆去看你。」
程飛在電話那一頭咯咯大笑。
「這麼晚，不是徐繼之有什麼事吧？」我問。
「他好著呢，今天吃了三頓火鍋，跑了三千公里。」
「胡說。」我哈哈笑了起來。
「妳三十一號除夕那天要當班嗎？」
「那天有事嗎？」
「我們想在宿舍替大頭辦個派對，慶祝他出院，順便也一起迎接千禧年。因為不知道他的身體狀況，怕他累，他這兩天精神不錯，所以就這樣決定嘍。」
我連忙在儲物櫃裡找出排班表看看，我走什麼運啊？十二月三十一號我居然是上白天的班。

「嗯嗯……可以的，那天我八點下班，我下班後過去吧。」我故意說得平淡些，沒讓程飛聽出我很高興可以去參加他們的派對。

「那太好了，到時見。」

「我要帶些什麼過去嗎？」

「不用了，吃的喝的都有，別帶棉花糖來就好，我們這裡每個人都長大啦。」程飛可惡地說。

「哼哼……呸呸……」我掛斷電話之後依然抿著嘴笑。

把排班表放回儲物櫃之前，我又溜了一眼，突然感到一陣晴天霹靂，我發現我看錯了，除夕那天我不是上白天的班，而是夜班。

天哪！那可是二〇〇〇年前夕啊，我該不會……該不會孤零零一個人過那麼悲情吧？下一個千禧年是一千年之後，到時候我怎麼可能還活著？

我拿起手機，只能告訴程飛我不能去了，我不能和他一起倒數……慢著……《教父》第一集開頭，那個殯儀館老闆不是請求教父維托為他女兒出頭嗎？教父一口答應，他怯怯地問教父需要什麼回報，教父豪氣地說：「只要你以後把我當作朋友就好了。」後來，教父的長子桑尼被仇家槍殺，渾身上下全是子彈洞，像塊血淋淋的破布似的，教父把桑尼的屍體送到殯儀館老闆那兒，傷心的教父跟那個老闆說：「葬禮那天，我不希望他媽媽看到他這個樣子。」

我不是曾經替史立威頂班嗎？要不是我，他就去不了他姐姐的婚禮。滴水之恩，尚且湧泉相報，何況我因為他而連續六十小時不眠不休，只差一點點就成為第一個英勇殉職的實習醫生？這就是他回報我的時候。我用手背擦掉沾在嘴唇上的可可泡沫，愉快地按下史立威的手機號碼。

史立威能對我說不嗎？當然不能，否則他第二天一覺醒來會在被子底下發現一個鮮血淋漓的馬頭，還是暖的，一整晚都躺在那兒。

「喂，史立威嗎？我是方子瑤。」

「什麼事？」他好像被我吵醒了。這小子居然那麼早就上床睡覺，難為我還有漫漫長夜。

「你有沒有看過《教父》？」

「呸，誰沒看過？」

「那我就放心了。」我情不自禁地哈哈笑了起來，既然史立威看過《教父》，我可以長話短說了，也無須暗示他要懂得知恩圖報。

「妳笑什麼？幹嘛這麼好笑？放心什麼？哈哈……哈哈……妳精神病啊？這麼晚打電話來問我有沒有看過《教父》，《教父》是我最喜歡的電影，我的英文名字麥可就是因為《教父》。」

「啊……對啊，習慣了叫你史立威，都忘了你叫麥可呢。麥可……史立威……哈哈……」我簡直笑彎了腰。

「方子瑤，妳為什麼這麼好笑？是不是太忙，忙到傻了啊？今晚是不是收了很多病人？倒楣的妳，每次輪到妳當班，『生意』都特別好……哈哈哈哈……」他好像被我的笑聲感染了，在電話那一頭笑個不停。

等下他就笑不出來了。

＊＊＊

做醫生從來就沒有準時下班這回事，除夕那天，雖然史立威知恩圖報跟我調班，但我也要九點才可以脫身。我匆匆沖了個澡，洗掉身上那股消毒劑、藥物和病房裡各種排泄物夾雜的味道，把自己洗得香香的，換過一身衣服出去。前幾天只要有點時間我就會想想這天要穿什麼，到最後根本沒有時間去想，早上出門抓起什麼就穿什麼。我穿了媽媽寄給我的那件酒紅色拉鍊連帽衫、白色羽絨背心、牛仔褲和一雙米白色的匡威布鞋，拎起帆布袋快步走出醫院。

一輛載客過來的出租車剛好停在醫院正門，我上了車，抱著我的帆布袋坐在後座。司機是個中年大叔，邊開車邊問我：「妳是醫生吧？」

「哦，你怎麼知道？」

「妳一上車我就聞到消毒劑的味道，妳走那麼快，不像病人；現在已經過了探病時間，妳應該不是來探病的。」大叔說。

大叔是福爾摩斯嗎？我連忙聞一下自己兩邊肩膀，又聞一下頭髮，消毒劑的味道來自我的頭髮，我只洗了澡，來不及洗頭。我搖下車窗，讓外面的風吹散頭髮上的味道，但我知道這股味道早晚會深入骨髓，也會伴隨我一生。

他們住的那座宿舍在一個山坡上，是大學裡最古老的宿舍之一，離醫學院很遠，在大學四年，我從未經過這裡。這是一棟紅磚房子，挨著另外幾棟宿舍，只有四層樓高，外面有個籃球場，門前有一棵比房子更高也更老的無花果樹。我下車，抬頭看了看，每層樓都亮起了燈。

我走上台階，按下門鈴。

來開門的正是李洛和蘇楊。

李洛和蘇楊兩個人都戴著棒球帽，手上拿著一杯酒，兩頰紅紅的，身上穿的跟後來搬家那天穿的一樣。

我以為自己找錯地方了。

「對不起，這裡是男生宿舍嗎？」

蘇楊喝著酒，笑嘻嘻地說：「對呀，否則我們來這裡幹嘛？」

「進來吧。」人高馬大的李洛一手把我拉了進去。

程飛這時剛好從樓梯上走下來，他把一頂灰色棒球帽倒轉了扣在後腦勺。看到我，他衝我笑：「妳來啦。」

李洛和蘇楊看見他下來，手拉著手跑上樓去了。

程飛歪著頭看了看我，說：「妳不穿白大褂，差一點認不出妳來，原來妳很小啊。」

「天哪，我才二十二歲。」我翻翻白眼。

「那妳現在看起來只有十七歲。」

「我十七歲的時候，我姐姐說我看上去有二十五歲那麼老。」我咕噥道。我從小就被窩窩不斷打擊自信。

「哦，妳有個姐姐？」

「我看來像個無親無故的『孤獨精』嗎？她遠在多倫多，美得像天仙，早上看一眼，心軟到夜晚。」最後兩句是窩窩在寫給我的信上拿來形容那隻走失的哈巴狗的，我就拿來形容她。

程飛吹了聲口哨，笑咪咪地問：「妳們是同父同母嗎？」

「什麼意思？」這次我的白眼翻得更厲害了。

程飛笑著擺擺手：「上來吧，大家都在樓上。」

程飛跑上樓梯，我跟在他後面。

畢竟是男生宿舍，我都可以聞到汗水、球鞋、未洗的球衣、球褲、襪子，刮鬍膏和男性荷爾蒙的味道了。

「你為什麼戴著帽子？那兩個女生也……」我話還沒說完，剛爬上二樓就發現每個人都戴著棒球帽。

「今晚我們陪大頭啊。」程飛挪了挪頭上的帽子說。

長長的走廊兩邊是一排排的房間，門都打開或者半開著，程飛走進其中一個房間，出來的時候拿著一頂紅色的棒球帽，直接扣到我頭上，看看我，然後說：「妳戴這頂挺好看。」

我摸摸頭微笑著，跟著他走。

這天晚上的派對來了很多人，大部分是男生，也有些女生，三三兩兩擠在走廊上聊天和嬉鬧，有幾個男生在幾層樓之間跑來跑去。

走著走著，程飛在一個房間外面停下，說：「這就是我和大頭的房間，我剛剛還看到他在這裡。」

我往裡看，兩張床各自貼著一面牆，一張床很整潔，另一張亂七八糟，一看就知道哪一張床是哪個人的。

房門上貼著一張《哈啦瑪莉》的電影海報，一頭金髮的女主角卡麥蓉．狄亞穿著性感的細肩帶紅色短裙，雙手搭在兩個膝蓋上，俯身向前，笑得很燦爛，她在戲裡是個醫生。

看到我在看門上那張海報，程飛說：

「在這裡，自己房門上的海報都不是自己貼上去的，自己的都貼到別人的房門上去。」

我看向他們隔壁的房間，房門上貼的是《鬥陣俱樂部》的電影海報，對面那個房間貼的是辣妹合唱團的唱片海報，另一個房間是超級男孩的，我好奇哪一張海報才是他的，會是《鬥陣俱樂部》嗎？

這時，我終於看到徐繼之。他戴著那頂紐約洋基隊的藍色棒球帽，坐在一把轉椅上，那天在醫院見過的「大長臉」推著他從走廊另一端走過來。

徐繼之朝我揮手，大長臉飛快地把他推到我面前停下。

「咦……你沒事吧？」我低頭看著他。

「沒事啊。」徐繼之從轉椅上站起來，頑皮地說，「我就享受一下被人推來推去，挺好玩的。」

「啊……」我笑笑，「這幾天身體還好吧？」

程飛坐到那張轉椅上，跟大長臉說：「推我！」
大長臉推著他在走廊上衝來衝去，我和徐繼之站到一邊說話。
「比起在醫院好多了，至少沒有再吐，也有胃口吃東西。」他說。
「那就好。啊……這個送你。」我從帆布袋裡拿出預先準備好的禮物給他。
徐繼之顯得很意外，拿著包裹著的禮物，問我：「什麼來著？」
「你打開來看看。」
《教父》續集裡，勞勃．狄尼洛飾演年輕時的教父維托，維托在戲裡常常戴著一頂棕色的鴨舌帽，挺好看的，我本來想買一頂類似的送給徐繼之，後來想到他頭有點大，鴨舌帽可能太小了，而且天氣也涼了，就決定買一頂深藍色的毛線帽送他。只是沒想到這天晚上每個人都戴著帽子，我的禮物可能沒什麼驚喜了。
「很漂亮。」看到毛線帽的時候，他滿臉驚喜。
「希望你喜歡。」我說。
「喜歡啊，謝謝。」他馬上把棒球帽從頭上摘下來，換上我送他的毛線帽，然後把帽子拉低些，裹著整個腦袋。
大長臉這時推著程飛從我們身邊飛過去，程飛回頭說：
「天呀！你好像銀行劫匪。」
徐繼之跑上去追打他們，又走回來，喘了口氣說：「別理他。」
「真的像劫匪嗎？」我皺眉看了看他戴著毛線帽的樣子。
「不會吧？」徐繼之傻乎乎地摸摸自己的頭。

「不會呀！我可不會穿成這樣去打劫。」我聳聳肩說。

徐繼之咯咯笑了起來。笑完，他挨著牆，把帽子戴好，說：「我並沒有想過可以活下來，那時候，我只希望不會死得太辛苦，不會像我爸爸媽媽和哥哥那樣，吃很多苦才走。」

「在疾病面前，人太渺小、太無知了。」我說。

「妳有聽說過明天是世界末日嗎？」徐繼之忽然問我。

「是嗎？早知道我今天就不上班。」

「早知道我也不做化療。」

我們都笑了。

這次換了大長臉坐在轉椅上，程飛推著他在我們面前飛了過去。

「如果明天就是世界末日，妳今天會做什麼？」徐繼之問我。

「我真沒想過，所以，明天最好不是世界末日，我還沒準備好。」

「對我來說，每一天都好像是最後一天，不知道明天會不會來。」

「那就假設它會來吧，這樣才有希望。」我說。

「要是它不會來呢？」

「那至少也是懷著希望離開的，我無法想像沒有希望地活著。」

「對了，妳為什麼想做醫生？」

「我啊……我喜歡拿刀把一個人的皮肉慢慢切開來，然後把那個人的心臟呀、胃呀、腎和肺，還有肚裡的腸子……所有能拿出來的器官都拿出來看看，然後放回去，或者索性不放回去了。你知道最棒的是什麼嗎？只有成為醫生，我這樣做才是合法的。」我認真地告訴他。

「呃？真的？」徐繼之吃了一驚，瞪大眼睛看著我。

他竟然相信我，我忍不住笑了。要是程飛，肯定不會相信，只會很好玩地說：「我早知道妳是變態的，可沒想到妳這麼變態。」

我笑了：「不是啦，小時候每次見到醫生都覺得醫生很酷，所以我也想要那麼酷。你呢？你想做什麼？畢業之後有什麼打算？」

「我曾經想要做物理學家，可是現在，我想做老師，我一直覺得做老師很酷。」徐繼之微微一笑。

「物理學家也很酷啊，像愛因斯坦、霍金，還有牛頓。」

「我知道我成不了很棒的物理學家，但我說不定可以教出一個物理學家，一個霍金，或者兩個愛因斯坦……假如那個孩子將來變成霍金，寫出了《時間簡史》，甚至解開了宇宙之謎，他會說，他小時候的物理老師是我。」說完，他自己哈哈笑了起來。

我點點頭：「這個聽起來挺酷的。」

程飛和大長臉早就不見了，李洛和蘇楊不知道從哪裡蹦出來，催我們說：「快上來倒數吧。」李洛拉著我的手，蘇楊拉著徐繼之的胳膊，把我們拉到天台上去。

原來所有人都在天台，一張長餐桌擺在那兒，上面放滿食物和飲料，程飛跟大小長臉和幾個男生圍在一起聊天，看到我和徐繼之，他招招手叫我們過去。

他看看我，又看看徐繼之，作弄的語氣：「你們兩個打劫完銀行回來啦？」

我故作認真狀：「銀行今天休息。」

程飛大概沒想到我會這樣回答，怔了怔，然後大笑出聲，徐繼之也跟著笑。

「而且我們要等你一起去呢，總得有個人負責把風吧？」我白了程飛一眼。

程飛眨眨眼睛，有點無奈地說：「那妳要等等我，我要倒數啊。」

十二點整，「新年快樂！」的歡呼聲此起彼落，所有人都把頭上的帽子摘下來扔向天空，我們喝著冰凍的氣泡酒，互相祝福。

二〇〇〇年元旦，世界末日並沒有來臨，我和程飛之間隔著徐繼之。程飛首先舉起手裡的酒杯，我們三個碰碰杯，把酒乾了。

「新年快樂！」我說。

「身體健康！」徐繼之說。

「友誼萬歲！」程飛說。

後來，我不知怎麼落在了李洛和蘇楊手裡，跟她們坐到一塊喝酒吃肉。那個晚上，她們差不多把自己一生的故事都跟我說了，幸好，那時她們年輕，一生不長。兩個人背井離鄉來香港讀書，李洛是東北人，金融財務系三年級，眉毛又直又黑，說話直爽，皮膚白皙，喜歡大口喝酒，酒量驚人，那天晚上的酒，有一半都是被她喝掉的。

蘇楊是重慶的，市場學研究生第一年，一雙丹鳳眼，人長得俏麗嬌小，卻很能吃，她嘴巴一整晚都沒停過，吃完一大盤燒排骨，又拿著一盤滷雞翅在吃。只要給她一點時間，我猜她一個人能吃掉一頭羊。

「我家就在長江邊，妳來重慶，我包吃包住。」她摟著我的手臂，挨著我說。

李洛搶著說：「別去重慶！來東北吧，東北有世上最好吃的大米。」

「別去東北，來重慶！重慶有世上最好吃的麻辣火鍋，還有小麵和毛血旺。」

「呸！東北有最好吃的小雞燉榛蘑，還有人參，是人參呢。」

「人參又不能天天吃，來重慶吧！重慶有世上最好吃的酸辣粉。」

「呸，為什麼重慶什麼都是世上最好吃的?!」

「什麼嘛……是妳先說東北有世上最好吃的大米的呀！」

「別吵了，哪裡都別去，香港有世上最好吃的叉燒飯、魚蛋粉、蝦餃、燒賣、芝麻糊、蛋塔、煲仔飯……」我喝著酒，傻乎乎地說。

蘇楊手裡拿著一隻吃到一半的雞翅，張嘴望著我，一雙眼睛好像會發亮似的，我隱約看到一串口水從她嘴角淌下來。這事後來被我和李洛拿來取笑了她許多年。

「啊……我想吃魚蛋粉……」李洛舔舔嘴唇說。

「要放很多辣椒油。」蘇楊流著口水附和。

「還有蛋塔。」李洛說。

「酥皮的。」蘇楊嘴饞地說。

「當然，必須是酥皮。」我說。

「香港好吃的太多了，就是住的地方太擠。」李洛說。

原來，李洛和蘇楊在學校附近合租一間兩室一廳的小公寓，陳設很舊，廚房有蟑螂出沒，浴室經常漏水，老房東省錢，總是拖著不找人來修理，最討厭的還是房東那個油膩膩的兒子，時不時找藉口上門騷擾她們，兩個人都想搬走，可是一直找不到理想的地方。

「我早晚會忍不住痛打他一頓，讓他見識一下東北女人的厲害！」李洛咬牙切齒地說。

喝著酒的我不禁哈哈笑了起來，內心也有點打抱不平，我豪氣地擺擺手，對她倆說：「不要到處找了，來我家吧，我家有房出租，乾淨整潔，家具齊備，離學校也近，還帶一個陽台呢，唯一缺點是老房子沒有電梯，回家得爬三層樓梯。」

「真的嗎？爬三層樓沒關係啊，每天來回幾次，可以減肥呢，連健身房都不用去。」蘇楊興奮地捉住我的手臂說，「遇到妳真的太好了。」

「峨眉山我都能爬，爬三層樓梯算什麼啊？明天馬上就搬！我們以後就住在一塊吧。」李洛跟我乾杯。

蘇楊整個人挨到我身上說：「和醫生住在一塊有安全感呢，萬一吃壞肚子也不用怕。」

元旦那天我到底喝了多少杯氣泡酒啊？幸好我也收穫一生的摯友，兩個都跟我一樣有點不正常，一個把胸罩穿在睡衣外面，說這樣既可以對抗地心引力，睡覺的時候脫下來也方便些；另一個的床邊一直放著一個小小的果汁糖鐵罐，裡面的糖早已經沒有了，我一度以為鐵罐裡裝著的是某個人的一撮骨灰。

## 10

那原本是一罐果汁硬糖，長方形的扁扁的罐子上面印著梵谷那幅著名的〈鳶尾花〉。搬來的那天，李洛從行李箱裡把鐵罐拿出來的時候我剛好看到了。

「是糖嗎？這個鐵罐很漂亮啊。」我說。

「不是糖啊，妳看——」她擰開小圓蓋子讓我看看，我瞇起眼睛看了看，裡面裝著些灰灰的泥土，看來像骨灰。

「這是我家鄉的泥土……家裡人說，帶上家鄉的泥土，可以治水土不服，我來香港真的從沒拉過肚子呢。」她嗅了嗅，又說，「這裡有家鄉的味道，如果想家，就聞聞家鄉的泥土，心裡會踏實些，可是，我千不該萬不該挖了學校的泥土。」

「為什麼會是學校的泥土啊？」我問她。

「我上的中學和我家在同一條路上，有一大片草地，我那天離家時順路停車挖了一把土裝進罐子裡就匆匆去機場啦。來到香港之後，有幾次拿出來聞一下，除了家鄉的味道，好像還聞到某個人的味道。」她笑著拍了拍額頭。

「是她的初戀情人秦嶺，他們是同學。」蘇楊說。

「那也不至於有他的味道啊。」我說。

「可是我能聞到哦，我追他追了三年，我整個初中每天想的都是他。」李洛苦哈哈地坐到客廳那張粉綠色的布沙發上說。

「那後來呢？」我好奇。

「直到高中二年級，他才肯做我男朋友。那時他剛失戀，我天天晚上陪他喝酒，聽他訴苦，甚至替他送信給那個已經不愛他的女孩，一天夜晚，我借著幾分酒意脫光衣服爬到他床上，就是這樣啦，以前他都不讓我爬到他床上……」她摟住兩個抱枕趴在沙發上示範給我看，「然後第二天我們就在一起了……十七個月零三天之後，我們分手了。」

「我看過秦嶺的照片，長得挺帥的。」蘇楊說。

「他不帥我怎麼會愛他？我又不是瞎的，可追到又怎樣？他就是不稀罕我。」她用手比劃著，「我愛他這麼這麼多，他愛我只有這麼這麼少，噢不，他根本就不愛我。一直都是我一廂情願，很難為情啊。」

「哈哈……妳脫光衣服爬到人家的床上倒不會難為情？到手了才說難為情？妳也占了很多便宜唄。」蘇楊說。

李洛從沙發上跳起來抓住蘇楊的頭搖了幾下：「妳信不信我掐死妳？」

蘇楊用手指梳了梳被李洛弄亂了的頭髮，笑嘻嘻地說：「妳應該掐死的是他啊，為什麼是我？我太無辜了。」

「我才不要掐死他，他要是死了，我以後就得告訴別人，我第一個男人……他已經死了……這讓我聽起來像個多麼滄桑的女人啊。我留他一條小命，讓每個人都知道，我第一個男人長得多帥啊。過了很多年之後，我也不希望他變得又老又醜，那我多沒面子哦，他最好能夠像個標本那樣給我活著。」

我哈哈笑了起來，問她：「那他現在怎麼樣？」

「聽說他去年去留學了呢，沒聯繫啦。」李洛聳了聳肩。

「我不帶家鄉的泥土，我帶家鄉的花椒和火鍋底料，照樣聞得到家鄉的味道。」蘇楊坐在客廳的地板上，把她行李箱裡的東西翻出來擺在地上，除了衣服、書和日用品，還有很多吃的，火鍋底料、牛肉乾、榨菜、罐頭、零食、辣椒和花椒。

「呸，妳就知道吃，泥土可以一直留著，妳這些吃完就沒有了。」李洛說。

「吃完下次回家再帶來唄。下個月回家過年，有媽媽親手做的豆瓣醬、泡椒和醃鹹肉呢。」

蘇楊說完把吃的統統放到廚房裡，其他的放到她的房間裡，李洛讓她先挑她喜歡的臥室，她挑了有一盞長頸鹿落地燈的那間。李洛挑的那一間，落地燈配的是一個浪漫的羽毛燈罩。

我跟李洛和蘇楊並不算是住在一塊，我住A室，她倆住B室。

我家在皇后大道西二百二十二號，這棟只有六層樓高、一梯兩戶、每戶兩百平方米、三室兩廳、帶一個小陽台的老房子是西區最粉嫩的一幢房子，外牆是淡淡的粉紅色，看上去像顆巨型的棉花糖。

自我有記憶以來，我們一家子就是住在三樓A室。我剛上初中那年，媽媽存了些錢，把隔壁B室也買了下來，然後租出去，拿租金補貼房貸。

身為小學老師的母親很會持家，有時卻也會大手大腳亂花錢，她就像大部分愛買東西的女人一樣，相信「工欲善其事，必先利其器」。雖然她常用的是幾口不沾鍋，卻偏偏買回來許多昂貴的鍋碗瓢盆，可惜，那些鍋碗瓢盆在她手裡也沒能力挽救她的廚藝。

她的廚藝糟糕，這她自己應該是知道的，牛肉炒得太老嚼不爛、炒菜放太多鹽、新鮮買回來的魚煎焦了、燉湯燉了三個鐘頭之後才發現忘記往鍋裡加水……這些時候，她會在廚房裡大吼大叫，或者她是仰天長嘯也說不定，總之，我們誰都不敢進去，當她若無其事地把做壞了的菜端出來給我們吃，我們也很配合，若無其事地吃就是了。實在太難吃的時候，機靈又體貼的爸爸就會盡量多吃，把我們那一份都吃掉，然後說：

「今晚的菜太好吃了，不夠吃啊，我去買些叉燒回來好不好？」這時，我和窩窩會先看看媽媽的臉色，看到她一副無所謂的、很平靜的樣子，我們就會立刻舉手贊成。我從小喜歡吃叉燒就是因為和我媽媽做的菜相比，叉燒真的是天堂的美食。

媽媽也有節儉的時候，她捨不得花錢買衣服鞋子，家裡每個人的睡衣和兩間屋子的窗簾都是她用縫紉機做出來的，我們的毛衣和圍巾全是她親手織的，她這方面的天賦比她的廚藝好多了。她喜歡看家居雜誌和宜家家居每年那本產品目錄，然後依樣畫葫蘆裝修和布置兩間屋子。她也很喜歡買漂亮的燈，屋子的大門頂都有一盞小燈，那是等我們回家的燈，晚上會亮著，直到每個人都回家了。

歇斯底里的媽媽，骨子裡是個感性浪漫的人，我曾以為我很瞭解她，可直到許多年後，我才知道，我瞭解她太少了。

我們家的客廳掛著一盞氣泡玻璃球吊燈，也是我最喜歡的一盞燈，看起來就像許許多多小小的氣泡在空中飄舞，有時我覺得它更像一串串吹出來的亮晶晶的肥皂泡。B室客廳懸著的是一盞流星雨吊燈，高高低低的幾支燈從天花板垂吊下來，像灑下的一場流星雨。李洛和蘇楊一進屋就愛上了她們這個新家。

「這裡有三個房間，妳住隔壁，還有一間給誰住呢？」李洛問我。

「遲些也要租出去的，不急，等我有時間去登個廣告。」我說。

「我們也打聽一下有沒有同學想租屋。」李洛說。

「必須找個女孩子啊。」蘇楊說。

「要是租給男的妳們也不願意。」我笑笑說。

「那也不一定，長得帥的可以。」李洛咧嘴笑了。

「怎樣才算是長得帥呢？程飛算嗎？」我問李洛。
「他呀？還可以吧，但是太瘦了。」李洛說。
「我不喜歡他的髮型，每次看到他，我都想吃泡麵。」蘇楊說。
我哈哈笑了起來，問她：「你們跟他是怎樣認識的？」
「我們有個內地同學會啊，時不時一起泡吧，程飛不是常常出現，但每次來都會請我們喝酒。」蘇楊說。
「所以，他挺受歡迎的啊，女孩子都喜歡找他玩。」李洛說。
「啊，是嗎？」我咬咬牙。
「你喜歡他？」李洛問我。
我臉紅了：「我沒有啊，只是好奇，他人很聰明。」
「我只知道他是安徽蕪湖的，我們幾個從內地來的常常會說起家裡的事情，但程飛不怎麼愛說，所以大家都不知道他的事。」李洛說。
「安徽的臭鱖魚好吃呢。」蘇楊說。
「天！妳的地圖是不是都是由各地的食物組成的？」李洛對蘇楊翻了翻白眼。
「妳怎麼知道的？這當然啦。」蘇楊笑咪咪地說，接著又問我，「隔壁是什麼樣子的？我們可以去妳那邊看看嗎？」
「可以呀。妳們真的想看嗎？」我看了看她倆。
「是不是不方便？不方便就不要了，別理她。」李洛瞥了蘇楊一眼。
「不會不方便呀，走吧，現在過去。」我說。

蘇楊和李洛丟下手裡的東西，很興奮地跟著我走出大門。

「等下別害怕，他叫查理，有點憂鬱，但是很乖，很安靜。」我說。

「妳的狗叫查理？」蘇楊問我。

「不是狗。」我說。

「是貓嗎？」李洛問道。

我搖頭。

「難道是一隻叫查理的蜥蜴？」蘇楊又猜。

我又搖頭。

「不會是蛇吧？蛇我也不怕。」李洛說。

「誰會在家裡養蛇啊，噁心死了。」蘇楊笑著推了李洛一下。

我拿出鑰匙開門，屋裡漆黑而寧靜，隨後我按下門邊的開關，客廳那盞玻璃球吊燈亮了起來，她倆好奇地探身進去，一看到查理就連忙退了回來，躲到我身後。從那以後很長的一段時間，兩個人再也沒嚷著要到我屋裡來了。

II

頭一次把查理帶回家，媽媽就歇斯底里地對著我和查理大吼，嚇得我急忙把查理藏起來。

每個醫科生都有一副骷髏骨，我不知道其他人會不會也給他們那副骷髏骨取個名字，我的查理生前是個男的，一看他的骨頭就知道。既然以後要常常和他一起，我決定給他取個名字——一個親切而溫暖的名字。有了這個名字，媽媽和窩窩就不會害怕他，他看起來也不會顯得那麼可怕。然後，我想起《花生漫畫》裡的主人公查理．布朗。

查理．布朗是個善良又樂觀的倒楣鬼，他暗戀紅髮女孩，卻從來不敢表白，他也是小獵犬史努比的主人。自從我叫他作查理之後，媽媽和窩窩好像沒那麼抗拒他了，只是依然堅持查理只能留在我的臥室裡。有一回，我偷偷把查理放到窩窩的房門口，她半夜起床上廁所，一打開門就看見查理，窩窩為了這事有兩個星期都不肯跟我說話。

窩窩以前常常說我是這家裡最不正常的人，我對於她這種「洞見」非常吃驚，她居然認為經常大吼的媽媽比我正常。她說我是個內心孤單的小孩，這一點，她的「洞見」或許是對的。畢竟是和我一起長大的姐姐，雖然說不上是個心思細密的人，倒是瞭解我。

有時候，有些話不能跟別人說，我會跟查理說，他只有一副千年不變的表情，這也是我喜歡他的理由，他不會批判我。我熟讀他身上每一根骨頭的名字和位置，他是可以一眼看穿的，他那個複雜的頭顱骨陪我度過許多個伏案溫書的漫長夜晚，我甚至曾經累得抱著他的頭骨睡了過去。他是我的親密戰友，他是最能夠為我保守秘密的。黑社會電影裡不是常常有下面這句經典的對白嗎？

「只有死人能夠守住秘密。」

查理是第一個知道我喜歡程飛的。

徐繼之在醫院的時候曾經告訴我，女孩子都喜歡找程飛玩，當我聽到李洛也這麼說時，我突然有點討厭這個人。

可那種討厭並不是咬牙切齒的討厭，而是鼻子酸酸的討厭，然後告訴自己，這個人不可靠，不要相信他，不要對他有什麼幻想和期望。

可是，二〇〇〇年的第一道晨光，我是和他一起看的。

除夕那天，在男生宿舍天台的派對上，大家互相祝福之後，徐繼之就被大夥送回房間去睡覺，下樓之前，他特地跟我再說一聲「新年快樂」，說我們下次見。他向來是個體貼的男孩子。

徐繼之去睡了，我跟李洛和蘇楊一直喝酒喝到半夜，我好幾次試著尋找程飛的身影，他早就不知道跑哪裡去了。我有點氣他把我一個人丟下，可我很快就笑話自己，我並不是他的誰，他把我請來派對，但是並沒有責任照顧我。

我跟李洛和蘇楊約好了搬新家的日子就獨自離開宿舍。

走出宿舍的時候，我終於見到程飛，他和大小長臉在宿舍外面的籃球場打籃球。我站在路邊等車，他看到我，丟下手裡的球跑過來。那一刻，我大概是在心裡偷偷微笑吧。

「妳要走啦？」

我點點頭：「很晚了。」

「這個點不容易打車。」他說。

「那我走路回去吧，我住西環，離這裡不遠。」

「這一帶很靜啊，山路又黑，我送妳吧，山邊很多蛇蟲鼠蟻，說不定還有野豬出沒。」

「你知道我不怕。」

「但是我怕。」他說。

我哈哈笑了起來：「你怕你為什麼還送我啊？」

「一個女孩子半夜走下山太危險了，我送妳，遇到蛇蟲鼠蟻，妳保護我，妳看怎麼樣？」

「成交。」我說。

程飛像個孩子似的咧嘴笑了：「妳等我。」

說完，他走到球場邊撿起他那件藍色西裝外套穿上，又跑回來我身邊說：「走嘍。」大小長臉朝我們這邊揮揮手說再見。我倆沿著狹窄的山路走下去，沿途沒發現蛇蟲鼠蟻，那時是冬天，即使有蛇，也都在冬眠，更沒有野豬，只有沙沙的風聲和車子偶然駛過的聲音。

「今天要上班嗎？」程飛問我。

「要的，不過還可以回家睡一會兒。」

「妳這個月在急診室吧？」

「不是呀。」

「妳那天不是說從這個月開始轉到急診室實習嗎？」

我笑了：「我那天騙你的，實習醫生不會被編派到急診室去，急診室裡都是正式的醫生。不過，我現在去的這個部門，你也有可能會來。」

程飛猜到我會捉弄他，歪頭看看我：「精神科是吧？」

我笑著搖頭：「不是啦。」

「婦產科？」

我又笑著搖頭：「你去婦產科幹嘛？你又不是女人。」

「不是法醫部吧？」

我大笑：「我可沒這麼黑心，是外科，這個月中我會轉到外科實習。所以，萬一你肚子很痛，然後發現是闌尾炎，急診室會把你送到外科，然後由外科醫生做手術，到時候說不定我會在場呢。」

程飛嘖嘖兩聲：「妳為什麼老是希望我得闌尾炎啊？妳很喜歡我的闌尾嗎？」

「你的闌尾有沒有可愛到讓我喜歡這我不知道，我做醫生是因為我喜歡做闌尾炎手術啊。」我憋不住笑了出來。

笑完，我認真地說：「如果我說我想要懸壺濟世，是不是很土？」

程飛點點頭：「是很土。」

「如果我說我想治好別人的病呢？」

「沒那麼土。」

「但還是有點土啊，所以我也不會這樣說，我只會說我覺得做醫生很酷。」

「這也土。」程飛說。

「天哪，要怎麼說才不土啊？」

「就說那是因為妳喜歡做闌尾炎手術，這個不土。」

我們兩個都笑了。

然後我說：

「我爸爸是藥廠的推銷員，他們公司的藥不是賣給一般人，而是賣給醫院和診所。

小時候不用上學的日子，爸爸常常帶著我去不同的醫院和診所，每次我會坐在一邊等他，在那兒看著那些醫生進進出出，穿著白大褂，脖子上掛著聽診器，看起來很棒、很偉大的樣子。有一次，我剛好看到一個醫生幫病人急救，大概是從那時候開始吧，我也想要做醫生。」

「真的不是因為喜歡做闌尾炎手術？」

「哈哈，當然不是，我到現在還沒做過任何手術，轉到外科才會有機會見識一下。你呢？畢業之後有什麼打算？」

「我沒想那麼多，我拿的是學生簽證，要是一年之內找不到工作，我就不能留下來，到時就去別的地方吧。」

「去哪裡呢？回安徽？」當時天黑，程飛沒看到我臉上失望的神色。

他踢開路上的一顆小石子說：「不會啦，去哪兒都好，啊，古巴也不錯。」

「古巴？」

他點頭：「去哈瓦那喝海明威喜歡喝的莫希托和戴克利。」

「這些酒都甜死了。」我說。

「如果喜歡哈瓦那就留下來，在舊城開一家小小的中餐廳，賣咕嚕肉和揚州炒飯，老外都喜歡吃這些，啊……也賣春捲、鍋貼、燒餅、炒麵和白切雞。」

「古巴人才不愛吃白切雞。」我說。

「賣給中國遊客唄。然後娶個古巴美女，她負責看店，我坐在餐廳門口抽雪茄，聽說古巴有個雪茄的名字叫『羅密歐與茱麗葉』，我就抽那個吧。」

「從沒聽說過古巴的女人漂亮。」我說。

「嘿……妳為什麼老說古巴不好？妳去過古巴嗎？」

「沒有。你為什麼老說古巴好？你去過嗎？」

「沒有。」

「那就是呀。」

程飛看了看我，說：「妳難道是……不想我去古巴？」

我的心撲通跳了一下，狡辯說：「我真沒覺得古巴有什麼好。」

「對我來說，去哪裡都一樣，我習慣了，我從來就沒有家。」程飛微笑著說，那微笑卻不是由衷的。

「如果要去，去些氣候宜人的地方吧，古巴很熱啊。」我說。

程飛咧開嘴笑了：「但是，在古巴可以吃到科佩利亞冰淇淋啊，據說那是世界上最好吃的冰淇淋之一。」

「據說那是因為要排隊排很久才能吃到。」

「妳跟古巴是不是有不共戴天之仇？」

「要是有個地方吃一隻鍋貼要排隊等兩個小時，你也會說那是世界上最好吃的鍋貼。」

「那肯定是我將來要在店裡賣的鍋貼嘍。」

「說得好像你會做鍋貼似的，你會嗎？」

「現在不會，到時再學唄。古巴人從來就沒見過鍋貼，連鍋貼是圓的、扁的也不知道，做得差不多就可以。」

「不是說要賣給中國遊客嗎？」

「那就跟他們說這是古巴鍋貼唄。」

「你這樣我很擔心你那家餐廳的生意。」

「世界這麼大，萬一在古巴混不下去，到時再想辦法吧。要是我有間餐廳，我的餐廳永遠留一張桌子給妳，我請妳吃一輩子的飯，妳沒飯吃就來古巴找我。」

我心裡感動，嘴上卻說：「我為什麼會沒飯吃？」

「哦，對，妳不會沒飯吃。」

「要是我連飯都沒得吃，哪裡還有錢買機票去古巴找你呢？古巴又不是坐火車就能到的地方。」

「別擔心，機票的錢我來出，不一定是沒飯吃才來找我，要是有天妳失戀，想出去散散心，妳來古巴吧，我特地為妳做一個傷心欲絕飯。」

「什麼傷心欲絕飯？」

「這個菜名是我剛剛想到的，哈哈，我太有創意了。」

「可你為什麼詛咒我失戀？」

「誰都會失戀啊。」

「我大好一個人為什麼會失戀？」

「妳這樣很難跟妳說下去啊。」

我禁不住哈哈大笑。

「我不要吃什麼肝腸寸斷飯。」
「是傷心欲絕飯。」
「好吧，是傷心欲絕飯，你也別做古巴鍋貼了，學做叉燒飯吧，我喜歡吃叉燒飯。」
「行，一言為定。」
「要是你在古巴混不下去就回來吧，我請你吃香港的鍋貼，我知道哪裡有最好吃的鍋貼。」
「好，一言為定。哪裡有最好吃的鍋貼？」
「到時候你就知道了。那你什麼時候走？」
「妳剛剛好像很反對我去古巴，怎麼現在又好像巴不得我明天就上飛機呢？女人變得真快啊。」
「你把古巴說得像天堂似的，我當然鼓勵你明天就去啊。十年之後，或者十五年之後，當我去古巴看你……不是因為失戀啊，而是去看一個很久沒見的舊朋友……當我見到你，你看上去像個古巴佬，頭戴一頂大草帽，皮膚曬得又黑又皺，比實際年齡老多了，同時因為喝太多酒，也吃太多冰淇淋，滿口都是蛀牙，雪茄抽太多，肺也不好，我都認不出你來了……」
「妳小時候是不是受過嚴重的虐待？妳為什麼這麼不正常？十年或者十五年後的我，可能比現在更帥啊。」
我瞥了程飛一眼：「到時走著瞧唄。我的那張桌子你是會一直留著給我的吧？」
「當然，有我一口飯就有妳的。」

「叉燒飯的叉燒不要太瘦，太瘦不好吃。」
「半肥瘦？」
「像人一樣，微胖是最好的。」
「什麼是微胖？」
「瘦肉跟肥肉七三比例就是微胖啊，另外，叉燒不要太甜，也不要烤得太焦。」
「天哪，妳很難招呼。」
「你知道我最討厭什麼嗎？」
「妳自己？」
我踢了他一腳。
「哎呀……好腳法。」
我掰著手指頭說：「我討厭三樣東西：不脆的蘋果、涼了的比薩、太肥和太瘦的叉燒。」
「不脆的蘋果的確很難吃。」程飛說。
「我覺得……我的肝腸寸斷飯聽起來比你那個傷心欲絕飯好多了。」我說。
「是嗎？肝腸寸斷飯……光聽名字好像吃完就會立即死掉啊。」
「那每人讓一步吧，肝腸欲絕飯你覺得怎麼樣？」
「這個聽起來死得更快些。」他說。
我們兩個對望一眼，同時大笑出聲來。
「那不如做一個微胖叉燒飯吧，總比吃傷心飯好啊。」我說。

「哈哈，這個名字好，聽著就覺得幸福，失戀的時候來個微胖叉燒飯，會不會一邊吃一邊哭啊？」程飛衝我笑。

「一個人失戀的時候，無論吃什麼也會哭吧？」我說。

「妳失戀過嗎？」

「我？我怎麼會呢？」我白他一眼說，「通常是誰愛我誰失戀。」

「我覺得妳將來肯定會是個好醫生。」他說。

「哦？為什麼呢？」

「妳那麼開心、那麼陽光，就算是絕症病人見到妳，也會想多活幾年。」他說。

我笑了：「那多好啊，我不需要做什麼，病人只要見到我就已經想活下去。」

為什麼直到許多年後我還是記得那個早上的每句話，記得我和程飛一起發明的微胖叉燒飯？我忘不了的除了二〇〇〇年的日出，也許還有那時候他眼中的那麼陽光的我。那時年輕，無憂無慮，不曾因為愛一個人而傷心沮喪，也未曾知道我人生中最陰暗的部分。

＊＊＊

走著走著，我和程飛不知不覺已經從山上走到海邊。一輛送報的小貨車停在海邊那家便利店外面，一個工人走下車，把一摞摞新鮮出爐的報紙扔在地上。

「走吧，去吃冰淇淋。」程飛說。

「這麼早？」

「早餐吃冰淇淋浪漫啊。」他說著走過對街。

「浪漫是從早餐開始喝香檳呢。」我說。

小小的便利店裡，看店的大叔把工人送來的報紙放到報紙架上，一對情侶站在小桌子那兒默默吃著剛從微波爐裡拿出來的熱騰騰的杯麵，骨感的女孩畫了個誇張的眼妝，身上穿一條黑色蕾絲短裙，腳上配同色高跟鞋，手邊那個銀色的手拿包上面繫著兩個紅氣球，瘦男孩穿著黑西裝，一副累壞了的樣子，兩個人似乎是剛剛從派對走出來的。

程飛在冰箱裡拿了兩杯芒果冰淇淋，然後去找香檳。便利店哪裡會有什麼香檳？我也不曾在早餐時喝過香檳，只是在電影裡看過，隨口說的，他卻真的在酒架上找香檳，而且居然給他找到一瓶嬰兒香檳，是最後一瓶了，綠色的小瓶子只有巴掌大，酒名就叫Babycham，酒標上有一隻可愛的小仙鹿。

「嘿，有了。」他愉快地說。

我笑了：「你來真的？」

「這個會不會是給寶寶喝的？」程飛把酒瓶遞給我，笑著說。

我笑了：「哪裡會有寶寶專喝的酒呢，五點五度的酒精，大人喝的。」

「太好了。」程飛拿著酒去付錢，然後向看店的大叔要了很多冰塊把小香檳冰著。

從便利店走出來時，天已經濛濛亮了。

「天亮了啊。」我看著天空，對程飛說，「二〇〇〇年的第一天，得許個願，我在天台的時候忘了許願呢。」

我們坐到便利店旁邊那張對著大海的綠色長椅上。

我把手裡的帆布袋放到一邊，對他說：「現在可以許願啦。」

說完，我十指交叉，閉上眼睛，默默許了個願。然後，我偷偷睜開一隻眼瞄瞄程飛有沒有在許願，他就坐在那裡看著我，什麼也沒做。

「你剛剛許願了嗎？」我問他。

「沒有呀。」他應道。

「呃……為什麼呢？」我禁不住有點失望。

「我剛剛十二點的時候已經許願了啊，一天許兩個願太多了吧？人不能太貪心。」程飛說。

我氣死了，他接著說的一句話卻又讓我笑出聲來。

「而且我喜歡對著月光許願，不是日出。」他笑嘻嘻地說。

「你就是個怪人。」我說。

手邊沒有杯子，我們吃了幾口冰淇淋，在冰淇淋中間挖了個洞，然後擰開香檳蓋子，把剛剛用冰塊冰過的嬰兒香檳一半倒到他那杯冰淇淋裡，另一半倒到我杯子裡，冰淇淋中間那個洞隨即升起了梨黃色的小小的氣泡，我們愉快地碰杯。

程飛吃了一口加了小香檳的冰淇淋，豎起大拇指說：「咦……好吃啊。」

「對呀，沒想到可以這樣吃。」我微笑看向程飛，想知道他以前都過著什麼樣的生活，為什麼會說自己沒有家？

這時，程飛沒說話，定定地望著我。

我摸摸兩邊臉頰，又擦擦嘴巴，以為是冰淇淋沾在我臉上了。

「啊，妳的眼睛很像小狐狸……那種沙漠小狐狸，好像是叫耳廓狐。」程飛說。

我眨了一下眼：「說一個人的眼睛像狐狸是讚美嗎？」

「我前幾天剛好看到一部紀錄片，怪不得我當時就覺得那隻小狐狸看著有點眼熟，哈哈，原來像妳……好像也叫大耳小狐，這種小狐狸在撒哈拉沙漠生活，全靠耳朵散熱。牠臉小，耳朵又長又大，就好像一個小圓餅上面插著兩朵劍蘭花，很傻的樣子……天哪，妳也有兩隻大耳朵，很擋風。」

我白了他一眼：「你才擋風，我的耳朵再大也不能散熱，你沒看出我是人類嗎？」

程飛哈哈笑了起來：「我以後不叫妳熊貓了，叫妳狐狸。」

「不行，狐狸聽起來像老奸巨猾，對我形象不好。」

「狐狸仔？」他望著我，一臉作弄的神情。

「好些，但還是不行。」我想起窩窩曾經也說我的眼睛像狐狸，我以為她是故意戲弄我，可為什麼連程飛也這樣說呢？我真的像狐狸嗎？我家裡可沒有一個人的眼睛像狐狸啊。

「叫大耳狐？大耳狐醫生？」程飛說完自己笑了。

「其實我有個乳名……」我告訴他。

「真巧，我也有個乳名，妳乳名叫什麼？……」

「你先說。」

「一起說吧。」

我點點頭。

「一、二、三，毛豆。」

「一、二、三，帥哥。」

我踢他一腳。

他咯咯大笑：「原來妳叫毛豆？妳是不是很喜歡吃毛豆？」

「我是早產兒，爸爸說我小時候像一顆毛豆那麼小。」我用大拇指和食指比劃著，「所以家裡人都叫我毛豆。」

「妳現在是顆大豆了。」他說。

我又踢他一腳。

「我家裡有副骷髏骨跟你有點像。」我說。

「什麼？真的假的？」

「真的，骷髏骨是真的，真的是人骨。」

「誰的骷髏骨？」

「查理，我給他取了《花生漫畫》主角的名字。」

「他本來叫什麼名字？」

「這我不知道。」

「妳為什麼會有副骷髏骨？讀醫用的？」

我點點頭。

「既然是骷髏骨，怎麼會像我？」程飛輕輕打了個哆嗦，看起來很害怕。

「骨骼像啊，身高像啊。」我轉過去摸摸程飛的頭蓋骨、眉骨、顴骨、鼻骨、上頜骨和下頜骨，他的鼻子有點冰涼。
「啊，骨頭還挺像的。」我戲弄他說。
「不會吧？」他又打了一個小哆嗦。
「你為什麼發抖？你害怕？」
「才沒有。」他微微抖著腳。
程飛不是害怕，而是冷，海邊的風大，他身上那件藍色西裝太單薄了。
我從帆布袋裡拿出我的羊毛圍巾給他。
「妳不冷？」
我搖頭：「我穿的是羽絨衣呢。」
他把圍巾繫在脖子上，那條灰藍色的圍巾是媽媽很久以前織給我的。
他沒再抖了。
「查理他幾歲？」
「他的骨齡是二十五歲到三十歲。」
「那麼年輕就死了？」
「有些人就是很年輕就死啊，誰又敢說自己會一直活到明天？對於只能活到十歲的人來說，三十歲就是活很久了。」
「我都快三十歲了。」程飛說。
「遠著呢，你才二十四歲。三十歲之後，你想成為一個怎樣的人？」
程飛想了想，說：「一個自由的人……」然後又說，「一個快活的人。妳呢？」

「其實我沒有想過，三十歲好像還離我很遠，到時候，我希望會是個一切都不錯的人吧。」我說。

「妳現在已經不錯啊。」程飛說，接著又問我，「妳剛剛許了個什麼願？」

「就是希望吃到世上最好吃的叉燒飯唄……」我站起身，喝光杯裡的最後一口小香檳，把空空的冰淇淋紙杯扔到垃圾桶裡，說，「得回去啦，沒時間睡覺了。」

那麼多年了，我從來沒有告訴程飛二〇〇〇年的第一天我許了個什麼願，要是未能如願，那將會是我永遠埋藏在心裡的一個秘密。

## 12

那天早上，程飛一路陪我走回家。

到家了，我指給他看：「看到三樓沒有種花的光禿禿的那個陽台了嗎？我就住那裡。」

程飛抬頭往上看，跟我說：「兩個陽台都沒種花啊。」

「左邊那個。」

「啊，圍巾還給妳。」他把圍巾解下來。

「你留著吧，我家裡還有很多圍巾，都是我媽媽織的。」

「哦，怪不得這麼暖，謝謝啊。要送妳上去嗎？」

「不用了，我自己上去就好，再見啦。」

「再見。」他微笑揮揮手。

我從帆布袋裡找出鑰匙，一步兩個台階跑上樓回家，一進屋裡就甩掉鞋子走出陽台看看程飛會不會還在樓下。他在對街，正往回走，脖子上繫著我送他的那條好看的灰藍色圍巾，圍巾上留著我的味道。

我雙手支在陽台的欄杆上，默默在心裡說：「回頭看過來吧。」

可他沒回頭。我站在那兒，看著他漸漸走遠了，離開了我的視線。我回到屋裡，坐到軟椅上，對查理說：「嘿，他送我回來呢，沒想到吧？」

查理臉上還是那副憂鬱的表情。

窩窩在多倫多大學畢業之後留了下來，跟大學時的同學結婚，生了兜兜，爸爸和媽媽退休之後也搬到多倫多，他們走了，家裡只剩下我一個人，我把查理從房間裡拿出來，放到客廳那張深藍色沙發軟椅旁邊，李洛和蘇楊那天一進門就看到他，嚇得跑掉了。

這張軟椅是爸爸最喜歡的，他常常坐在軟椅上看書和讀報，爸爸也是我的親密戰友，他永遠站在我這一邊，就像媽媽永遠站在窩窩那一邊。

家裡只有我和爸爸不害怕查理，他會打趣說：

「自從查理來了我們家，蚊子沒有了，廚房那隻壁虎也不見了，真好。」

人們說，女孩子喜歡的男人都像她爸爸，我不知道這話說得對不對，可是，當我們第一眼愛上一個男人，那一刻無論如何也不會看到自己爸爸的影子吧？程飛一點都不像我爸爸。

抑或，我們尋找的，是生命中所缺失的？是曾經渴望卻未得到的？是人與自己的相遇？我的爸爸不像他那麼浪蕩，而是個愛家的好脾氣的男人。

跟查理說完話，我很快就在軟椅上睡著了，睡著的時候臉上也許還帶著微笑和微醺。

我們一生會遇到幾個喜歡的人？數學也許能夠計算出那個機率。可是，這幾個喜歡的人也同時喜歡我，時間又剛好對上了，他身邊沒有別人，而我也沒有，這樣的機率又剩下多少？這渺茫的機率是不是就好像等一隻小鳥正好飛過我的肩頭？等一顆星星恰恰墜落我手裡？等第一道晨光乍現，而我剛好和喜歡的人坐在海邊，那時我也正年輕？

二〇〇〇年這一天應該是個好的開始吧？我和程飛度過了一個特別的早上，喝著小香檳，吃著冰淇淋，說著我們都懂的笑話，我們鬥嘴，我踢他、欺負他，說他像我的骷髏骨查理，他也欺負我，騙我說他有個乳名，說我的眼睛像小狐狸。我們漫無邊際地說著遙遙遠遠的未來，說著我倆都從未踏足過的海明威的古巴……這一天，只有我和程飛，沒有別人，程飛好像也喜歡我，在我閉上眼睛許願的時候偷偷望著我，從天黑到天亮，一夜沒睡堅持送我回家。我們愉快地揮揮手說再見，我帶著甜蜜的微笑跑上樓，在陽台上目送著他高大的身影在清晨安靜的人行道上漸漸走遠，那一刻，那麼幸福，我告訴自己，我要開始戀愛了。

## 13

李洛和蘇楊定定地望著我，我眼也不眨地望著她倆。

她們兩顆頭同時歪到左邊，然後又同時歪到右邊，看著那古怪的模樣，我忍不住眨了一下眼。

「嘿，別眨眼。」李洛說。

「怎麼樣，像不像？」我問她倆。

「像。」蘇楊說。

「不像。」李洛說。

「那到底是像還是不像呢？」我皺眉。

「妳的眼睛看上去有些迷惘，哪裡像什麼小狐狸呢？狐狸才沒那麼迷惘，除非是迷了路吧，哈哈。」李洛說。

「是有些迷惘，可是，再看深一些，妳看到了嗎？」蘇楊拍了拍李洛的手臂。

「看到什麼？」李洛問她。

「她有一種很堅定的眼神，這個人必要時會很執著啊。」蘇楊說著伸出手按了按我兩邊眉骨，噘噘嘴，「噢……」

「怎麼了？」我和李洛同時問她。

「妳的眉毛得修一下了。」蘇楊說。

「妳這個人怎麼老是跑題的呢？」李洛沒好氣地白了她一眼。

「我沒跑題，我順便嘛。」她說。

我在餐桌邊哈哈笑了起來。新年後的第一個星期天早上，我在下班回家的路上買到熱騰騰的白粥、炒麵和剛炸好的油條帶回去和她們一起吃。

自從爸爸和媽媽搬到多倫多，有三年的時間只有我一個人住，窩窩比爸爸媽媽更早就去了多倫多，在那邊大學畢業之後跟同學結婚了，有許多年，我連一個可以說心事的人都沒有，我人生大部分的時間就是讀書和考試。李洛和蘇楊搬來之後，我的生活又重新熱鬧起來，她們會找我吃飯，我上夜班，她們會留飯給我，有什麼好吃的，也會有我的一份。她們害怕查理，不敢來3A我家，但是會貼小字條在大門上，提醒我去3B拿吃的。

「是誰說妳的眼睛像小狐狸？」蘇楊咬住油條問我。

「就是有個人。」我說。

李洛朝我擠擠眼：「肯定是個男的吧？他是不是在追妳？」

我搖頭：「只是大家好像都有些感覺，不確定啊。」

「這個階段最好玩了，快說來聽聽。」蘇楊催促我。

「真的還沒有什麼，他又沒約我出去，到現在還沒有。」我說。

「啊，男人就是喜歡玩曖昧。」蘇楊說，「明明是他首先來撩妳，然後，他什麼都不做，等著妳去撩他。」

程飛也會是這樣的人嗎？一個星期都過去了，他連個影都沒有，而我依然沉浸在我們獨處的那個早上的每一個細節裡，玩味又玩味，期待著和他再見。

「最好不要愛上不愛妳的人。」李洛說。

「我才不呢。」我說。

李洛吃了一口炒麵，接著說：「要是愛上了，給自己一個期限，期限一到，那個人還是不愛妳，那就打包走人吧，別再等啦，感動天感動地感動誰啊？最後只是感動了自己。」

「可是，我覺得呢，因為愛過一個不愛自己，或者愛過一個沒那麼愛自己的人，才會明白愛情啊，就像一個人只有吃過苦才知道珍惜。」蘇楊說。

「這種苦妳吃吃看，可難吃了。千古艱難是什麼，妳說說看……」李洛問蘇楊。

「千古艱難唯一死啊。」蘇楊答道。

李洛搖搖頭說：「千古艱難唯單戀啊。」

我抗議：「妳們怎麼說得好像那個人並不喜歡我呢？我沒那麼糟糕吧？」

「噢，怎麼會呢？誰不愛妳誰就是八輩子瞎了眼。」李洛說。

「誰不愛我們三個誰就是八輩子自虐狂。」蘇楊說。

我吃著粥，笑著說：「可我哪裡知道有沒有遇上自虐狂呢？」

這樣又過了一個星期，我一遍又一遍檢查我的手機，一開始滿懷期待，期待程飛打來給我，在那麼美好的早上之後，就算見不到，聊天也是好的，可是沒有。當時間一天一天過去，我不是不想期待，而是不敢期待，害怕等不到會失望。我甚至傻得有好幾次站到陽台上看看程飛會不會就在樓下偷偷來看我，可哪裡會有這麼浪漫呢？他好像把我給忘了。是我想多了吧？程飛不過把我當作一個談得來的朋友，他果然是個自虐狂的瞎子，並沒有喜歡我。

## 14

這一年的一月中，我從內科轉到外科實習，太多新的東西要學了，我也終於有機會見識闌尾炎手術。看著主刀醫生在手術台上揮灑自如、號令天下的自信和威儀，我知道，我還有漫長的路要走。我的人生，也許真的只有讀書、考試和工作吧？全班一百二十個同學，正各自在不同的醫院、不同的崗位上努力完成這一年的實習，希望做出最好的成績，只有這樣，到時候才可以順利進入自己喜歡的專科部門，我也絕對不能鬆懈。

我沒有太多時間去想程飛了，我也曾問自己，是不是可以主動打個電話給他？看看他最近都在忙些什麼，索性就拿闌尾炎手術來做開場白，告訴他，我終於有機會做這個手術了，雖然我只是在主刀醫生為病人縫合傷口的時候負責把縫線剪斷。

這都什麼年代了？主動些又怕什麼？我只需要放下一點點矜持，也就可以放下心裡的疑惑，了卻這樁心事，再也不需要盼著程飛來找我。可是，對我來說，被自己喜歡的男孩子追求，接到他打來的電話，在電話那頭拐彎抹角探聽我是不是也喜歡他，然後找個理由約我出去，看電影、吃個飯，或者去什麼地方逛逛，那樣才算是戀愛。只要他願意跨出這一步，那我也願意下一步由我來走。

要是程飛連這一步都不走，我又怎麼能夠相信他是喜歡我的？

## 15

西區醫院主樓的地下有一家便利店，醫院食堂和餐廳每天晚上打烊之後，這裡就是夜班醫生買吃和買喝的地方。這天半夜，我餓壞了，在店裡買了一碗咖哩魚蛋，拿著塑料碗，邊吃邊看看店裡有沒有Babycham。醫院的便利店連啤酒也沒有，更別說其他的酒了，也許是不想病人偷偷走來買酒喝吧，可是，這樣的話，醫生也無法喝點酒放鬆一下繃緊的神經。這裡有一樣東西倒是外面的便利店不會賣的，那就是成人紙尿片，人生的歸宿啊。

正當我吃著魚蛋，翻著雜誌架上的雜誌時，背後突然有個人跟我說話。

「魚蛋好吃嗎？」

我轉過頭去，看到史立威。我們本來都在內科實習，一月中，我轉到外科，他去了婦產科。

吃外面賣的魚蛋而被史立威逮到，是一件挺尷尬的事，西環有名的「史波記魚蛋大王」就是他家的，我們班上的同學去店裡吃東西是從來不用付錢的。史立威是潮州人，有三個年紀比他大一截的姐姐，家裡只有他一個兒子，史波就是他爸爸，史爸爸很以這個醫生兒子為榮，愛屋及烏，史爸爸和史媽媽都很喜歡我們幾個常常去蹭魚蛋麵吃的同學，並且認定我們是社會未來的棟梁，不日就會懸壺濟世。

「味道不怎麼樣，沒有史波記魚蛋，只好吃這個啦。」我說。

史立威沒精打采地吃著熱狗說：「今晚忙成一條狗了。我為什麼要做醫生？回家賣魚蛋麵不是更好嗎？這個時候早就已經上床睡覺了。」他紅著眼睛說。

我以為他是累了，後來我才聽到其他同學說，那天晚上有個產婦分娩，那是史立威第一次看到女人生孩子。看著初生嬰兒那顆沾滿胎水和血絲的黏黏濕濕的頭從媽媽張開的兩腿之間擠出來的一刻，史立威兩眼發直，昏了過去，結果，醫生接生之後還得去急救他。

是啊，我們剛來到這個世界的時候，沒有一個人是好看的。

這事對史立威打擊挺大的，十年後，甚至二十年後，曾經有個實習醫生在產房暈倒這事依然會是醫院裡每個人茶餘飯後的笑話，幸好，到時他們早就不記得這個可憐的實習醫生的名字了。

難怪史立威半夜在便利店碰到我的時候不像平日那樣談笑風生，而是有點沮喪，只是當時我沒看出來。

「是月圓之夜呢。」我透過便利店的大窗戶看向夜空上的一輪圓月，想起程飛說，他喜歡對著月光許願，而不是日出。

史立威咬著熱狗，探身看了看天上的月亮，說：「噢，今晚有得忙了。」

我們在內科的時候就發現了一個現象，每逢月圓之夜，病人也會多起來。

「你記得那個狼人嗎？」我問他。

「怎麼可能不記得？」他說。

我們兩個在內科實習的那時候，內科病房有個老伯伯因為肝病而住院，這個老伯伯白天很安靜、很乖，可一到半夜就會大吼大叫，喊痛，喊醫生救他，喊護士救他，吵得旁邊的病人都無法睡覺，我們也被他吵到崩潰，可是，到了白天，他又若無其事，變回那個很乖也很安靜的人，完全不記得自己前一天晚上做過什麼。

這個病人並不是真的痛，是他的病導致他的腦袋有點混亂，以為自己很痛。護士們早就見慣不怪，背地裡叫他「狼人」，意思是他到了晚上就會從人變成狼，不斷嚎叫。大家知道他是這樣，無論他喊得多麼淒涼，也不會去管他，事實上，醫生和護士也沒有什麼可以做，只好由得他喊。

史立威卻不忍心，他會走到那個狼人老伯伯的床邊，握住他的手，安慰他，哄他說已經幫他打過針，不痛了。

史立威在我們班裡的成績不算出眾，也不屬於最努力的那幾個人，他長得有點輕佻，完全不像醫生，倒像個小混混，可這個人的內心卻善良而溫暖。

他曾經追求我們同班同學劉明莉，劉明莉的爸爸是婦產科名醫，據說她媽媽的娘家在南非擁有一座鑽石礦，她在醫學院的時候常常戴著一副鑽石耳釘，每一顆都像聰明豆那麼大，在她兩邊耳垂上閃閃生輝，看得我們傻了眼。

劉明莉人長得漂亮，又會打扮，我們那麼忙，幾乎連睡覺的時間也擠不出來，她卻可以每天換一個不同的髮夾，她白大褂裡面穿的都是名牌衣服，鞋子是菲拉格慕的蝴蝶鞋。追她的男孩子很多，我們班裡就有幾個，都是家裡有錢的，她嫌史立威家裡是賣魚蛋麵的，太草根、太土包子了，史立威邀她出去吃飯，她竟然帶著幾個女同學一起去，最後還拿出她爸爸給她的信用卡搶著請客。那一次，史立威確實受到一點傷害，幸好他這個人很樂觀，多大的事，睡一覺就可以忘記；如果不行，那就睡兩覺。

我和他比較談得來，許是因為我們都那麼草根，和劉明莉比，我們都是土包子。我是直到畢業之後好幾年，才咬著牙買了人生第一雙菲拉格慕的蝴蝶鞋，穿幾次就沒有再穿了，純粹出於虛榮，那原來並不適合我。可是，假若不曾擁有，又怎會懂得？後來又怎會捨棄呢？像我們這樣的女孩子，一生中總有許多東西，鞋子、包包、衣服、愛情……是得到過之後才知道不適合。

渴望愛情的到來，等待著喜歡的人向我表白，是否也出於虛榮？二十二歲的我，在忙著為前途打拚的日子裡，內心卻是那樣虛榮地嚮往一場不一樣的甜蜜的戀愛。

「你小時候有沒有看過一部日劇？」我問史立威，「男主角是個有著雙重人格的名醫，他白天是個仁心仁術的大夫，每逢月圓之夜，他會變成一個惡魔，穿上長風衣，到街上尋找獵物，在日出之前殺一個人，帶回醫院，毀屍滅跡。以前每次看這個劇，尤其是夜晚看，我都覺得寒風凜凜。」

「妳說的是《變形俠醫》嗎？」

「不是呢，故事不一樣。」

「讀醫太孤獨了，那個魔鬼怪醫可能就是因為孤獨，所以才會人格分裂，一個變成兩個，有個人跟自己聊天，就沒那麼孤獨了。」他喃喃地說。

「我覺得這時候好像應該開一瓶酒。」我有感而發。那天我只是覺得他莫名其妙地特別感性，並不知道他在產房昏倒的事。

「就是。」他望著月亮苦笑。

「可惜這裡不賣酒。」我嘆了口氣。

他指了指身後那一排貨架說：「那瓶酒精消毒液含百分之七十的酒精。」

我倆相視，哈哈大笑。

這時，我們身上的呼叫器幾乎同時嗶嗶嗶地響起來，是護士召我們回去。

我從口袋裡拿出呼叫器看了看，跟他說：「唉，果然是月圓之夜，做不完的工作，走嘍。」

我們走出便利店，忘記疲累，忘記挫敗，忘記心裡正在牽掛的某個人，甚至來不及說「再見」，各自飛奔回自己的崗位。

天亮之後，上班的、看病的陸陸續續來到醫院，便利店又熱鬧了起來。這時，我也終於下班了，拎著帆布袋，穿著大衣，繫上圍巾，又回到便利店買了一杯橙汁和一個甜麵包，邊走邊吃。

我肚子餓得咕嚕咕嚕響，喝了一口橙汁，大口咬著麵包，往車站走。

厚皮的橙子沒人愛，可是，臉皮厚一些，說不定可以節省很多時間。

我為什麼不打一通電話給程飛，跟他說：「嘿，你有沒有想我？天哪……不知道為什麼，我很想你。」

假若能夠不害怕被拒絕，任性又勇敢地說出「不知道為什麼，我很想你」這句話，是不是簡單直接得多，能省卻很多磨人的猜測和等待？而且也充滿激情，誰都會被我融化。

可惜，我的臉皮不僅沒有橙子皮厚，倒是比橙子皮更薄，這個想法只在我腦海裡一閃而過，我回到家裡，什麼也沒做，一頭扎進被窩裡，沒多久就睡著了。

## 16

轉眼到了三月底，春天快要過去了，實習醫生的一個月就好像別人的一年，我們被迫快點長大，要假裝成熟和不笨，要承擔更多責任和壓力，要不眠不休地奮鬥和堅持。

史立威看到產婦分娩再也不會昏過去了，我在手術室裡仍然只是當助手的助手，但我也見識了很多手術。偶爾我還是會想起程飛，也會想起徐繼之，想想他們兩個現在都怎樣了。我甚至希望徐繼之提早回來接受第二期化療，雖然我不在內科，但我可以去病房看他，那樣，說不定我就可以見到程飛。

曾經有一天，在回家的路上，我在便利店買了兩盒四瓶裝的Babycham，本來打算晚上自己喝，最後卻帶著酒走去隔壁找李洛和蘇楊一塊喝。我們在沙發上一邊喝酒，一邊擲飛鏢，有一搭沒一搭地聊天，她們嫌小香檳味道太淡。

「這酒分明是給小寶寶喝的。」李洛說。

結果，李洛開了一瓶給大人喝的「藍仙姑」氣泡酒。

我笑著抗議：「『藍仙姑』這酒名也太禁欲了吧？是給修女喝的呢。」

那時候，我們喝的都是這些便宜卻也好喝的氣泡酒，捨不得喝香檳，也還不會喝香檳。

喜歡某一種酒，常常是因為和某個人在某一天喝過，從此以後，喝的是回憶。我喝了一杯「藍仙姑」就沒喝了，倒是喝了幾瓶小香檳喝得肚子脹脹的，好像喝下去的全都是氣泡。它其實並不算是香檳，而是梨子氣泡酒，最早出現的時候是給英國的家庭主婦喝的，每天下午，當她們做家務做累了，就可以喝一杯輕鬆一下，假裝自己是在暢飲香檳。而我喝它是為了回憶，也為了忘記。

要是程飛沒有再出現，我或者真的就能忘記，畢竟，我們只是偶爾認識的朋友，偶爾一起度過了千禧年，可他偏偏在我快要忘記的時候又出現。

前一天大夜班，第二天早上回到家裡，我倒頭就睡，睡到迷迷糊糊、半夢半醒之際，我好像聽到有人在樓下喊我，是做夢吧？我翻過身去沒理會，過了一會兒，我似乎又聽到那聲音。

我揉著眼睛，惺惺忪忪下床，到陽台看看到底是不是有人喊我。

「毛豆，妳在家啊！」程飛在樓下喊上來。

天哪！我身上只穿著單薄的T恤衫和長睡褲，腳上穿著彩色波點圖案高筒襪，頭髮就像剛剛被搗了的蜜蜂窩，朝四方八面飛了起來。

當我沒有任何準備，也不抱任何期望的時候，程飛就這樣出現了，站在樓下，依舊穿著那件藍色外套，背包鉤在一邊胳膊上，臉上帶著微笑。

「找我？」我說著用手指梳了梳頭髮。

「沒事，我剛經過附近，喊妳一聲，看看妳在不在。妳在睡覺？這麼早？」

「昨晚大夜班呢，今早才睡，現在幾點了？」

「噢，我吵醒妳了？快四點了。對不起，沒什麼特別的事，妳去睡吧。」程飛擺擺手，示意我進屋裡去，不用理他。

眼看著他要離開，我叫住他：「嘿，我醒了，你要上來嗎？」

「啊，好呀。」程飛愉快地說。

「三樓A，大門頂有一盞磨砂小夜燈。」我踮起腳，朝他豎起三根手指。

說完，我飛快地回去睡房把T恤衫和睡褲脫掉，換過一條棉褲和套頭毛衣，梳好頭，使勁往臉上噴些玫瑰水。

可是，過了一會兒，我還沒聽到門鈴聲。我打開門出去看看，外面靜悄悄的沒有人，我探身往樓梯底下看看，又往上面看看，沒看到程飛。

他不可能迷路啊，我只好回到屋裡去。

等了約莫二十分鐘，終於，門鈴響了。我跑去開門，程飛就站在門外。

「怎麼這麼久？你跑哪裡去了？」

程飛衝我微笑，雙手放在後面：「第一次來，得帶點什麼，我買了花送妳。」
我壓根沒想過程飛會買花送我，是玫瑰嗎？鬱金香？鈴蘭？小雛菊我也喜歡。
我羞答答地站在那兒，等著接過他手裡的花，可他從身後拿出來的並不是花，而是一個小盆栽，一個小小的奶白色的陶瓷花盆裡用泥土養著的不知道是什麼小東西，長著茂密的綠油油的葉子。
我都不知道是好氣還是好笑，接過程飛給我的盆栽，說：「這是花嗎？這是葉啊，是在路口那家小花店買的嗎？那家花店是個很帥的大叔和他女兒開的。」
「我可以進來嗎？除非妳打算拿了我的樹就打發我走。」程飛挑起一邊眉毛說。
「啊，哈哈，進來吧。這是樹嗎？」我一直站在門邊，都忘了讓他進屋裡來。
程飛走進來，說：「賣給我的那個女孩說這是幸福樹。」
「這麼小？」我把門關上。
「有大的，也有小的，這是小的，小的可愛，幸福不需要太大唄。」
「說的也是，這個只要一隻手就可以拿起來。」我仔細看了看，幸福樹每一片葉子也是心形的，這大概就是幸福的理由吧。
我對他微笑：「還是頭一次有人送一棵樹給我啊。它容易養嗎？我從來沒照顧過花草樹木。」我幸福地捧著幸福樹，他竟然送了一棵樹給我，比任何鮮花都更讓我覺得驚喜。
程飛想了想，說：「應該比我容易養，我得吃飯，它喝水就可以。」
我笑了：「放哪裡好呢？」
「說是要放在窗邊，要有陽光，又不能太曬，要澆水。」

「那我放在書桌上吧，你隨便坐。」我走進書房。

那裡原本是窩窩的睡房，她去了多倫多之後，就變成了我的書房。我把幾本書拿開，把幸福樹放在窗邊的胡桃木書桌上，讓陽光照著它。

「這就是查理？可為什麼他只有半邊身？」程飛指著沙發軟椅旁邊的查理問道。

「我們用的骷髏骨都是只有半邊身的啊，這些都是沒人認領的屍體，骨頭很多時候都不齊全，我們買到的，有些只得左邊身，有的只有右邊身，反正兩邊是一樣的，只是剛好反過來，半邊的骷髏骨便宜些。」我說。

查理還是那一向的憂鬱表情。

「原來是這樣嗎？他沒有我想像的駭人，可是，他都這副表情嗎？」

「啊，他不喜歡笑，況且，他還能有什麼表情呢？」

程飛皺眉：「他好像在盯著我們。」

我伸手摳了摳查理兩個空空的眼窩，那裡曾經有一雙眼睛。

「沒有，他沒盯著我們。」我說。

程飛嘖嘖兩聲：「妳都這樣摳人家眼睛的嗎？妳太可怕了妳。」

「我就是喜歡摳眼睛。」我作勢要摳他的眼睛。

他頭往後仰，躲開了，看看我，笑著說：

「妳剛睡醒的樣子真好看。」

我臉紅了。

「要過來親一下嗎？」我在心裡說。

可我嘴裡卻說：「我不是一向都像剛睡醒的樣子嗎？一向都好看。」

「這倒是，尤其是妳的頭髮，從來沒整齊過，好像每根頭髮都各走各路。」程飛笑嘻嘻地說。

我吃驚地摸摸頭：「真的嗎？哪有啊！嘿，你要喝點什麼嗎？」

「隨便吧。」

「啊，要來些白蘭地嗎？」

「哦？什麼？有白蘭地？」

我點頭。

「好呀，這麼早喝白蘭地？真沒想到妳這麼能喝。」程飛嘖嘖兩聲。

我走進廚房，出來的時候用托盤盛著兩杯白開水和一盒酒心巧克力，巧克力是前幾天蘇楊請我吃的，巧克力裡面夾的是白蘭地酒。

程飛坐在米白色的組合沙發上，我把托盤放在茶几上。

「白蘭地呢？」他問道。

我把巧克力遞給他說：「你挑一顆。」

他隨便挑了一顆放進嘴裡，咬開，知道被騙了，皺皺眉說：「酒心巧克力？這就是妳說的白蘭地？」

我大笑著坐到沙發軟椅裡說：「裡面真的是白蘭地啊。」

程飛搖搖頭說：「妳跟其他女孩子很不一樣。」

「有什麼不一樣？」我好奇。

我以為他會誇我有多麼特別，就像我覺得他很特別一樣，他卻說：

「妳像個男的。」

那麼，他是把我當作哥們兒嗎？

「這是讚美嗎？」我難免有點失望。

「妳只有外表像個女的。」程飛接著說。

我皺眉：「啊，這是安慰獎嗎？還是頭一次有人說我只有外表像個女的。」

「外表像個女的也不容易啊。」程飛說。

「啊，太謝謝你了。」我沒好氣地說。

「我剛剛去面試了。」他告訴我。

「哦？去哪裡面試？」

「一家教科書出版社。」

「你開始找工作啦？去面試什麼職位？」

「數學書的編輯。」

「順利嗎？」

程飛沒回答，默默低頭喝水，神情有點沮喪，過了一會兒，他說：「今天是出版社老闆跟我面試，但我根本沒有太多機會說話，才說了十五分鐘，他就不讓我說下去……」

「啊，再找吧，一定有更好的。」我安慰他。

「才跟老闆說了十五分鐘，他就決定用我，後面都是我在聽他說話。」程飛從杯子裡抬起眼睛偷笑。

我作生氣狀，瞟了他一眼：「那就是說你會到出版社工作嘍？」

程飛點點頭：「我會負責編寫中學教科書和輔助教材。我一直覺得很多小孩子沒學好數學，甚至害怕數學，是因為他們沒遇到好老師，許多老師根本是混飯吃的，然後就是教科書寫得太爛、太沉悶了。」

我抿嘴笑笑，告訴程飛：「我媽媽退休前就是數學老師，她教的是小學五年級。」

「噢，我不是說所有老師都不好。」他摸摸頭，不好意思的樣子。

「的確是有很多混飯吃的人，但我媽媽應該還好，小時候，我們都睡了，她半夜還在飯廳改作業，她喜歡一邊改作業一邊喝點小酒，她說喝了酒精神好些。」

「啊，妳媽媽太可愛了。」

「有些成績不好的學生，她甚至帶他們回來，免費替他們補習。」

「那她肯定是個好老師。」

「可是，她脾氣挺古怪的，我見過她把學生的作業全部推到地上，大吼一聲，然後又像沒事一樣，蹲下去撿起來再改，一副很平靜的樣子，就好像她根本沒有吼過。」

程飛看著我：「有其母必有其女，妳會不會像妳媽媽？」

「從來沒有人說我像媽媽，都說我像爸爸。你呢？你像爸爸還像媽媽？」

「我大概兩個都不像。」他把話題輕輕帶過。

「那你什麼時候上班？」

「本來我希望是七月，等我畢業之後，但是，老闆希望我下星期就開始，他說我可以一邊上學一邊上班。」

「那不是很好嗎？」我雀躍地說。
「看來是的。」程飛有點得意。
「既然找到工作，你可以留在香港嘍？」
他微笑點頭。
「那得慶祝一下。我去看看有什麼可以吃的。」我走進廚房打開冰箱看看有什麼，裡面只有各種過期的調味料和一條過期一個月的麵包。
「你等我一下。」我走出客廳，鞋也沒穿，拿了鑰匙走過去B室。那邊的冰箱肯定有吃的。
不負我所望，居然給我在冰箱裡找到半個栗子蛋糕。我捧著半個蛋糕跑回家。可惜要上班，否則還可以喝酒，她倆的冰箱裡總是塞滿了酒。
「有蛋糕啊。」我走太急了，忘了自己腳上穿著厚襪子，一進門，腳下一滑，閃到了腰。
「哎！」我禁不住痛苦呻吟。
「妳怎麼了？」
我痛死了，眼淚迸射而出，就像被人點了穴那樣，僵在那兒，一隻手拿著蛋糕，另一隻手扶著腰。我怎麼一見到程飛就亂成這樣呢？我就不可以冷靜些、矜持些嗎？
「我扭到腰了。」我咬著牙說。
「呃？嚴重嗎？」程飛連忙走到我面前。
「你扶我過去。」我衝沙發那邊點頭。

程飛幫我拿著蛋糕，扶我慢慢走過去，每走一步，我都痛到了心裡。

「我扭傷了肌肉，睡房裡有個白色的小藥箱，裡面有止痛藥，就在邊櫃上面，你可以幫我去拿嗎？」

「哦，好，妳別動，我去拿。」程飛扶我坐到沙發上，然後走進睡房把藥箱拿給我。

我打開藥箱，拿出兩顆止痛藥，用水把藥吞下去，止痛藥沒那麼快就起作用，我摸著腰，挨在那兒，又尷尬又難堪。

「要我幫妳揉揉嗎？」程飛說。

「你行嗎？」

「我試試。」他笑咪咪地說。

「你別逗我笑。」我緩緩把兩條腿放上沙發，背向他，臉朝裡面躺著。

程飛坐在地上，問我：「哪裡痛？」

「這裡。」我指了指扭到的肌肉。

他把手放在我腰上：「這裡是嗎？」

「嗯。」

程飛兩隻大拇指使勁按在我扭到的位置，我痛得「哇」的一聲叫了出來。

他被我突然的叫聲嚇了一跳，也同時「哇」地叫了一聲。

「很痛？」他連忙縮手。

「不痛，我可舒服了。」我擦著眼淚說反話。

「不如我說個笑話妳聽，分散妳的注意力，就沒那麼痛了。」

「不要。」我喃喃說。

「妳聽過方便麵和午餐肉不合的笑話嗎？」

「不要說。」我低聲抗議。

「妳不要聽這個，那我換一個吧。」

「不要。」我幾乎是哀求。

「啊，妳是說妳寧願我講方便麵和午餐肉不合的笑話？」

「掐死你！」我說。

程飛說話的時候一直幫我揉，果然分散了我的注意力，好像沒那麼痛了。我可沒想過，我們兩個人頭一回的肌膚之親是以這樣的方式進行的。

「哎，好些了，」我轉過身來坐好，揉著腰說，「我覺得你可以去按摩院打工。」

「我在按摩院打過工啊，初中的時候去賺學費，不過不是做按摩，是茶水小弟，那時小費挺多的。」他笑笑說。

我看著他，我初中的時候還是傻乎乎的，只會伸手問家裡拿零用錢，程飛卻已經在按摩院當茶水小弟，他過的生活也許是我無法想像的。

「嘿，我們吃蛋糕吧。」我說。

程飛打開蛋糕盒子看了看：「啊，幸好蛋糕沒事。」

我想用腳踢他，可是，我腰痛，踢不到。

「又來？妳現在可是傷殘的啊。」他躲開。

我隨手拿起身邊的一個抱枕砸他的頭：「你才傷殘呢。你可以去廚房拿刀叉和碟子嗎？」

等程飛拿了刀叉和碟子出來，我們把蛋糕切成兩半，像碰杯那樣碰碟子。

「前程萬里，加油！」我說。

「妳也是，等我拿到第一個月的薪水，我請妳吃飯。」

「說好了啊。」我幸福地說。

「說一是一。」程飛點頭。

他吃了一口蛋糕，問我：「妳為什麼會去隔壁拿蛋糕？」

「李洛和蘇楊住隔壁啊。」我說。

我把租房子給李洛和蘇楊的始末從頭說了一遍。

「那就是說還有一個房間空著？」他說。

「嗯，一直空著，我還沒時間去登廣告。」

「我有個朋友正在找房子啊。」

「我只租給女孩子。」我說。

「是女的呀，她正在找房子。」

正在吃蛋糕的我突然有點不是滋味，程飛說是個女的？是他女朋友嗎？

「是你朋友嗎？」我問他。

「是朋友……」他吃著蛋糕說。

「啊……」這意思就是女朋友吧？我微笑，假裝不在乎。

「是我朋友以前的女朋友。」他把口裡的蛋糕吞下去，把話說完。

原來不是他的，我偷偷笑了，繼續假裝不在乎。

「他拜託我照顧她，說她一個人在香港。」

「啊，這個男生有情有義啊。」

我看看鐘，原來這麼晚了。

「你讓她明天打電話給我吧，我得上班了。」我匆匆把蛋糕吃完，脫掉腳上的襪子，從沙發上慢慢站起身。

「妳這樣子沒問題嗎？」他問道。

「可以的，我去醫院可以打止痛針，這裡沒法打，我去拿外套。」

「我扶妳吧。」他扶我進睡房，我在衣櫃裡拿了外套和帆布袋。

「我來幫妳拿。」程飛幫我拿著帆布袋，問道，「要我送妳去醫院嗎？醫生。」

我嘛嘛嘴白了他一眼：「哈哈，很好笑，送我到樓下打車就好。」

我一隻手搭住程飛一邊胳膊走向門口，腦袋偷偷地略微向他的肩膀傾斜，一邊傾斜一邊在心裡偷笑。

可沒想到，就在我想把腦袋再傾斜些的時候，我們一打開門就看到李洛和蘇楊在外面，她倆剛剛回來。

她們兩個看見我和程飛從屋裡走出來，怔住了，接著假裝用手揉眼睛，猛朝我擠眉弄眼。

## 17

「程飛就是那個說妳眼睛像小狐狸的人吧？」蘇楊笑咪咪地問我，「妳還說妳不喜歡他？妳不老實啊。」

「我是沒喜歡他，是他喜歡我。」我笑嘻嘻地說。

這天晚上，我們三個在我家樓下的梅莉餐廳為蘇楊慶生。

我吃著威靈頓牛排點頭，笑得眼睛瞇成一條縫。

「你們進展得還真快啊。」李洛朝我擠擠眼睛說。

「什麼都沒發生，只是我扭到腰，他扶我。」我說。

「可妳為什麼會扭到腰呢？是不是有些動作太激烈了啊？」李洛不懷好意地笑。

「就是我穿著襪子走路走得太激烈了。」我笑著說。

「妳跟程飛外形挺匹配的呢。」蘇楊說。

「啊，真的嗎？他不會太瘦嗎？像猴子似的。」我嘴上這麼說，其實我一點都沒嫌他太瘦。

「是有點瘦，但是，瘦有瘦的好，瘦的瀟灑。」李洛掰著手指說，「我一不喜歡男人有小肚子，二不喜歡腿短的，三不喜歡嘴巴大的。」

「嘴巴大有什麼問題？」我禁不住哈哈笑了起來。

「嘴巴大我看著他說話會反感啊。」李洛吃著一隻德國豬手說。

「妳不如直接說妳喜歡長得好看的。」蘇楊用手拿起碟子上的半隻法國烤小春雞直接吃，然後又掰著油膩膩的手指說，「我一不喜歡男人沒屁股，二不喜歡大屁股，三不喜歡有胸毛的。」

她咬著一塊沒有皮的雞胸肉，打了個小哆嗦說：「我害怕有毛的胸。」

「妳怎麼不是看屁股就是看胸呢？」我說。

「我也看臉啊，我發覺，我總是愛上那些看起來有點落魄的男人，唉，我每次都死在這種人手上，死了一百次還是沒有學乖。」

「我是死在帥哥手上。」李洛狠狠地咬了一口豬手說。

年少的時候，我們總會設定許多條條框框，說自己喜歡怎樣的男生，可有一天，某個人出現了，他完全不是妳想過妳會愛上的那種人，他顛覆了妳所有的期待和想像，可妳卻會為他拋開所有的條條框框。

「等下要吃火焰雪山嗎？」我問她倆。

「當然。」她們兩個同時使勁地點頭。無論在男人手上死過多少次，她們對於美食始終不會灰心，也不會死心。

火焰雪山是我小時最喜歡吃的甜點，並不是很多餐廳都會做的，梅莉餐廳一直有這個甜點，而且是由老闆親自在客人面前點火的，我不知道梅莉的火焰雪山是不是最美味的火焰雪山，卻肯定是我最熟悉的。吃火焰雪山，看著藍色的火焰點亮了，吃的不光是冰淇淋和蛋糕，也是在吃一份浪漫的感覺吧？

火焰雪山吃到一半，蘇楊突然說：

「妳們等下陪我去一個地方好嗎？」

「不去不去。」李洛說。
「妳又不知道我要去哪裡！」
「妳還能去哪裡？」
「去嘛。」蘇楊的口氣近乎哀求。
「不許妳去。」李洛斬釘截鐵地說。
「今天我生日啊。」
李洛沒好氣地說：「妳生日他都不陪妳，還去什麼？」
「他忙啊，今天晚上要出外景呢，好像是在飛鵝山，挺冷的，我去把東西放下就走。」
李洛深深嘆了口氣：「妳在同一個男人身上就死了一百次。」

## 18

晚上十一點，我和李洛站在尖沙咀山林道一幢老房子對街的一根電燈柱下面等著。
蘇楊上樓去了，她男朋友黎國輝住在這兒的七樓，這時候應該不在家。
黎國輝喜歡吃葡萄，卻嫌吃葡萄麻煩，蘇楊會買些葡萄回家，每一顆細心剝了皮，用牙籤把葡萄核剔掉，放在保鮮盒裡，然後拿給他，讓他放在冰箱裡慢慢吃。這都是我們在樓下等她的時候李洛告訴我的，她和蘇楊剛剛住在一塊的時候，她有天回家看到冰箱裡有一大盒剝掉皮、剔了核的葡萄，拿出來吃掉了一半，蘇楊回家看到，氣得當場就哭了。從此以後，李洛看到冰箱裡的葡萄都不敢吃。

黎國輝是電影副導演，也寫影評、玩音樂。蘇楊和他是在重慶認識的，那一年，黎國輝去重慶拍電影，蘇楊的一個朋友在那部電影裡演一個小角色，失戀沒多久的蘇楊無所事事，也跟著朋友去湊熱鬧，就這樣認識了黎國輝。後來電影拍完了，黎國輝留在重慶，蘇楊充當嚮導，帶他吃遍重慶最好吃的餐廳。那麼愛吃又能吃的她，為了給他留個好印象，在他面前都沒敢多吃，每次等到回家之後再自己吃一頓。

黎國輝在重慶住了二十多天，那時，他和女朋友分手半年了，人很沮喪，蘇楊差不多每天陪著他，聽他說他的夢想，聽他發牢騷，聽他說他的傷心事。他愛的那個女人愛上了別人，不愛他了，他們彼此安慰，蘇楊不知不覺愛上他了，也愛上他出生和長大的那個小城。黎國輝正好就是她一直以來喜歡的那一款，有些落魄，有些憂鬱，又有些不得志，屁股不會太大也不會太小。

就在黎國輝離開重慶的前一天晚上，兩個人終於上了床。看到他那沒有胸毛的、瘦瘦的胸膛，她把那胸膛拉向自己，偷偷地笑了。

那時她沒想過以後還會跟黎國輝再見，她以為可以忘記他，她跟自己說，那不過是兩個傷心寂寞的人互相取暖，從今以後，既不再見，也不想念。他在香港，離她那麼遠，又那麼陌生，偶爾共度了一個晚上，但是，彼此的人生是沒有任何交集的。

送黎國輝到機場的那天，她一直很輕鬆，兩個人就像什麼事也沒發生過那樣，道了再見，彼此也沒有任何的承諾。他說：「妳來香港玩的話，找我吧。」

她微笑著點頭，心裡想：「那是個什麼樣的地方啊？是不是像我在電視劇裡看到的一樣，是個五光十色的繁華都會，人都很漂亮，也很會打扮，歌都很好聽？」

那天，她揮手跟他說再見，看著他擠進安檢的長長的隊伍裡，她等著他回頭再看她一眼，她心裡想：「黎國輝，你會回頭嗎？」

可是，他沒回頭。她唯有跟自己說：「也許他以為我走了呢。」

黎國輝走了之後，兩個人偶爾會發個短信給對方，他繼續拍戲，她繼續上學，他打過兩次長途電話給她，最後一次，是夜裡打來的一通電話，他喝醉了，在電話那一頭說：「我很想妳。」

聽到這句話，蘇楊哭了，第二天就去辦手續來香港找他。

終於見到面了，那個星期，黎國輝對她可好了，跟她說了許多綿綿情話，弄得她獨自回重慶那天一坐上飛機就哭得一塌糊塗。

可是，黎國輝後來再也沒有打過這麼纏綿的電話了。那一通電話，也許只是因為一時寂寞而打的，人總有脆弱而多情的時刻，然後就恢復本性的冷淡了。

後來她又來過香港幾次看黎國輝，他並沒有要求她留下不走，他對她總是若即若離，可她偏偏越來越在乎他。她知道，要是她回去重慶，離他太遠的話，她終歸會失去他，於是她咬著牙，隻身背井離鄉來香港讀書，就是為了留在他在的城市。

「她這個人就是死心眼。」李洛說。

「妳見過黎國輝嗎？」

「見過兩次，沒說過幾句話，他不愛說話，都是我和蘇楊兩個人叭叭叭地在說話，有機會妳見見他，看看他那副德行，我真看不出他有什麼魅力。有一種男生就是這樣，老覺得自己懷才不遇，覺得這世界虧欠了他，這世界才不欠他什麼呢。」李洛翻翻白眼說。

我笑了：「只要蘇楊喜歡就行了，喜歡一個人的時候，眼裡都是星星呀、月亮呀，哪裡看得見灰塵？」我說。

「蘇楊並沒有告訴黎國輝她來香港讀書是為了他，就算她說了，我估計他也不會太感動，當妳那麼主動，他就會覺得理所當然。」

「黎國輝對她好嗎？」我問道。

「他好的時候可能還不錯吧，至少他是沒有別的女朋友，只要蘇楊自己覺得好就可以啦，別說看不見灰塵，我猜就算是蛆蟲她也看不見。」她皺眉笑了，又說，「今天她生日，他也不陪她。生日要工作也都算了，那可以提前慶祝啊，也沒有，禮物當然更沒有。可是，有時候他會在半夜打電話給蘇楊，蘇楊接到電話馬上就跑來這裡陪他，快遞都沒她送貨送得那麼快。」

李洛抬頭看了看七樓的一個窗戶，屋子裡亮著燈。

「不是說把葡萄放下就走嗎？她為什麼上去那麼久啊？不會是黎國輝在家裡吧？那就慘了，他們兩個不知道在幹什麼，會不會把葡萄帶到床上去啊？我們在這裡等他們做那事不是很傻嗎？」她說。

「不會吧？」我笑了起來。

「唉，很難說，可能黎國輝今天提早拍完戲回家洗澡，蘇楊開門進去，發現他回來了，正在浴室洗澡，蘇楊看到他沒有胸毛的胸就把持不住了。」李洛做了個鬼臉。

「妳太壞了。」我咯咯大笑。
這時，蘇楊終於下樓了。
看到我們在笑，她問我們：「妳們笑什麼？」
「妳怎麼上去那麼久？」李洛反過來問她。
「家裡有點亂，我就順手幫他收拾一下，反正都來了。」蘇楊說。
「妳不會是在樓上洗廁所吧？」李洛質問她。
蘇楊好像被看穿了似的，躲到我身邊說：「走吧，回去啦。」
「被我猜中了？妳連廁所都幫他洗？妳要我們兩個站在這裡等妳洗廁所？」李洛看看手表，悻悻地說，「算妳命大，現在十一點三十八分，妳生日還沒過，要不是妳生日，我掐死妳！」
「他一個人住，亂七八糟挺可憐的。」蘇楊怯怯地說。
李洛盯著她說：「妳別以為我不知道妳，妳想看看他會不會有一份生日禮物放在家裡給妳一個驚喜，是吧？」
「天哪，妳是我肚裡的蟲子嗎？」蘇楊喃喃地說。
「那麼，有禮物嗎？」李洛追問。
蘇楊帶著微笑說：「他那麼忙，哪有時間買禮物呢？做電影這一行，忙起來真的是六親不認的啊。」
她臉上那微笑分明是帶著幾分失望的，我完全沒想過平日沒心沒肺的蘇楊竟是這麼癡心的一個人。

「我們去吃消夜吧，我請客，今晚我不想那麼早睡覺。」蘇楊勾住我和李洛的手臂，邊走邊說。

「嘿，妳們很快會有個新房客。」我告訴她倆。

「誰呀？」李洛問道。

## 19

「我叫俞願，願望的願。」俞願在電話那一頭自我介紹。她有一把很好聽的、感性而溫柔的聲音。

接到她打來的電話時，我正在街角那家花店裡請教賣花的女孩幸福樹該怎麼養。

「昨天有個男生來買了一盆幸福樹，原來是送給妳的嗎？」女孩微笑著問我。

女孩跟我年紀差不多，留著齊耳的劉海短髮，樣貌清秀，常常穿著一條麥子色的帆布圍裙，工作很勤快。她的眼睛看起來水汪汪的，其實她得了視網膜色素病變，只餘下兩到三成的視力，將來有一天會完全看不見，可她臉上總是帶著微笑，更神奇的是，她說得出店裡每種花的顏色。我不知道她是怎樣做到的。

「幸福樹很容易養，水不要太多，它一般不開花，但是也有例外的，如果開花，妳可以帶來給我看看嗎？我也想看看是什麼樣子的。」女孩一邊跟我說話一邊包花，三兩下就包好一大捆漂亮的桔梗給一個客人。

「好呢，我只希望它不會在我手上掛掉。」我說。

「如果發覺它看起來不怎麼好，家裡有過期的維生素就給它吃一點吧，把藥丸搗碎，用水稀釋一百倍，放冰箱裡，每隔三到五天拿來施肥，一般都會好的。」女孩說。

「原來可以吃維生素啊？」我禁不住笑了，心裡想，可以急救，這不就像打強心劑嗎？那就是我的範疇了。

「是的呀。」女孩愉快地說。

那邊廂，俞願甚至沒有要求先來看看房子，我在電話裡告訴她租金多少，她說沒問題，然後問我她可不可以下星期搬過來。

她搬來的那天，還真的讓李洛和蘇楊大開了眼界，這是後來李洛告訴我的。

李洛和蘇楊那天留在家裡負責迎接她們這位新來的室友，她們沒想到，扛著行李箱爬上三層樓的，不是俞願，而是花店那位帥大叔。俞願留著一頭齊肩的栗色鬈髮，這天戴著一頂貝雷帽，穿一件白色貼身襯衫和一條紅色碎花裙子，搭配一件黑色的開胸毛衣，腳蹬一雙黑色芭蕾舞鞋，一隻手拎著一個托特包，另一隻手拿著玫瑰花，輕輕鬆鬆地走在大叔後面。

原來俞願在路口下了車，找不到二百二十二號，看到花店就停下來問路，看到玫瑰花很美，又買了幾朵，帥大叔看她那麼嬌媚玲瓏的一個女孩子拉著那麼大的一個行李箱，我見猶憐，居然請繆幫她拿箱子，還額外送她幾朵玫瑰。

我直到俞願搬來差不多一星期之後才見到她。那天早上，我下班回來，她匆匆忙忙地從家裡走出來，我們就在走廊上碰到了。

我首先開口問道：「妳是俞願？」

「妳是方子瑤？終於見到妳了。」她笑笑說，溫柔的聲音跟我在電話裡聽到的一樣。她一副聰明相，鼻子高高的，眼神淡淡的，不笑的時候顯得有點冷漠，笑起來卻又帶著幾分嫵媚。

她那天穿一條鮮黃色碎花連衣裙和一件米色毛衣，腳上穿一雙尖頭平底鞋，每邊耳垂戴著一只白水晶小圈耳環，閃亮閃亮的。

「哦，我這星期都是大夜班，妳呢？住得還習慣嗎？」

「很好啊。」她說。

後來我才知道，一開始她跟蘇楊和李洛相處得並不算好，她第一天搬進來就關上門躲在自己的房間裡呼呼大睡，然後每天早出晚歸，見到她們兩個人也只是打個招呼。

她放在浴室裡的洗漱用品都比李洛和蘇楊用的昂貴和講究得多，洗面乳、玫瑰水和沐浴液是法國的，除了臉部的磨砂膏，還有含玫瑰花瓣的身體磨砂膏，連頭髮也有專門的含海鹽的頭皮清潔磨砂膏。她也帶來了自己的花瓶、廚具、餐具和咖啡壺，還有一塊極臭的法國青紋乾酪和一瓶糊糊狀的看來很噁心的不知道什麼東西。她每天早上泡咖啡，吃乾酪和麵包，看的是法國時尚雜誌。

李洛和蘇楊一致認定她高傲又造作，決定不理睬她，可是，一個星期後，她們就被她征服了。

星期天早上，她們聞到麵包的香味醒來，去廚房看看，發現俞頤剛剛做好了一盤迷你的法國棍子麵包。原來，俞頤搬家那天帶來放在冰箱的那瓶糊糊狀的東西是酵頭，這瓶酵頭跟著她已經有兩年。前一天晚上，她用一點點酵頭揉麵和發麵，發好的一坨麵團擱在冰箱裡，第二天早上拿出來做麵包。

在那天之前，蘇楊和李洛從來就不認識一個會自己在家裡做麵包，而且做得那麼好吃的人。

俞願問她倆要不要一起吃早餐，這兩個人的口水早就流到脖子了，完全沒有拒絕的能力。三個人吃著新鮮出爐的麵包、乾酪、火腿和煎蛋，喝著熱騰騰的咖啡，很快就成為好室友了。

俞願告訴她倆，這星期早出晚歸，是要把前任的事情解決。這個前任叫胡家仁，不是程飛那個朋友，而是剛剛成為前任的一個。

她和胡家仁同居一年了，可是兩個人常常吵架，他喜歡管束她，她這人最害怕被人管束，受不了了，一找到地方馬上就搬走。他沮喪極了，剛搬走的那星期，俞願常常去看他，陪他吃個飯，告訴他，他值得一個比她好的女人，而他和她永遠是肝膽相照的好朋友。

「我和每個前任都能做朋友。」俞願引以為傲地說。

「不要了，即使全世界沒朋友，也不要跟前任做朋友。我無法跟那麼差勁的人做朋友。」蘇楊說的是她的初戀情人何滔，一個花心蘿蔔。

「我也不要，即使我所有朋友都死光了，我也不要他這個朋友，他不是個壞人，但是沒必要做朋友。」李洛說的是秦嶺。

「可是，有些人最後只能做朋友，也只適合做朋友。」俞願說。

「有些人只適合老死不相往來啊。」李洛說。

「所以關鍵就是分手的時候分得好不好，有沒有好好道別，那就等於妳要把一個死人埋掉，妳是隨便把他扔到荒郊野外，任由他被野狗吃掉，還是會找一塊好地方把他好好埋葬，並且在他墳上撒花？那是不一樣的。」俞願說。

這個比喻聽著很殘忍，李洛和蘇楊不由得打了個小哆嗦，卻也由衷地佩服。是啊，每一次分手，無論是哪一個先不愛對方，都是一次小小的死亡。

然後，俞願說了那句很經典的話，以後我們四個人還常常拿出來說。

「前任是最堅實、最溫柔的後盾。」她說。

以她所擁有的前任的數量來說，俞願很有資格說這句話，而且，在她說了這句話之後，她的前任還一直在累積。許多年後，她不但有了許多前任，還有了一個前夫。

俞願是在紹興出生和長大的，三年前，她離開了那時的男朋友大汪，一個人去了巴黎念商科。大汪就是程飛的那個舊朋友。

她去巴黎的學費和生活費是兩個人一起存了幾年準備將來結婚用的錢，大汪自己一分錢也沒要，全部送她，他知道她一直想出去看看這世界，知道留不住她，因為愛她，他願意放手。

「他是個頂好的男人，太好了，只可惜我變了。」俞願每次說起他，還是對他讚不絕口。

在巴黎三年，俞願換了兩個男朋友，兩個都是法國人，一個是路易，另一個是雨果，路易比她大十二歲，雨果比她大五歲。做麵包就是雨果的媽媽教她的，雨果的媽媽是一位家政老師。

路易離過婚，是專門寫美食評論的雜誌記者，風度翩翩；雨果則是個舞台劇演員，他在《羅密歐與茱麗葉》裡演過羅密歐——的侍從。沒有戲演的時候，雨果就在酒吧打工。

在路易和雨果身上，俞願學會了浪漫。路易常常送她花，喜歡和她一起泡澡，喜歡替她擦背，也喜歡把魚子醬和香檳搬到浴缸旁，兩個人躺在浴缸裡一邊泡澡一邊喝香檳，他會用一只貝殼小勺子餵她吃魚子醬。他是那樣滿足她那個年紀對愛情所有的想像與渴求，她一度想嫁給他，但他似乎無意再一次跳進婚姻的墓穴裡。

「寶貝，我已經死過一次了。」他對俞願說。

雨果買不起魚子醬，但他親手做了一顆寶石戒指給她，那顆小小的寶石是他九歲那年跟家人去南非玩，在參觀一塊鑽石礦的時候挖到的，他一直藏著，想著長大後有一天能夠送給他心愛的女人。

「法國男人太會談情，但也太會偷情了；浪漫，但也散漫。路易就算到了七十歲，還是會有很多女朋友，我永遠不會是唯一一個；雨果呢，他就像馬卡龍，甜死人不償命，可是，人不能每天都吃這麼甜的東西啊，何況，誰知道他那一次在南非的鑽石礦總共挖了幾顆寶石呢？說不定他是挖了一小袋。」俞願微笑著嘆氣。

離開雨果，她也離開了巴黎，來香港讀一年的碩士研究生，她十幾歲的時候就常常憧憬著將來有天穿著黑色的洋裝和黑絲襪，踩著高跟鞋，拿著香奈兒的包包在香港的中環上班，早餐會議是在文華酒店的Clipper Lounge，邊吃著司康餅邊開的，午餐吃的是法國菜或者日本壽司，晚上下班回到半山的家裡，會有一隻毛茸茸的小狗歡天喜地撲過來拚命親她，她把小狗抱起來，踢掉腳上的高跟鞋，手伸進裙子裡解開穿了一整天的性感的黑色蕾絲胸罩，站到窗邊看著維多利亞港美麗的夜景，然後她跟自己說，對於人生，再也不應該有些什麼抱怨和奢求了。

「那是La Perla的蕾絲胸罩啊。」接著她又補充說。

「我來香港只為了能夠和某個人在一起，沒想過有沒有小狗和維多利亞港的夜景啊，如果有的話，也是好的。」蘇楊說。

「我來香港是為了離開某個人，沒想過晚上回到家裡脫掉的胸罩是什麼顏色、什麼布料的呢，性感蕾絲也是好的，要是用不著自己動手，有個人幫我解開釦子，那就更好。」李洛說。

離開巴黎的那天，是雨果送俞願去的機場；然而，最後的晚餐，她是跟路易吃的。

「在巴黎的最後一頓飯必須跟路易吃，他愛吃又會吃，而且能夠在最難訂到位子的餐廳弄到一張桌子。」她笑著說。

有些友情，只要一天就可以建立起來。我是在那個星期天的晚上加入她們的。我回來的時候，她們三個已經喝光了一瓶紅酒。

俞願做了比薩、西紅柿肉醬義大利麵和煎鴨胸。

蘇楊一見到我回來就興奮地說：「以後我們有口福了。」

蘇楊這時已經換上了睡衣，沒有鋼圈的粉紅色碎花棉布胸罩穿在睡衣外面。她胸大，不穿胸罩的話，她擔心地心引力早晚會把她美麗的乳房拖垮，可是，胸罩穿裡面她又覺得睡覺的時候得要先脫睡衣再脫胸罩太麻煩，於是發明了這種穿法。她這副古怪的模樣，我和李洛早就見怪不怪了，她要是哪一天夜晚沒把胸罩穿在外面，我們才覺得不習慣呢。

有一張我們四個人的照片，這麼多年來我一直留著，是有天晚上在B室那張綠色的布沙發上合影的，我們四個人挨在一起，裸著腳丫，身上穿著睡衣，裡面都沒穿胸罩，只有蘇楊穿在了外面。我們不許她脫下來。

俞願被巴黎的水土滋養了三年，她愛美，熱中研究時尚的東西，又受過路易和雨果的調教，在追求美好生活這方面常常有些心得，蘇楊和李洛很快就被她迷倒了。我一向不會化妝，窩窩會化妝，但她懶得教我，嫌我手笨，倒是俞願教會了我怎樣化妝。

那個教妳化妝，或者，在妳人生第一個重要的場合，譬如說是前男友的婚禮或者頭一次見男朋友的父母的那天幫妳化妝，用心把妳變美的好朋友，妳永遠也會記得她和感謝她的吧？

這天晚上，我們喝著第三瓶紅酒的時候，李洛問俞願：

「妳看什麼顏色的口紅最適合我呢？」

「哦，我也想知道，我買了很多口紅，買的時候覺得很好看，回來之後用了一兩次就覺得不好看。」蘇楊說。

俞願仔細看了看蘇楊和李洛的臉，又看看我，她嘴角揚了起來，說：

「有個很簡單的準則啊，口紅的顏色跟妳乳暈的顏色一樣就對。」

她這麼一說，我們幾乎是同時低頭看看自己的胸部，然後禁不住哈哈大笑。

李洛轉過身去拉開衣領瞄了瞄，又轉回來驕傲地向大家宣布：「我是櫻花色，我以後就買櫻花色吧。」

「是嗎？給我看看。」蘇楊說著伸手去拉開李洛的衣領。
李洛躲開，笑著打她的手：「去！」
「乳暈的顏色是會改變的，少女和成年之後，會有些微的改變，生過孩子之後，變化就更大了，顏色會變深。」我含著一片鴨胸，發表一下我的專業意見。
「那如果曬太陽呢？會曬黑嗎？」蘇楊問我。
「誰會去曬乳暈啊？」我笑得肚子都痛了。
「我以後不要生孩子了，反正我也不喜歡小孩子，我才不想我的櫻花色到時變成奶茶色。」李洛雙手按在胸前說。
「要是跟乳暈的顏色一樣，那不就是只能用一種顏色的口紅嗎？」蘇楊問道。
「只是說乳暈色的口紅最適合自己，也最自然，可以擴展到同一個色系啊，譬如奶茶色和大地色也是同一個色系，有很多選擇呢。並沒有說一個女人只能有一支口紅啊，人不一定喜歡自己乳暈的顏色，就好像我們不一定都喜歡自己的臉和頭髮，要是來來去去只能用一支或者幾支口紅也太沉悶了，乳暈的顏色無法改變，但是口紅可以把嘴唇變成不同的顏色呢。」俞願笑著說。
「就是呀，要是我塗了紫色的口紅，妳們可別以為我是紫色的。」蘇楊說。
「天哪，原來妳乳暈是紫色的！」李洛說。
「才不是。」蘇楊說。
「不行，我要看看。」李洛伸手想要扯開蘇楊的衣領。
蘇楊連忙起身逃跑，邊跑邊用雙手護著胸口，李洛笑嘻嘻地在後面追她，一直追到蘇楊的睡房裡。

我和俞願喝著酒，兩個人都有點醉了，我問俞願：

「妳跟哪一個前男友最好呢？哪一個是真的能夠做到好朋友？」

「那肯定是大汪啊，我們無所不談，已經變成像兄妹那樣的感情，每次我有了新男友會告訴他，跟男友吵架什麼的，我也會跟他說，他有了新女友也會告訴我，不過，他最近失戀了，太可憐啦，老是被甩。」她哈哈笑了起來。

笑完，她很認真地說：「只要能為我做的，甚至不需要我開口，他也會盡心盡力去做，這次我和胡家仁分手，跟他說我想找地方搬走，沒想過要他幫忙，畢竟他又不在我身邊，不可能幫我找房子，沒想到他馬上聯繫到程飛，要他幫我留意一下，又拜託他照顧我，說我一個女孩子在外面漂泊，怕我被人欺負。我一個人在巴黎三年，怎麼會害怕漂泊呢？我不欺負人已經很難得，誰可以欺負到我？」

「妳跟程飛熟嗎？」我問俞願。

「不熟呀，就最近在學校食堂吃了頓飯，是第一次見面，他跟大汪也好些年沒見了，兩個人都到處跑，大汪拜託他照顧我嘛，所以程飛還是要見見我的，他人挺害羞的呢。」

「害羞？」我禁不住笑了，「怎麼我從來不覺得程飛害羞呢，他不知道多麼喜歡說話。」

「這麼奇怪？可能程飛跟我沒什麼話說，或者他對著妳不害羞吧，他跟大汪有些地方還是挺像的，表面上很快活的一個人，對朋友很好，朋友很多，其實內心挺孤單的，妳以為他玩世不恭，那只是掩飾，只是害怕認真就會受傷，其實他害羞又沒有安全感，卻不想承認，也許孤兒都是這樣吧。」俞願說。

「孤兒？」我吃驚地問道。

## 20

「我還以為妳知道呢，他和大汪小時在蕪湖一所孤兒院裡住過。」俞願說。

「我不知道。」我難過地說，心中不由得升起了對他的一縷柔情。

「我都是聽大汪說的。」俞願喝著酒說，「程飛進孤兒院的時候約莫是六歲吧，有好心人看到他衣衫襤褸、瘦骨伶仃地在街上撿東西吃，於是把他送到派出所，警察找不到他的父母，也沒有人報失小孩，後來他就被送到孤兒院去了。他在孤兒院住了五年，一天，有個女孩子來把他帶走，是他姐姐。」

「他還有姐姐？」

俞願點頭：「是同父異母的姐姐，沒比他大很多，聽說是個跑夜場唱歌的歌手。」

「那他爸爸媽媽呢？」

「這就不清楚了。」

「程飛也真的很講義氣，他回去之後老是求他姐姐領養大汪，他姐姐當然不肯，一個跑江湖在酒吧唱歌的年輕女子現在要養一個弟弟，哪裡還有能力再養一個非親非故的男孩呢？」俞願說。

「他們兩個在孤兒院裡很慘吧？」

「孤兒院當然不會是迪士尼樂園，有一回，大汪和程飛一起逃跑，兩個人逃到山裡，大汪告訴我的，他還挺懷念那次出走。他們在山上住了大半個月，自由自在，玩得不亦樂乎，餓了就吃野果充饑，夜晚爬到樹上找貓頭鷹呀、數星星呀，累了就睡在山洞裡。有天半夜，他們聽到嗷嗚嗷嗚的叫聲，好像是狼嚎，而且不止一隻，可能是一群狼，兩個人嚇死了，挨在一起一直抖一直抖，其中一個嚇得嗚嗚地哭了起來，妳猜是誰？」俞願笑著問我。

「是程飛吧？」我說。

俞願眨眨眼：「哦，妳怎麼知道？」

我笑著說：「因為這是大汪的版本啊，如果是程飛的版本，他肯定會說哭的那個人是大汪，他自己最勇敢，沒哭。」

俞願哈哈笑了起來：「男人啊，就是這樣，可能連記憶都騙了自己，有機會妳問問程飛，我想聽聽他的版本。」

我笑著問：「那後來他們是怎樣給抓回去的？」

「他們是自己回去的。話說有一天，程飛爬樹的時候從樹上掉下來撞到頭，流了很多血，後腦勺穿了個洞，血一直流，大汪見他這樣，提議回孤兒院，程飛怎樣也不肯回去，最後是大汪眼看他變得迷迷糊糊的，擔心他會掛掉，硬是背著他回去的。他在醫院住了許多天，後腦勺有個疤，從此以後那個位置都長不出頭髮了。」俞願揉著眼睛說，「在孤兒院裡結識的朋友，都是生死之交，後來程飛被他姐姐接走，還常常寫信給大汪，叫大汪等他，等他成年以後就回去領養大汪。」俞願笑了起來。

我聽到這裡也笑了，程飛太可愛了。

俞願繼續說：「大汪和程飛同年，等程飛成年，大汪也成年了，可以離開孤兒院啦，哪裡還需要找人領養？後來程飛跟著他姐姐離開了安徽，到處跑場唱歌，就沒法寫很多信了。」

夜已深了，蘇楊和李洛早就已經睡著，我和俞願在陽台上一邊喝酒一邊聊天，我喝了很多酒，卻比誰都清醒。回到自己家裡，我把程飛送我的幸福樹從書房搬到睡房，放在窗邊，心裡想：

「以後還是放在這裡吧。」

程飛從樹上掉下來的時候流了那麼多血，一定很痛吧？他童年過的是什麼樣的生活，我也許永遠無法想像。

那個看上去那麼灑脫的人，原來只是對著我有說不完的話嗎？那個想要領養好朋友的小傻瓜，是怎麼熬過到處漂泊的漫長日子的？那個曾經瘦骨伶仃、流落街頭的可憐男孩，後來是怎樣來到我的城市的？

## 21

「在哪兒呢？忙嗎？」幾天後的一個傍晚，我在醫院走廊打了一通電話給程飛。

這是我頭一次主動找程飛，他大概沒想到我會打電話給他，接電話的時候，口氣聽上去有些驚訝。

「啊，我在出版社。」程飛說。

「這麼晚？你已經開始上班了嗎？」

「在看些資料，希望盡快上手，妳腰好些了嗎？」

「沒事了，居然這麼勤奮？難得啊。」

「收人錢財啊。」程飛咯咯地笑，問我，「找我有事？」

「沒什麼的，就想看看你在幹嘛。吃飯了嗎？」說完這句話，我覺著耳根有幾分發熱。

「嘿，妳是不是想約我吃飯？」程飛笑嘻嘻地問。

「誰約你吃飯？我在醫院，飯都還沒吃，今天兩台大手術呢，剛走出來喘口氣，沒什麼的，八卦一下你在幹嘛，想聽你說個笑話，你知道的，你笑話很多。」這時，我身上的呼叫器突然響了起來，是護士找我。

「再說吧，估計今晚十二點前是不可能吃到飯了。」我說完匆匆把電話掛斷，直奔病房。

凌晨一點，剛剛完成一台緊急手術，一個年輕女孩晚上加班，下班回家的路上遇上嚴重的車禍，送來醫院的時候全身血肉模糊。主刀醫生為她輸血，把她碎裂了的那部分肝臟切除、縫合，她奇蹟般地活過來了。知道她可以活下來的那一刻，手術室裡全體醫護一起為這個頑強的生命鼓掌，所有疲累都值得了。

主刀醫生回家睡覺去了，我們幾個實習醫生負責把病人送到加護病房觀察。終於輪到我可以休息了，我走出病房，想去躺一會兒，這時卻接到程飛打來的電話。

「妳還在醫院嗎？我在急診室。」他的聲音聽起來很痛苦。

「你怎麼了？」我吃了一驚。

「看資料看到一半，肚子突然很痛，就像被刀插一樣，痛死了，不知道會不會是闌尾炎，在等醫生來。」

「噢，你等我，我現在過去找你。」太累了，我的聲音有點沙啞。

外科部在主樓十二樓，急診室在旁邊另一幢大樓地下，兩幢樓之間有一條連接的通道，我急匆匆地從主樓跑到急診室，那兒坐滿了等著見醫生的病人，程飛不在那兒，我轉到病房去看看，他不在任何一間病房裡。我問了護士，並沒有用「程飛」這個名字登記的病人。

「在哪兒啊？」我心裡嘀咕。

我走到急診室外面，那兒停著幾輛救護車，車上沒有人。我掏出手機打給程飛，手機鈴聲隨即在我附近響了起來，我驚訝地循著聲音看去，這時，程飛慢條斯理地從兩台救護車之間走出來，一隻手藏在身後，歪嘴笑著。

這一刻，我才知道受騙了。

「原來你沒事。」我裝著生氣的樣子。

「看到我沒事不是應該很高興嗎？」程飛得意揚揚地說。

「怎麼會高興？今天我當班，本來以為有闌尾炎手術可以做呢，真是空歡喜一場。」我翻翻白眼。

程飛看了看我，說：「妳又有眼袋了。」

「這麼黑也能看到嗎？」我瞥了他一眼，裝著一副我才不相信他的樣子。
「那麼大當然看到。」
我想反駁，一時之間卻又想不到說什麼。
「吃飯了嗎？」程飛先開口問我。
「還沒。」他不說，我都忘了我一整天都沒吃飯，只吃過幾塊餅乾充饑。
「我也還沒吃。」這時，程飛從背後拿出一個塑料袋來，裡面裝著熱騰騰的便當，聞起來很香。
我打開其中一個便當的蓋子看看，咧開嘴笑了：
「噢，是叉燒飯。」
「是微胖叉燒飯。」程飛更正我說，「還有菜乾湯。」
「看起來很好吃啊。」我說，累得嗓音都破了。
「吃起來更好吃。」程飛說。
我笑了：「一起吃吧。」
這個晚上，天很黑，幾顆星星在天邊閃爍，主樓外面有一個小小的庭院，我和程飛挑了一張長椅坐下來吃飯。
「這麼晚了，你在哪裡買到叉燒飯？」我餓壞了，大口大口地吃飯。
「從灣仔的辦公室一直走到銅鑼灣，終於給我找到一家還未打烊的燒味店。」程飛吃著飯說。
我把一塊叉燒送進嘴裡：「是三分肥肉七分瘦肉呢，好吃。」

程飛皺眉看我：「妳是不是三天沒吃飯了？妳看妳，一點儀態都沒有，可以吃慢點嗎？」

「我現在只想吃飯和睡覺。」我說，「你知道嗎？在外科這幾個月，我學會了一項新的技能。」

「什麼技能？」

「我能一邊吃飯一邊睡覺，前幾天就是這樣。」我說。

「哈，這有什麼難？我能一邊睡覺一邊不睡覺。」

「有可能嗎？鬼才相信你。」我笑著用手肘捅了一下他的腰，問他，「出版社的工作怎麼樣？還好吧？」

「很好玩啊，這家出版社是行內做數學課本的老大哥，第一名的。」

「啊，那就好。」我替他高興。

「學星出版社，妳聽過嗎？」

「我小學和中學的數學課本就是『學星』的呀，當年用過的課本和練習簿我應該還留著。」

吃完飯，我喝了一口菜乾湯，擦擦嘴，定定地望著程飛。

「什麼事？」程飛好奇地問我。

「你頭痛不痛？」我問道。

「我頭沒痛啊，為什麼這樣問？」

「怎麼會不痛呢？每個人都會頭痛的啊。」

「呃？但我現在沒痛啊。」他喝著湯說。
我皺眉：「你會不會連痛楚都感覺不到？」
程飛笑了起來，那笑容看起來就是覺得這事很荒誕：「感覺不到就是不痛唄。」
我很嚴肅地說：「你感覺不到痛楚，會不會是麻瘋病？麻瘋病人是感覺不到痛楚的。」
程飛捧著喝到一半的菜乾湯，看著我，五官扭成一團：「我好端端一個人為什麼會得麻瘋病？」
我湊近他，和他相距只有幾英寸：「天哪，你左邊臉有點塌了下來，你真的一點感覺都沒有？」
程飛做了個鬼臉：「不是吧？我還是很帥的，對吧？」
「我不是跟你玩，你快點轉過身去，我幫你檢查一下。」我說著把程飛一邊肩膀扭過去，撥開他後腦勺的頭髮，那兒果然有一個小圈是沒頭髮的，俞願說得沒錯。
我騙程飛說他頭痛，只是想看看那個小圈上面的傷疤。
「你沒病。」他的頭髮被我弄亂了，我用手揉了揉他的後腦勺，我有許多問題想問他，想知道那些年他是怎麼過的，想瞭解他的孤單和漂泊，那是我永遠無法想像的一段童年。
「我現在沒麻瘋病了？」程飛被我弄得哭笑不得。
我把剩下的菜乾湯一口氣喝完，憋住笑，說：「看來沒有。」然後，我用手把程飛的臉輕輕撥向左邊，又撥回去右邊，「啊，你臉也沒塌下來。」
「妳是不是太累了？」程飛反過來問我，「妳今天很古怪，胡言亂語的，會不會是中了毒？要不要送妳去醫院？」

我咯咯地笑：「我今天做了三台大手術，哦，不是我做，是主刀醫生做，我只是站在一邊看，站了一天，腿都軟了，但也學到很多。」

「噢，今晚可以休息了嗎？」程飛問我。

「應該可以停一下了。」我疲憊地說，「我一直都很懷疑自己。」

「懷疑什麼？」

「懷疑自己是不是適合做醫生，是不是能夠成為好醫生。你知道嗎？每次走進手術室，我都害怕，害怕自己不小心做錯了什麼，會害到病人，那是一條生命啊，可我們畢竟也是人，而不是上帝，怎麼可能完美無缺、從不犯錯呢？但是，做為一個醫生，你只能努力成為最好的，不能夠做一個平庸的，因為你只有足夠好，才可以救到更多人。這多麼可怕啊？做人，你可以做一個平庸的。」

「我可不想做一個平庸的人，活著不容易，為什麼要平庸？」程飛說。

「嗯，一直不想做個平庸的人，我是太貪婪了吧？」

「才不，這不是貪婪，這是夢想，人要是沒有夢想……」

「噢，千萬別說人沒有夢想跟一條鹹魚沒分別，太陳詞濫調啦，我可喜歡吃鹹魚了，鹹魚蒸肉餅很下飯哦，煎鱠白鹹魚也是天下美味。」

「我是想說，人要是沒有夢想，就無法走過最黑暗的日子，到時候，即使有很好吃的鹹魚也吃不到了。」程飛撇嘴笑笑。

我哈哈笑了。吃飽之後，人就更瞌睡，我挨著椅背，伸長兩條又瘦又軟的腿，抬頭看著夜空上的星星，眼睛都快睜不開了。

「嘿，可以幫我一個忙嗎？」我問程飛。

「沒事吧妳？要我做什麼？」他看著我。

「我眼睛很累，想合上眼睛，你可以幫我數星星嗎？我想知道天空上有幾顆。」我揉著眼睛，喃喃地說。

程飛朝我微笑，那微笑像星星。

「好的，我來幫妳數。」他說。

程飛這麼說的時候，我已經在他身邊慢慢地閉上了眼睛。

過了一會兒，我低聲問道：「我沒聽到你在數。」

「我在心裡數。」程飛說。

「很久沒看過星星了。」我說。

「我也是，今晚的星星算是比較多，香港的天空沒有很多星星。」

「嗯，光污染啊，星星越來越少了，香港的夜景那麼美麗，也是有代價的。」

「去沙漠看吧，那裡有最多的星星，就跟沙子一樣多。」

「嗯，以後一起去好不好？」我睜開眼睛微笑著看了看程飛，然後又閉上。

「數到六顆了。」程飛輕聲說。

「要不要在一起？」我低聲問程飛。

我為自己竟然這麼勇敢地表白而偷笑。

「好啊。」程飛應了一聲。

「一言為定，打勾勾。」我說。

「妳睡覺不要張開嘴，會流口水。」程飛伸出手和我打勾勾。

「我還沒睡，我醒著呢，我才沒張開嘴。」

當我再次睜開眼睛，程飛依舊坐在我身邊，他挨在椅背上，抬頭望著天空。

「妳醒啦？妳剛剛是不是做夢？妳一直咂著嘴，喃喃自語。」程飛說。

喃喃自語？最後那幾句話我是在夢裡說的嗎？難道只是夢囈？我和他到底有沒有打勾勾？要是我再問程飛一次我們要不要在一起，他是不是同樣會說「好啊」？那句「好啊」是我在夢裡聽到的，還是程飛真的有說過，卻是回答我上一個問題？我問他以後一起去沙漠看星星好不好，那是在我睡著之前。

「我說了什麼？」我問程飛。

「我沒偷聽。」程飛朝我微微一笑。

我看著程飛，他是聽到了還是沒聽到？同一個問題，我沒有勇氣再問他一遍，何況，對我來說，那並不是一個問題，而是表白，是只有閉上眼睛看不到他才能毫不羞怯地說出口的表白，也只會說一次。

到底是什麼阻擋著我們？那個真正的他，那個內心害羞而沒有安全感的他，就連一句「我喜歡妳」都不能夠對我說嗎？

## 22

那是六月中的一天，剛好是星期天，我難得有一天假期，早早就答應了帶俞願、李洛和蘇楊去上環太平山街的濟公廟看看。許多單身男女來這裡祈求姻緣，據說很靈驗，所以香火鼎盛。我倒是從未來過，可是，求姻緣為什麼要找濟公？他明明是因為逃婚而出家的啊。

當我們四個走進廟裡，我才知道，雖然是濟公廟，裡面也供奉著一尊月老，還有和合二仙，祈求姻緣是跟月老、和合二仙祈求，不是濟公。來這裡祈求美好姻緣的男男女女，得買一個像蚊香一樣的香塔，拿一根紅線繫上，然後交給廟祝，廟祝在一張黃色的紙牌上寫上你的名字和當天的日期，跟香塔一起掛到屋頂上去。

高高的屋頂那兒掛滿了點燃的香塔，我抬頭看了一會兒，名字裡有嘉怡、惠儀、玉珍、淑敏、美玲、冰冰、婷婷，等等，幾乎全都是女的，這些名字的主人今後真的會遇到真命天子嗎？

「我已經有黎國輝了，是不是就不用再求姻緣了？還是需要鞏固一下？」蘇楊問道。我們三個聽了禁不住咯咯大笑，這真的只有蘇楊才想得出來。

「妳站一邊去吧，妳不需要了。」李洛沒好氣地說。

「追我的人滿多的，那我需要嗎？」俞願笑著說。

「可妳還沒遇到真命天子啊。」李洛說。

「也是，那我也買一個香塔吧。」俞願說完又問我，「子瑤，妳要買香塔嗎？」

我聳聳肩：「不了。」

假如已經遇到那個人，就不用再祈求了吧？

李洛和俞願買了香塔，廟祝幫她倆把香塔掛到屋頂上，她倆抬頭望著寫上自己名字的那個香塔，閉上眼睛，十指交叉，誠心誠意地祈求遇到生命中那個會和她們終老的人。

二十歲出頭的時候，女孩子是不是都相信這些？即使明明不是個迷信的人，也會把願望、愛情，試著託付給某個神明、術數、占卜，或者託付給一些虛無縹緲的東西，想知道哪一天會遇到命定的那個人；那個命定的人，又是不是一定會來到。可是，從來就沒有人可以告訴我們，一生中要遇到多少人，要失望和傷心多少次，要酒醉後跌倒多少回，才會終於遇見那個讓我嘴角含笑、眼睛發亮，把我捧在手心裡疼著的人，從此以後，再也不需要在情路上顛簸。

然而，能夠盼望和相信，也許是幸福的；因為相信，才會遇到。當你篤定地相信自己會被愛、會遇到命定的那個人，那麼，說不定天空上所有的星星都會為你照亮那燈火闌珊處，讓你見到那個人；而這個世界上所有的玫瑰也會為你綻放。

離開濟公廟，我們在附近逛了一會兒，然後去檀島咖啡吃新鮮出爐的燙手的蛋塔，喝紅豆冰和冰奶茶。竟然從來沒有人告訴她們，這裡有香港最好吃的蛋塔。媽媽不愛吃甜，窩窩情願吃甜甜圈，小時候，爸爸常常帶著我來吃，我喜歡用一只小勺子先把蛋塔中間的蛋漿一小口一小口吃光，然後才拿起整個酥皮慢慢吃，這是最有滋味的吃法。

「只有這裡的蛋塔每一個是用一百九十二層酥皮做的，不多不少。」我說。

「怪不得那麼鬆脆，太好吃了。」蘇楊一個人吃了四個，比我們都吃得多。

「我不吃不是酥皮的蛋塔。」我說。
「我不吃不辣的魚蛋粉。」李洛說。
「我不愛不愛我的人。」俞願說。
「哦，妳是不是扯遠了？」我笑著說。
天色漸晚，我們離開餐廳，在百貨公司專櫃買到乳暈色的口紅，然後跑到洗手間裡，擦掉本來的口紅，塗上剛買的乳暈色的口紅。
塗完口紅，我們看看鏡子裡的自己和其餘三個人，禁不住哈哈大笑了起來。
「果然是最好的顏色。」李洛拿著櫻花色的口紅，嘸嘸嘴，很滿意地說。
蘇楊把臉湊近鏡子，禁不住發出「啵」的一聲：「我這唇色太性感了，我想吻我自己。」
我抿了一下嘴唇，笑笑說：「真沒想過可以把乳暈放到臉上去啊，而且一點都不覺得羞恥。」
那天俞願並沒有買乳暈色的口紅，她已經有太多了，她買了鮮紅色的。
俞願塗了一個性感的紅唇，對著鏡子皺起眉頭：「大家就記住這最初的唇色吧，乳暈的顏色以後會變深的啊，我覺得除了是因為年輕和生孩子外，男人也是元兇。」說完，她咯咯地笑。
隨後，我們四個從百貨公司走出來，揚起嘴巴，昂首挺胸，在中環的大街上邊走邊笑，只有我們知道自己在笑什麼。
那原本是美好的一天，直到我經過拐角一家西班牙首飾店的時候，回頭的一刻無意中看見程飛和他身邊那個年輕漂亮、高䠷而精緻的長髮女孩。那個穿著白襯衫和淺藍色牛仔褲，脖子上戴著一串長項鍊的女孩，是那樣出眾，又那樣甜蜜地看著他，似乎是問他項鍊好不好看；也是在這一刻，我嘴上的乳暈色的口紅突然使我感到無比的失落與難堪。

## 23

「嘿，狐狸仔，吃飯了嗎？」程飛在電話那頭俏皮地問我。那是我在首飾店外面見到他的第二天晚上。接到電話的時候，我剛從外科病房出來，準備搭電梯到樓下。

我冷冷地答道：「還沒。」

「哦……在忙？」他問。

「嗯。」我淡淡地應了一聲。

一時間兩人都沒說話，程飛首先開口說：

「哦，那我不打擾妳了。」

我多麼想負氣地說：「是的，你是不該再打擾我。」可我捨不得這麼說，我好像也不該這麼說，他答應過我什麼呢？他又沒騙我，他也不是我的什麼人，我們不過是朋友，頂多只是談得來的朋友。

「嗯，再說吧，再見。」我掛斷電話，突然覺著鼻子酸酸的。

那天在首飾店裡，程飛顯然並沒有看到我，有幾十秒的時間，我就像個偷窺者那樣，鬼鬼祟祟地隔著首飾店的落地玻璃門偷看他，想看看他和那個女孩在幹什麼，想看看他倆接下來會不會牽手。可就在那當兒，俞願折回來找我，問我在看什麼。

「沒什麼。」我說完匆匆拉著她走。

可能因為我在電話裡那麼冷淡，接下來的兩個星期，程飛再也沒有找我。他不找我，我倒是想念起他來，帶著醋意卻也意興闌珊，然後跟自己說：「他不是我的。」

再一次見到程飛，是在6A內科病房外面。徐繼之回來接受第二期的化療，入院的那天，他打了一通電話給我，告訴我，他住院了。那天我工作做完，馬上就去看他。

那天一整天都下著滂沱大雨，上午的時候，西半山發生了一起嚴重的交通事故，丈夫開車送太太上班的途中，車子因為閃避迎面撞過來的一輛失控的車子而衝下山坡，消防員花了足足一個半小時才把兩個人從完全變了形的車廂裡救出來，由救護車送到西區醫院。經過漫長的手術，丈夫被救回來了，太太因失血太多，救不回了。

我在手術室裡，身上沾滿了那位太太的血，看著她死去。她只有三十四歲，那麼年輕、那麼漂亮，稍有意識的時候，還抓住我的手，不停地問我她丈夫怎麼了，結果，離去的是她。

那一天，我們每個人都很沮喪。時間是多麼無情也弔詭的東西？她要是晚一點出門就不會遇上那輛失控的車子，即使不幸遇上了，她只要早一點送來醫院，也許就不會死。

生命如此脆弱，總是讓我們傷心難過。

晚上十點，我來到內科病房。自從轉到外科實習，我就沒有再來過這裡。徐繼之的病床在最裡面那一排的窗邊，我看到他時，他身上穿著病人的衣服，正挨坐病床上看書。自從除夕的派對之後，我們就沒見過面，他皮膚曬黑了些，沒那麼蒼白，人也胖了些，長出了許多新的頭髮，比起上次見面時好看多了。

「嘿，很久沒見了。」他看到我，面露微笑。

「你在讀什麼？」我好奇問道。

徐繼之把書翻過來讓我看看書封面，說：「是喬治・西默農的偵探小說。」

「啊，我也喜歡讀偵探小說，《福爾摩斯》我全都讀過，阿嘉莎・克莉絲蒂和勞倫斯・卜洛克我讀了很多，西默農和雷蒙・錢德勒我也喜歡，但是沒有全部讀過。」

「我帶了很多書來，偵探小說最好了，再怎麼辛苦，我也會想爬起來追結局。」他說著拉開床邊櫃的第二個抽屜，裡面很多本偵探小說。

「噢，真的很多。」

「歡迎借閱。」他笑笑說。

「不看棋譜了嗎？」我問道。

「不看了，看棋譜會失眠。」他皺眉說。

我挑了錢德勒的《漫長的告別》。

「我喜歡性格有缺憾的偵探和多情的罪犯。」我說。

「我喜歡聰明的罪犯和更聰明的偵探。」他咯咯地笑。

雖然我們幾個月沒見，不知道為什麼，我就好像昨天才跟他見過面那樣，也許是因為我們有個共同的朋友程飛。

「明天開始化療，準備好了嗎？」我問徐繼之。

他點點頭：「今天做完了所有檢查啦。」

「你頭髮現在變得好長啊。」我指了指他的頭。
他用手撓了撓頭：「幾個月來都捨不得剪短，明天開始又會掉光光啦。」
「會長回來的啊，重新長出來的頭髮會更漂亮呢。」我安慰他說。
「好像真的是，我以前明明是直頭髮的，重新長出來的頭髮好像微微有點鬈曲。」
我看了一下，他耳邊的頭髮好像真的有點波紋。
「所以不用擔心掉頭髮啊，這次化療之後，再長出來的頭髮可能更鬈曲呢，說不定會像混血兒。」我衝他笑笑。
「別像程飛那樣變成泡麵頭就好。」徐繼之笑著說。
我沒笑，咧咧嘴，說：「不會啦，像他有什麼好啊。」
「啊，妳來之前他剛剛走。」
「是嗎？」我沒有表情地說。
「噢，他忘了拿雨傘。」徐繼之指了指床腳，一把濕淋淋的黑色雨傘擱在那兒。
我看向窗外，雨很大，劈里啪啦地打在窗子上，不帶雨傘根本走不出去，程飛很快就會跑回病房。
「我還有工作要做，我明天再來看你，你早點休息吧。」我急匆匆地說。
「哦，好的，妳忙，妳不用特地來看我。」徐繼之體貼地說。
「沒關係的，我們在同一家醫院啊。」我笑笑說，「明天見。」
說完，我拿著書快步走出病房。
可是，太遲了，我剛走出病房，就在走廊上碰見程飛。他頭髮和肩膀都被雨淋濕了，背包挎在一邊肩膀上，一副狼狽不堪的樣子。
「嘿。」他衝我笑。
「嘿。」我咧咧嘴，下巴繃得緊緊的，笑與不笑之間。
「雨太大了，走出去幾步就淋濕了，想偷懶不回來拿雨傘也不行。」他笑笑說。
「我剛看過大頭。」我不怎麼起勁地說。
「妳今晚夜班？」
「嗯，我得回去了。」我乾巴巴地說。
這麼說了之後，我和他兩個人面對面窘了一會兒。
對於我突然的冷淡，程飛臉上浮出困惑不解的神情。可為什麼困惑的會是他？我也同樣困惑啊，那個女孩子到底是他什麼人？他喜歡和我耍嘴皮，跑來我家找我，送我一棵幸福樹，深夜送飯給我，這都代表什麼？他跟其他女孩子也是這麼好的嗎？
明知道他一定會來看徐繼之，我為什麼還要來呢？我到底是想見他，還是不想見他？終於見到了，卻又心裡有個疙瘩，既惱火也不捨。然而，這一刻，站在我面前的程飛，那麼好看、那麼困惑，甚至突然之間有點脆弱，就好像他受到了傷害似的，我多麼想假裝沒事發生，假裝我什麼都沒見到，然後繼續和他好，又或者，繼續做他的朋友。他會是個很不錯的朋友。
我對他動過心，如此而已。他知道或者不知道，也不重要了，最好還是不知道吧。
「晚了，護士不讓進去的啦，快去拿傘吧。」我口氣軟下來了。
「哦好。」他咧咧嘴。

「再見。」我說完從他身邊走過。

走了幾步，程飛突然回頭跟我說：

「我發了第一個月的薪水啦。」

他說過發了第一個月的薪水就請我吃飯。

這時我白大褂口袋裡的呼叫器響了起來，及時解救了我。我看看呼叫器，是外科病房的護士找我。

「妳去忙吧。」他衝我微笑。

「嗯，再說吧。」我說完，轉身大步往前走，我不知道我到底還想不想跟他吃飯。

走了十幾步，確定程飛已經不在走廊上，我放慢了腳步，拿出手機，回了電話給病房護士，拐了個彎，走到另一條走廊，回去外科。

雨越下越大，我拿著《漫長的告別》穿過長長的走廊、漫長的雨夜，幽幽地想起那個早逝的少年。他是那樣喜歡過我。

## 24

林靖是在一個大雨如注的初夏傍晚來到我家的，那年他十歲，和我同年。

媽媽帶他回來的時候，兩個人都被雨淋濕了，腳上的鞋子也能擠出水。林靖穿著校服，背著沉甸甸的書包，短褲下面露出來的兩條腿瘦巴巴的，背有點駝，黑溜溜的小眼睛，留了個滑稽的冬菇頭，文靜又羞怯，一看到我就臉紅。

他跟媽媽以前帶回來的學生不一樣，那些男生是數學不好，我媽媽義務替他們補習，林靖成績很好，他來我家，是因為他媽媽得了乳癌進了醫院，無法照顧他，而他爸爸有另外一個家，不方便照顧他。

我的媽媽在家裡是個神經質的主婦，在學校裡是個嚴肅的老師，骨子裡卻是個俠骨柔腸的女俠，知道了林靖的情況，二話不說就把他帶回來，讓他暫時跟我們住在一塊。

比我大五歲的窩窩那時已經是少女，不大和我玩，林靖成了我的玩伴。每個星期天，爸爸也帶著我和他去游泳。我們一塊游泳，一塊讀書，一塊騎車，一塊去買金魚，然後各自給自己的金魚取個名字，結果，我的金金沒多久就毫不客氣地把他的小飛俠吃掉了。

林靖在我家住了兩個月，他媽媽出院回家，他也回去了。可惜，那個可憐的女人雖然失去了兩個乳房卻還是只能多活一年。林靖的媽媽死後，他爸爸把他接回去和新老婆一家一起生活，那以後，他從港島西區搬到新界北區，我再也沒見到他。

我再見到林靖的時候，他已經十五歲。那個忽晴忽雨的週末早上，我約了同學打羽毛球，打完球，回家的路上，突然下起了傾盆大雨，我沒帶傘，匆匆走到一家花店的屋簷下躲雨，這時身邊忽然有人喊我的名字，我轉頭一看，竟然是他。

五年沒見，林靖整個人拔高了，背也不駝了，冬菇頭變成側分的清爽的短髮，那個曾經的小男孩，已經是個少年。

我們面對面，彼此報以微笑，曾經熟悉卻也有點陌生。

「是你啊。」我用手擦了擦臉上的雨水。

「妳好嗎？」他衝我笑。

那天以後，我們常常一塊出去，去海邊散步，去騎車，去吃蛋塔和紅豆冰，去深水灣河谷看螢火蟲。他告訴我，他爸爸的新老婆和兩個同父異母的姐姐對他很好，可那當然無法跟他死去的媽媽相比。

「在那個家裡我就像客人一樣，每個人都對我很客氣，可我知道我並不屬於那裡。」他說。

大概是因為內疚，他爸爸很寵他，常常給他很多錢花，所以，林靖花錢也大手大腳。一九九二年的聖誕節晚上，我們在梅莉餐廳吃飯，那是我們共度的最後一個聖誕節。

那天晚上，林靖點了我愛吃的火焰雪山，吃到一半，他神神秘秘地拿出一個小小的蒂芙尼的碧藍色盒子放在我面前。

「聖誕快樂，送妳的。」他微笑說。

我打開盒子一看，是一條很漂亮的蒂芙尼圓環T字釦純銀手鍊。

「好看嗎？」他得意揚揚地朝我眨眨眼睛。

「好看。」我把手鍊放回盒子裡還給他說，「但我不能要。」

「為什麼呢？」他皺眉看我。

「這太貴了。」我說。

「不貴啊。」他不解地說。

「這可是蒂芙尼啊，怎麼會不貴呢？我不能收，要是我收了，媽媽會罵我。」我說。

「啊，妳真幸福，有媽媽罵妳。」他挖苦地說。

我直直地望著他，沒說話。

「妳今年不收，我明年聖誕再送妳，明年妳不肯收，我後年聖誕再送妳，一直送到八十歲，直到妳肯收下為止。」他執拗地說。

林靖也許以為我會被他這番話感動，可是我沒有，那一刻，我跟他同樣執拗。

「別花時間了。」我說。

林靖被我的話傷到了，臉色登時白了。

「別亂花錢了，我不需要這些東西。」我倔強地說。

他偏偏好勝地說：「啊，有一天妳會需要的，女孩子都喜歡蒂芙尼，我那兩個姐姐就買很多。我喜歡一個人，就會把最好的送她。」

我直勾勾地望著他，那一刻，我突然有點討厭他，不知道從什麼時候開始，他再也不是五年前我認識的那個安靜羞澀、愛讀書的小男孩，他變得專橫霸道又自以為是，總是要做一些事情讓自己看起來很了不起。

他這麼說了之後，我咬著牙不看他，好一會兒都沒說話。

林靖看得出我不高興，換了個話題，說：「我爸爸想送我去美國讀書，也許明年就去。」

「哦。」我淡淡地應了一聲。

他看了我一眼，說：「妳不想我去，我就不去。」

我賭氣地說：「不，你應該去。」

他失望的眼睛看著我，嘛嘛嘴，問道：「妳想不想和我一起去？妳想讀醫，去美國也可以讀，美國醫科才厲害啊，況且，在美國妳隨時都可以去多倫多探妳姐姐。妳和我一起去吧，別在這裡讀了。」

我瞪著他，沒回答，他也瞪著我，我們兩個就像小孩子吵架那樣，僵在那兒，各不相讓。

「我哪裡都不去，你好好讀書吧，快考試了，別只顧著玩。」我首先開口說。

他嘴角一歪，嘲諷的語氣：「妳說話怎麼越來越像妳媽媽？囉哩囉唆的。」

我氣得聲音顫抖，惱火地說：「林靖，你為什麼會變成這樣？你現在又自大又刻薄，你變得好討厭，你自己知道嗎？我媽媽對你很好，她一直都很關心你。」

他看來就像一隻挨了罵的小狗，咬著唇，坐在那兒，垂頭喪氣，默然不語。

「我不再喜歡你了。」我衝著他說。

「我才不相信妳。」他嘴角浮起一抹冷笑，就像是受傷之後的反撲。

「那你等著瞧吧，我會證明給你看。」我站起身，把他一個人丟在餐廳裡，自己跑回家。

我走了，他也沒追上來。再見到他，是除夕的夜晚。

爸爸媽媽去了多倫多探窩窩，家裡只有我一個人，我挨在客廳的沙發上看書。這時，林靖從樓下喊上來，喊了好幾次，我本來不想理他，可是，我怕他吵到鄰居，只好放下手裡的書，走出露台。

他穿著一件灰色套頭毛衣和牛仔褲，站在樓下。

「嘿，妳還在生我的氣嗎？」他問我。

我抿著嘴，沒回答。

林靖低聲下氣地說：「是我不對，妳別生氣好嗎？」

我雙手抱在胸前，看著他，還是不說話。

「我那兩個姐姐和她們的朋友今晚去蘭桂坊玩，在那邊倒數，妳要一起去嗎？」

我看著他，繼續不說話。我真的不知道我還想不想跟他一起。

「別這樣，今晚可是除夕啊。妳要我留下陪妳嗎？我才不想和他們去玩，沒什麼好玩的，我現在上去找妳好嗎？」他衝我笑，等待著我點頭。

「不，你去玩吧。」我冷著臉說。

說完，我裹緊身上的毛衣，轉身背對他，回屋裡去。

「那我們明天見好嗎？明天我打電話給妳。」他說。

我沒回頭看他。

那是他跟我說的最後一句話。

幾個鐘頭之後，一切都結束了。

一九九二年的除夕，成千上萬的人湧到蘭桂坊參加電台舉辦的跨年派對，卻沒有人想過那麼小的地方根本擠不下那麼多人。十二點一過，所有人都玩瘋了，泡沫彩帶和啤酒在人們頭頂上亂噴，想進來玩的使勁往前擠，想走的卻走不出去，幾個人首先跌倒，後面的人猝不及防，一個個撲倒，踩住前面的人，大家開始恐慌，更多的人想要離開，然後就像骨牌一樣，紛紛踩在已經跌倒的人身上，人們疊在一塊，誰都走不出來，逃生的路都沒有了。短短的幾分鐘，那裡變成了一片煉獄。

林靖的姐姐和朋友及時逃開了，林靖被四層人牆壓在最底下，無路可逃，他被救出來的時候已經沒有了呼吸。

那是香港有史以來最嚴重的人踏人意外。

那一天，我永遠失去了他。

我無法原諒我自己。我為什麼不肯讓他留下陪我？他本來可以不去的，他本來是可以逃過一死的，是我狠心拒絕了他。

林靖對我說的「明天見好嗎？」永不可能實現了，那並不是他留給我的最後一句話，除夕那天晚上，當我丟下他，轉身回到屋裡，他把那條手鍊和一封信放在我的信箱裡。我是兩天之後才發現的。

親愛的子瑤：

十歲的時候，我喜歡上一個女孩子，雖然她的金魚吃掉我心愛的金魚，但我不恨她，我想買更多的金魚給她的金魚吃，吃多少都可以。啊，我還記得我給那條溫馴的金魚取了個名字叫小飛俠，她的金魚叫金金，非常兇猛，發起脾氣來有點像牠的主人。

十五歲，我在花店的屋簷下躲雨，她再一次闖進我的生命，手裡拿著球拍，長長的頭髮紮在腦後，鼻尖上掛著幾滴雨水，明媚的眼睛對我微笑，她是我最美的遇見，我會永遠感謝那片屋簷和那場雨。

子瑤，當妳看到這封信，就是表示妳不肯陪我過除夕，還在生我的氣，妳會答應明年和我一起過除夕嗎？不是明年，而是以後的每一年。

不要生我的氣好嗎？我只是想成為第一個送妳首飾的男孩子。這條手鍊，妳願意先收下來嗎？妳現在覺得貴，當妳二十歲，或者三十歲，它就沒那麼貴了。

妳做什麼我都陪妳，妳想做醫生，那麼，我也會努力成為醫生，和妳一起上醫學院，醫治那些和我媽媽一樣受苦的人。我哪裡都不去，我會留在香港好好讀書，到時我們兩個一起穿上白大褂，好嗎？妳穿著白大褂的樣子一定會很嚴肅，啊不，是很好看。

還記得那天我們在深水灣河谷看螢火蟲嗎？妳是那樣快樂，一再驚歎那些螢火蟲就像是一顆顆從天上掉下來的小星星，有一刻，妳站在我面前，成群的螢火蟲在妳背後飛舞，那麼閃亮，像點點繁星，妳看上去美極了。

妳知道妳也點亮了我孤單的心靈嗎？

假如生命如螻蟻，不值得我留戀，妳是我不那麼悲傷的理由。

那個我十歲那年認識的女孩，無論她喜不喜歡我，我會永遠愛她。她不需要回報我，只要她永遠都那麼快樂，只要她像星星那樣對我微笑，不再生我的氣，我就滿足了。

親愛的，新年快樂，永遠快樂。我們明天見好嗎？

愛妳的林靖

我讀著信，泣不成聲。

我為什麼那麼殘忍，不肯回頭看他一眼，看他最後一眼？我為什麼那麼差勁，故意懲罰他？要他再一次道歉，我才會原諒他？我沒回頭的那一刻，他是多麼失望和沮喪？

我為什麼要對他那麼苛刻？我又憑什麼責備他呢？他只是一個從小失去母愛的可憐的孩子，一個孤單的小飛俠。假如他真的在我面前專橫霸道，也只是為了掩飾內心的不安與悲傷，不想讓我看到他脆弱的一面，而我再也不會看到了。

他是因我而死的。

在那個遙遠的地方，在那一方無盡的黑暗裡，是不是會有一片屋簷給他躲雨？是不是也會有許多螢火蟲陪著他，在他身畔翻飛，如同晚星閃爍？我的小飛俠，他將不再孤單。在我心裡，在我心裡最幽深的一角，永遠有他的位置，那張年少的臉，那張曾為我微笑的臉，是多麼匆促的時光也沖散不掉的。我們從來不曾告別。

## 25

連續下了兩天兩夜的大雨終於停了，這天早上，我去內科病房看徐繼之的時候，天還沒亮，病房裡亮著晚燈，病人都還睡著，偶爾傳來幾聲咳嗽聲，只有一個小護士在護士站值班，我跟護士打了個招呼，悄悄走到徐繼之的床邊。他睡著了，床邊放著一個嘔吐盆和一本夾著書籤的小說。

我望著窗外，靜靜地聽著那鳥鳴。

「嘿。」他迷迷糊糊地睜開眼睛。

「嘿，吵醒你了？」我輕聲說。

徐繼之搖搖頭。

「雨停了。」我說。

「嗯。」他虛弱地應了一聲。

我不知道他是醒著還是夢著。

我靠近他一些，問道：「怎麼了？還好吧？」

「想吃炸醬麵……」他喃喃地說。

我看著他，禁不住笑了出來。活著多好啊，每一天都是饋贈。我撫撫他的手臂，說：

「睡吧，我下班了再來看你。」

＊＊＊

這天傍晚下班後，我特地跑出去買了一碗炸醬麵給徐繼之。化療期間得吃清淡些，是每個醫生都會對病人做出的建議。炸醬麵的味道太濃，麵條在胃裡也不好消化，可炸醬麵就是好吃啊，如果不能吃到自己做夢都想吃的東西，所受的苦又有什麼意義？即使只能吃到一口，也許就有了繼續活下去的鬥志。

我走進病房的時候，徐繼之坐在病床上看書，他頭髮睡亂了，臉色蒼白，身上穿很多衣服，看上去很孤單。

「嘿，妳來了？」他放下手裡的書，咧了咧破皮的嘴唇，疲憊地對我微笑。

「看我帶了什麼給你？」我把炸醬麵和筷子拿出來放在病床的餐桌板上。

徐繼之好奇地打開塑料盒的蓋子看看。

「炸醬麵？」他驚喜交集地看向我。

他的病床在最裡面，離護士站有點遠，我瞄了一眼護士站那邊，護士都在忙。

「這個是不該吃的，趁護士看不到，快點吃幾口吧。」我用身體擋著護士站那邊的視線。

「哦。」他坐直身子，拿起筷子開始吃麵。

「真香！」他邊吃邊說。

「什麼真香？」程飛突然在我背後說話，嚇了我一跳。

「子瑤買了炸醬麵給我。」徐繼之滿足地吃著說。

原來程飛比我早到，剛剛走開去幫徐繼之換了一瓶溫水。他把暖水瓶放在床邊的小櫃上，隔著病床對我微微一笑，我抿抿嘴，沒笑。

「呀……你吃炸醬麵沒問題嗎？」他問徐繼之。

「噓……」

「噓……」

我和徐繼之同時把食指放在唇上要他小聲點。

「哦。」程飛連忙壓低聲音。

他看了看那盒炸醬麵，皺了皺眉，小聲說：「炸醬麵是這樣子的嗎？為什麼沒有黃瓜跟胡蘿蔔？跟我吃的不一樣。」

「這是香港的炸醬麵，只有瘦肉和炸醬。」徐繼之吃得津津有味，我從沒見過他這麼饞。

「啊，不過看起來很好吃。」程飛說。

我回頭看了一眼，外號「老虎狗」的護士長這時突然走進病房來，我連忙挪了挪身子遮住徐繼之。

「護士長來了，快吃。」我催他。

徐繼之怕我挨罵，大口大口地吃麵，三兩口就吃完了。

「你吃這麼快不怕噎到嗎？」程飛衝他說。

「沒事。」徐繼之嘴裡塞滿炸醬麵，飛快地把空空的盒子放進床邊的垃圾袋裡，拿紙巾擦乾淨嘴巴。

就在這時，程飛朝我眨眨眼，我不理他；我不理他，他眨眼眨得更厲害了，當我醒悟他的用意，老虎狗已經站在我身後。

我跟程飛和徐繼之就像三個做了壞事的小學生，立即很有默契地裝出一副若無其事的樣子，程飛伸手摸摸頭，徐繼之也摸摸頭，本來也想摸摸頭的我，只好半路改為摸摸鼻子，然後裝出一副很認真的樣子。

老虎狗瞄了瞄我們三個，皺皺鼻子，又皺皺眉頭，好像感覺到有什麼地方不對勁，卻又說不出哪裡不對勁。她應該是聞到了空氣中的炸醬麵的味道。

「方醫生，妳為什麼會在這裡？」老虎狗皮笑肉不笑地問我。

「啊，我下班了，過來探朋友，這是我朋友。」我說著看了看徐繼之。

老虎狗打量了徐繼之一會兒，問道：「徐繼之，今天還好吧？」

「啊，我還好。」徐繼之一本正經地點頭。

老虎狗一走開，程飛對我笑，我不想理他，忍住沒笑，當徐繼之朝我咧嘴一笑，我就忍不住笑了出來，可他一笑就吐，我連忙抓起床邊的嘔吐盆給他，他把剛剛吃下去的炸醬麵都吐出來了。

「噢，是我不好，不該催你吃快點。」我內疚極了。

「不關妳的事，我吃什麼都吐，不過，吃了炸醬麵吐也是值得的。」他剛說完又吐。

「看來這個炸醬麵真的很好吃，他連吐都吐得這麼心甘情願，我也想吃。」程飛衝我說。

「想吃自己買。」我訕訕地說。

「為什麼妳最近好像變了？」程飛百思不得其解地看向我。

他是想說我對他變得冷淡了吧？

「哦？是嗎？為什麼說我變了呢？我沒覺得我變了，還不是一樣。」我故意裝傻，冷冷地說。

「妳變美了。」他衝我笑。

我怔了一下，完全沒想到他會這樣說。

我瞅著他：「真夠無賴的，這些哄女孩子的話你不是應該跟你朋友說嗎？」

「什麼朋友？」他皺起眉頭看我。

「啊，就是你朋友。」我不肯說是女朋友。

「妳說他？」他說著看了看徐繼之。

徐繼之拿著嘔吐盆低著頭還在吐，不知道有沒有聽到我們兩個說話。我和程飛各自幫他拍著一邊背脊，讓他覺得舒服些。

「我為什麼會跟大頭說這些話？說他變美？」程飛一頭霧水的樣子。

「我不是說他。」我咬著下唇，氣死了。

「妳說的是哪個朋友？怎麼連我自己都不知道？」他衝我苦笑。

「你女朋友啊。」我終於說。

「女朋友？哪個女朋友？」

「天呀！你很多女朋友嗎？你陪她買項鍊的那個。」我板著臉說。

徐繼之繼續吐，我和程飛隔著病床繼續說。

「妳見到我們？」

我努力笑笑：「嗯，你女朋友很漂亮。」

我們兩個同時輕輕拍著徐繼之的背，可憐的徐繼之，吐得聲音啞了，頭髮也都濕了。

「不算漂亮，只算不錯吧。」程飛咧開嘴笑。

我真想說：「這跟我有什麼關係？」然後裝出一張笑臉和一副無所謂的樣子，可我笑不出來，也無法假裝大方。

我怔住了。

「但她不是我女朋友，是我表妹。」程飛揚起一邊眉毛說。

「妳以為她是我女朋友？」他看著我，好像一瞬間全都明白了，明白了我為什麼忽然對他冷淡起來。

原來那個長髮女孩不是他女朋友，那一刻，我心裡好像有一群鬱鬱不樂了許多天的小鳥忽然看到陽光，一陣歡快，紛紛拍著翅膀飛了出去。

程飛朝我咧咧嘴，那模樣好像想逗我笑，我撇撇嘴不肯笑，我們對望，我的眼睛差一點就忍不住笑了，我連忙轉向徐繼之。

「好些了嗎？」我手放在徐繼之的肩膀上問道。

「好……些……了……」吐得太辛苦，他一雙眼睛紅紅的，聲音也破了。

「給我。」我接過他手裡的嘔吐盆，給他換一個乾淨的。

這時，病房的鐘聲響起，探病時間結束了，護士開始催促來探病的人離開。這裡的病人都是做化療的重症病人，護士們平日會睜一隻眼閉一隻眼，可這天老虎狗來查房，大家都不敢不守規矩。

「等下喝點溫水，慢慢喝，別一次喝太多，喝多了搞不好又吐啦。」我對徐繼之說。

「感覺好像是怒海漂流了幾天幾夜，胃都吐空了，除了吐吐舌頭也沒什麼可以再吐。」徐繼之疲累地吐吐舌頭，對我和程飛苦笑。

我笑了，說：「歇一會兒吧，有空再來看你。」

「我也走了。」程飛拿起背包跟著我走。

走到病房外面，他說：「以後妳說不定會常常碰到我。」

我看了看他：「怎麼了？你也要住醫院嗎？」

他皺眉：「妳怎麼老是對我這麼黑心？」

我笑了：「否則我為什麼會常常碰到你？」

「我搬到西環了啊，租了個房間，房子是一個同學的姐夫的，畢業了，不能再住宿舍。」

「西環哪裡？」

探完病離開的人這時都在等電梯，我跟程飛說：「來，我帶你去搭另一部電梯。」

「就在東邊街，是老房子。」程飛回答我說，「上次見面本來想告訴妳，但妳心情好像不太好。」

「啊，上星期很忙，太累了。」我撒了個小謊，不知道他會不會相信。自從在首飾店外面撞見他，我好像有一世紀沒跟他好好說過話了，我是那麼喜歡跟他說話。

我帶著他穿過走廊來到另一幢大樓搭電梯。

「你說租一個房間，那就是還有其他室友嘍？」我問他。

「很多室友啊。」他說。

電梯到了，程飛讓我先進去，他隨後進來。我按了地下那一層的按鈕，電梯門緩緩關上。

「這部電梯為什麼沒有人搭呢？」程飛好奇地問我。

「這裡是醫院啊，每天有人出生，也有人死去，這部電梯主要是用來把遺體運送去太平間的。」我騙他說，「你不會害怕吧？」

老舊的電梯陰森森的，只有我和他兩個人，他對我的話半信半疑，小小哆嗦了一下。

我拚命憋住笑，哪裡會有運送遺體的專用電梯呢？這部電梯是給職工用的，只是剛好沒有其他人。

「騙我的吧？」他看著我的眼睛。

我眼也不眨：「不騙你，這是醫院啊，每個人都會有這一天，沒什麼好怕的。放心吧，據我所知，這部電梯沒鬧過鬼，你以為我天不怕地不怕，鬼也不怕嗎？我也是怕的。」

「鬼怕妳才真，妳真是個可怕的女人，要是把我嚇死了，下次妳累的時候，誰幫著妳數星星？」

一瞬間，我被他這句話感動得一塌糊塗，心都軟了。

「你說有很多室友？不會很擠嗎？都是男生？」

「有男的，也有女的。」程飛說。

「男生女生住在一塊會不會不方便？」

「啊，應該說有公的也有母的。」

「你是住在寵物店裡嗎？」我哈哈地笑。

「我帶了一個室友來見妳。」程飛說著打開背包，神神秘秘地拿出一個東西來。

那是一個透明的塑料袋，袋口紮緊，袋裡灌了八分滿的水，裝著一尾黑白相間的小金魚，黑色的頭，黑色的眼睛，黑色的背鰭和尾鰭，像黑色緞帶似的尾巴，雪白的、胖胖的肚子和腰身。

「房東是在附近開水族店的，店裡放不下那麼多的魚缸、金魚和雜物，那房子算是個貨倉吧，面積很小，只得一個房間，我一個人住，平日幫他照顧一下那些金魚，租金可以算便宜些。跟金魚做室友也挺好的，金魚不會吵，也不會跟我搶廁所用，只要別讓牠們死掉就好。」程飛笑著說。

「這一尾送妳的，這種金魚黑白相映，像喜鵲，所以叫喜鵲花，是不是很特別？」程飛拿著那個裝著金魚的塑料袋在我眼前晃來晃去，「本來是打算交給大頭給妳的，不知道今天會不會見到妳。」

那喜鵲花隔著塑料袋，動也不動，好像在盯著我看，看出了我一直封存在心裡的那一段過去，那一段我從來不曾說與人聽的過去。往事歷歷在目，我心中一陣酸澀，怎麼會是金魚呢？程飛送給我的，為什麼偏偏是金魚呢？

「妳有沒有養過金魚？知道怎麼養嗎？要不要幫牠取個名字？跟妳的查理配成一對，哈哈……」程飛衝我笑。

我沒說話，嘴角在顫抖，怔怔地望著他，拚命忍住眼裡的淚水。

「嘿，妳怎麼了？妳沒事吧？」程飛被我嚇壞了。

我一隻手掩住嘴，往後退了一步。

「天呀！妳是不是害怕金魚？」程飛連忙把金魚塞回背包裡，「妳連骷髏骨都不怕，我沒想過妳會害怕金魚。」

我看著他，淚水不由自主地湧出來。

「對不起，我不知道妳害怕金魚。」他牽著我的手，把我拉過來緊緊抱著。

那懷抱是那麼溫暖，是我曾渴望卻以為自己得不到的。我緊緊地摟著他：「程飛，你給我好好活著。」

「我盡量。」

「不是盡量，是必須用盡全部的氣力活著。」

「好的，就算變成植物人也會努力活著。」

我聽著禁不住又濕了眼睛。

「嘿，這麼好笑都不笑？」他用鼻子蹭了蹭我的頭髮。

我抬頭看著他：「我是認真的。」

「我也是。假如我變成植物人，妳會治好我的吧？」

「我沒那麼厲害。」我哭著哭著笑了。

「這部電梯真的是運送遺體用的嗎？」他問我。

我擦著眼淚點頭，沒想到他竟相信了我。「我答應妳，我不會躺著進入這部電梯。」

他說。

chapter 2

# 變遷

愛一個人，妳會願意為他做任何事啊，妳會希望自己對他死心塌地，再死心塌地一些，然後再死心塌地一些，永遠不要灰心，不要後悔，永遠不要醒過來。

I

明天就要成為別人的太太了，那是什麼樣的心情？我不知道這個決定是浪漫還是衝動，這就好像是自己跟自己的一場豪賭。可是，太深思熟慮了，也許就不是愛情。

「現在反悔還來得及啊。」李洛認真地說。

「就是啊，怎麼可以就這樣丟下我們三個去嫁人呢？單身不好嗎？現在多自由啊。妳那麼忙，真的有時間做別人的太太嗎？」蘇楊一口氣問了三個問題。

「天呀！妳們現在才說這些話是不是太遲了？就是因為忙，所以才不想浪費時間。從明天開始，每天下班之後，無論多麼晚，也有個人在家裡等妳，陪妳吃飯，陪妳聊天。冬天的夜晚，無論多麼冷，也有個人幫妳焐腳，做妳的人肉暖爐，心甘情願被妳虐待。從今以後，有個人陪妳走人生的漫漫長路，這就是幸福吧？」我說。

說完，我轉向俞願，問她：「我說得對嗎？」

「說得太對了，還是妳懂我。我才不會反悔，孟長東就是我想和他共度餘生的那個人，他就是我一直等的那個人。」俞願甜絲絲地說。

二〇〇五年十一月最後一天的凌晨一點，香格里拉酒店五十二樓的套房裡，李洛、蘇楊、俞願和我四個人，穿著睡衣，光著腳，擠在酒店房間的彈簧床上，望著窗外維多利亞港美麗的夜景，喝著香檳，聊著天。

這天晚上是俞願的單身派對，明天她就要嫁給孟長東了。她認識孟長東只有短短十個月，突然說要結婚，把大家都嚇了一跳。

「說真的，除了和大汪那一段，妳每個男朋友都不超過一年半，短命得很，我沒想過妳跟孟長東會安定下來。」李洛喝著香檳吃著草莓說。

「我自己也沒想到，可是，我都二十九歲了，我一直想在三十歲前結婚的啊。」俞願說著放下手裡的香檳爬起來，把彈簧床當成彈床，蹦蹦跳跳，然後開始練起瑜伽，「天啊，我不能再喝，我明天可是要結婚的，我得把自己擠進那條裙子裡去。」

四年前碩士畢業之後，俞願進入一家法國奢侈品牌集團香港分部的市場推廣部工作，這個集團擁有時裝、珠寶、手表、護膚品和化妝品等幾個世界著名的品牌。俞願會做人，也會做事，在法國生活過，在兩個前男友路易和雨果那兒又學會了一口流利的法語，她那位法國上司蘇菲亞很喜歡她。就像她曾經憧憬的那樣，而今她如願以償，每天穿著洋裝、黑絲襪和高跟鞋在中環上班，負責各個品牌的宣傳推廣活動，經常要去酒會和派對，也因此接觸了很多不同的人，她跟孟長東就是這樣認識的，孟長東比她大十一歲，是個律師。

「我何嘗不想三十歲前結婚，然後生一個可愛的孩子，可是，沒有人要和我結婚。」蘇楊的酒量一向不錯，可這天晚上她滿懷心事，又混了幾種酒喝，好像有點醉了。

「妳可別喝醉啊，明天有妳忙的。」俞願用腳踢了踢蘇楊的屁股。

「我才沒醉，李洛喝得比我更多，那瓶威士忌都是她一個人喝掉的。妳們說，我那麼好養，黎國輝為什麼就不肯養我？只要他開口，我馬上嫁給他。」蘇楊酸苦地說。

「呸，妳怎麼會好養啊？妳吃那麼多。」李洛說。

「可我現在出去吃飯都可以打折啊。」蘇楊抗議說。

蘇楊畢業之後在一個餐飲集團營運部工作，集團旗下有很多餐廳和酒吧，她愛吃，這份工作太適合她了，常常可以去不同的餐廳試菜，吃飯也有員工折扣優惠。

蘇楊對黎國輝癡心一片，可是，黎國輝並沒有像她愛他那麼愛她，這她是知道的。怎麼可能不知道呢？愛不愛一個人，光看眼神就知道了；她只是以為，總有一天她會感動這個男人。

可我從來不相信沒有愛的感動。他愛妳，要感動他太容易了，妳只要為他做一件很小的事情，他也會感動；他不愛妳，無論妳為他做什麼，到頭來只是感動了自己，他坐在那裡，無動於衷，他是皇上，妳是奴婢，妳的好是理所當然，甚至是使他厭煩的，他一點也不會珍惜。

「等到三十歲吧，三十歲他還是這副德行，妳不跟他分手，我們就跟妳絕交。」俞願轉向李洛問道，「是吧？」

「三十歲我都嫌等太久了。黎國輝以為自己是什麼？是沒有腳的鳥？拜託，我要是聽到他對我這麼說，我當場就把他變成紅燒乳鴿。」李洛翻了翻白眼。

「烤野生斑鳩也很好吃，我在巴黎吃過，把他變成烤斑鳩吧。」俞願說。

「妳們別這樣說他，他對我其實挺好的，他只是有點長不大，不知道自己想要什麼。」蘇楊柔情萬縷地為黎國輝辯護。

「好吧，妳說得都對，黎國輝是最好的，只要妳喜歡，我們就喜歡。」我摸摸蘇楊的頭安慰她。

蘇楊摟著我說：「所以說醫者父母心，還是妳心腸最好。」

李洛扯住蘇楊穿在睡衣外面的黑色胸罩說：「呸，說什麼呢妳？我們是為妳好，是路見不平，冒死進諫。」

「唉，那妳死定了，可憐的小陶，他再也見不到妳了。」蘇楊掙扎著抓住李洛的頭髮，兩個人在房間裡追來追去。小陶是李洛的男朋友，李洛和他在一起一年了。

俞願在我身邊趴下來，雙手往後抓住兩個腳踝，問我：「大汪和程飛在幹嘛呢？」

我衝她笑：「妳明天都要嫁給別人了，大汪在幹什麼都跟妳沒關係了。」

「我就問一下，他就像妳們三個一樣，永遠是我的家人啊。」她笑笑說。

我太佩服俞願了，她竟然邀請大汪來參加她的婚禮，而大汪竟然答應，本來去了成都工作的他，特地請假來陪她出嫁，這樣的前任真的感人肺腑。

「我打電話問一下。」我拿起手機打給程飛。

「你和大汪在哪裡呢？」我問程飛。

「我們在大會堂海邊啊，看夜景，喝啤酒，看人家釣魚。」程飛愉快地說。

「噢，我們也在看夜景，在床上，讓大汪來說吧。」

大汪接過電話：「嘿，子瑤，妳找我？」

「是有人找你。」我把手機交給俞願。

「大汪，我明天要嫁人了。」俞願對著手機柔聲說。

「我知道，我就是因為這樣才會在這裡啊。」大汪在電話那一頭說。

「謝謝你來，你以後要照顧好自己。」

「妳也是。是不是喝了很多酒？明天要嫁人，妳別喝太多。」

「嗯，我清醒得很。」俞願呷了一口香檳說，「你也早點找個人結婚吧。」
「得了，妳別擔心我。」
「你以後別做和尚哦。」
「我才不呢。」
我在一旁聽著他們兩個說話，也許，真的就像俞願說的，前任是最堅實，也最溫柔的後盾。可是，這麼溫馨的兩個人，當年怎麼會分手呢？
俞願說完，把手機還給我，我拿著手機跟程飛說：「明天我也要嫁人了。」
「不是吧？怎麼現在才說？」
「怕你難過。」
「是很難過。」
「你捨得嗎？」
「妳帶著我一起嫁人吧。」他笑著說。
明明是跟他開個玩笑，可是，當程飛說要我帶著他一起嫁人的時候，我心裡卻有點不是味道，他為什麼就沒想過我要嫁的人是他呢？
「我才不要帶著你，你礙事。」我喃喃說。
「妳不會孤單嗎？」
「當然不會，子瑤有我們。」俞願把頭湊過來對著手機大聲說。
我笑了：「明天見吧，哦，不是，現在已經是明天了，晚點見。」
「嗯，晚點見。」程飛在電話那頭說。

「妳跟程飛在一起快五年了，沒想過結婚嗎？」俞願問我。

「我和程飛現在這樣挺好的，我從來沒想過幾歲要做些什麼，也沒覺得現在已經準備好，走著看吧。」我伸了個懶腰，轉身躺著說。

李洛和蘇楊原來已經睡在一塊了。

「我一直以為妳會是我們四個之中最早結婚的，妳和程飛那麼好……」俞願說。

「從小到大，我也不認為愛情必須走向婚姻，這方面，我完全不像我的家人，我爸爸媽媽婚姻美滿，兩個人最近在多倫多的家附近還大起膽子開了一家雜貨店，賣他們喜歡的糧油醬醋、罐頭、火腿、餅乾、麵粉、咖啡、牛奶……好多東西，我都記不起還有什麼了，開雜貨店一直是我媽媽的夢想，爸爸願意為她實現夢想。我姐姐和姐夫雖然常常吵吵鬧鬧，也挺幸福的，姐夫很遷就她。可是，對我來說，只要能夠在一起，形式並不重要。」

「那妳會不會覺得我的決定有點草率？」俞願看著我，微醺的兩頰紅紅的，迷惘的樣子。

我看著她：「天啊，妳不是想反悔吧？還有幾個鐘頭就要去註冊了呢。」

俞願衝我笑：「啊不，孟長東很愛我，他都四十歲了，他希望他的餘生有我，我也希望我的餘生有他。有時候，思慮太多，不一定就幸福。他向我求婚的時候，我心裡想，我就賭一把吧，別想那麼多，好歹也結一次婚，萬一幸福了呢？不如早一點開始。」她換了個動作，像嬰兒似的整個身體蜷縮著，「我厭倦了一直換男朋友，厭倦了一個人奮鬥，漂泊那麼多年，突然之間，我就想要一個歸宿，而他就在這時候出現。我已經談過那麼多次戀愛，男人也見得夠多了，他們全身上下有些什麼我都很清楚。」她說著哈哈大笑，「其實，哪有所謂對的人或者對的時間呢？當你對了，時間就對了。」

「你們兩個會幸福的。」我說。

「真的？妳也這麼認為？」

「不然我們三個怎麼會全票通過妳嫁給他？」

「不是因為他很會哄女孩子嗎？頭一次跟妳們見面就每人一束花，說多謝妳們一直照顧我。」

「哦，好吧，我承認我受賄。」我咯咯大笑。

「決定結婚，我沒有捨不得爸爸媽媽，這麼多年來我都不在他們身邊，什麼都是自己拿主意，獨立慣了，最捨不得的是妳們和大汪，我們是四大金剛啊。」

「就算結了婚還是可以經常見面的呀，香港這麼小的一個地方。」我說。

「可是，再也不能常常找大汪了，畢竟嫁人了，我也希望他找到幸福，我不能這麼自私。」

「如果有所謂最佳前男友選舉，大汪肯定能拿冠軍。」

「嗯，大汪是個大好人。」

「以前常常聽妳說他有多好，這次終於見到了，人真好，明明是個大塊頭，但看上去很好欺負啊。」

「我們以前住的房子離車站很遠，每天回家得爬一條又陡又長的樓梯，我常常逼著他背我回家。那時我們多年輕啊，一下子就老了。」

「既然那麼好，為什麼會分手呢？」我不解地問。
「他沒野心，他這個人太沒野心了。」
「野心對妳有那麼重要嗎？」
「對我沒那麼重要，對男人很重要。我想愛一個世界大一點的男人，為了配得上他，我也會努力成為一個更好的我。一生那麼短，沒有任何一天是可以重來的，怎麼能夠忍受平淡呢？我從來不是那種想要過小日子的女人，如果只想過小日子，我為什麼要離家那麼遠？」俞願盤腿躺著。
我看著窗外燦爛的夜色，現在過的人生、此刻愛的人，是我不曾想像過的。對我來說，成為醫生，順利進入我心儀的外科，第一次拿起手術刀，手一直在抖，到後來不抖了，甚至可以眼也不眨地下刀，每天面對生老病死，從來就沒有所謂的小日子。
「大汪遇到妳，看來是他的劫難。」我笑著說。
「就是就是，他值得一個更好的女人，他值得更多的愛，他太可憐了，他是個棄嬰，一個冬天的夜晚被人放在遊樂場裡，身上只有一條小棉被，差一點就冷死，程飛沒告訴過妳嗎？」
我搖頭：「程飛很少跟我提起以前的事，連他是怎麼進孤兒院的我都不知道。」
「也許他不想再提起吧，說出來怕妳難過呢。」俞願轉身蜷曲雙腿趴在床上，「唉，在孤兒院能過上什麼好日子？那些生活是我們無法想像的，大汪說過，程飛剛進孤兒院的時候，瘦骨伶仃的，常常挨打，被欺負得很慘。他跟大汪不一樣，大汪這人沒心沒肺的，所以也沒有什麼童年陰影，可能因為他是被遺棄在遊樂場裡吧。」

我聽著禁不住哈哈大笑，俞願也抱著肚子大笑。大汪說程飛剛進孤兒院的時候常常挨打，這麼說，程飛那時至少也有幾歲大吧？他不是個棄嬰，那是誰把他送去孤兒院的？

「妳們笑什麼？為什麼那麼好笑？」蘇楊突然拽開被子搭話。

「沒妳的事，睡吧。」我幫蘇楊蓋好被子。

蘇楊又睡過去了，她皺眉睡著的樣子看上去有點悲傷，看來俞願突然結婚對她的打擊還是很大。

「如果有所謂孤兒性格，他們兩個完全是兩種不同的孤兒性格，大汪是天生天養，胸無城府，過一天是一天，程飛好像無憂無慮的樣子，可誰知道他心裡藏著些什麼呢？他也許並不像表面看來那麼快樂。」

有那麼一刻，俞願這些話說到我心裡去了，兩個人在一起五年不算是個短日子，可是，關於過去，尤其是童年，程飛從來不多說，要是我問起，他也只說幾句，漸漸地，我都不問了。俞願說他有個同父異母的姐姐，是姐姐從孤兒院把他帶走的，這麼說，姐姐應該是個挺好的人吧？程飛只說她到處跑，兩個人很少見面。

「妳很會看人。」我對俞願說。

「妳會看病人，我會看人。」俞願衝我笑，「我長大的環境比妳複雜多了，我不可能太單純，太單純的話，是會死掉的啊。我希望我沒看錯孟長東吧。」

「他條件那麼好，四十歲了，為什麼從未結過婚？」

「我估計他有過很多女朋友，可是，他最後是和我結婚啊，這就已經足夠了。我這人有個很大的優點，每次和一個人在一起，我從來不問他的過去，都是對方自己告訴我的，他喜歡就說，他不說我就不問，我愛的又不是他的過去，而是現在的他。所以啊，孟長東常常說我有時候完全不像一個二十九歲的女人，倒是像三十九歲。」

「那他呢？他像幾歲？」

俞願皺起眉頭說：「男人啊，男人永遠都像個孩子，老了也是個老小孩。路易比我大十二歲，他跟我說過一句話，我永遠記得，他說，『如果妳以為男人會長大，那是妳太傻了，男人只是穿上大人的衣服，假扮成大人的樣子。』」

我哈哈笑了，想起楊浩教授，他是我的老師，也是肝臟外科手術的權威，五十歲的人了，工作的時候非常認真和嚴肅，可是，他喜歡打遊戲機，喜歡看漫畫，喜歡史努比。是的，男人永不會長大，程飛有時就像個孩子，一個喜歡逃避痛苦的孩子。

「我一向覺得我這個人很冷靜，心腸挺硬的，很少哭，可是，和程飛一起之後，我好像變成了一個柔軟的人。」我自嘲地笑笑。

「妳沒有變成另一個人，妳本來就有這一面，是因為遇到他，妳這一面才會顯露出來，這多好啊，這就是愛情應該有的樣子。」俞願說。

「我不知道變得柔軟是好還是不好……」

「無論變成怎樣，只要不是變成自己曾經討厭的那種人就好。」說完，她合上眼睛，鑽進被子裡，睡在李洛和蘇楊中間，「啊，我得睡了，我不想明天帶著兩個黑眼圈嫁人。」

我躺在床邊，毫無睡意。

光陰如飛似逝，五年了，一千八百多個日子，有時我覺得我很瞭解程飛，可有時又覺得我不瞭解他。他會在我家裡過夜，卻一直沒有放棄東邊街那間狹小的「金魚屋」，在那裡，他有自己的一片天地。

他以為我害怕金魚，直到我告訴他我和林靖的故事，他才知道我害怕的不是金魚，而是驟然的離別。他答應我他會好好活著，盡量不要死在我前頭。

我們說好了，等我們老些，一起去他夢想中的古巴，開一家小餐館，但是我不許他抽雪茄，不許他看古巴美女，不許他吃太多冰淇淋。他聽完，抱怨說：「那我為什麼還要去古巴？」

兩年前的夏天，我們背著背包去了義大利的薩丁尼亞島，在島上住了兩個星期，然後我們又有了新的想法，不去古巴了，等我們老些，一起去義大利的薩丁尼亞島，那裡的海水讓你知道什麼是真正的最美的藍色，那藍色像天空一樣。我們在島上養一群羊，程飛負責趕羊，我負責羊兒的健康，我們在那兒開一家小餐館，餐館後院蓋一座土窯，用柴火來烤叉燒，在島上賣叉燒飯和叉燒比薩，義大利人一定沒吃過這麼好吃的叉燒。

「冬天就關上門休息吧，太冷了，到時我們去教父的老家西西里度假。」我對他說。

「我們去了西西里，那些羊怎麼辦？」他問我。

「都說冬天，早就賣出去做羊肉了，還賺到些錢呢。」我說。

我們有那麼多無邊無際的夢想，說著說著有時會以為是真的，竟然盼著快點變老，然後搬到那遙遠的島上過兩個人的小日子。我們要戀愛到老，要是他敢愛上別人，我就用手術刀把他那顆心挖出來給羊兒吃。

「難道妳不知道羊是吃草的嗎？」他得意揚揚地說。

每當我懷疑自己的能力，不知道自己可不可以做一個好醫生，是這些虛無縹緲的夢想給了我一個出口。程飛並不完全瞭解我的工作，就像我也不會完全瞭解他的工作，有時我說了一大堆名詞他不知道是什麼意思，他說了一大堆他的工作，我也不是完全明白他的苦惱和困難，可那又有什麼關係呢？只要他在身邊就好，我倆擁有只屬於我們的一個小世界，只是，他同時也擁有自己的一個世界，那個世界是我無法進去的，他會把我擋在門外。

他是不是也是個長不大的孩子？為什麼他常常是個微笑背後帶著淡淡哀傷的老小孩？

## 2

俞願和孟長東並沒有大擺筵席，他們想要的是一個溫馨的婚禮。兩個人早上在紅棉道的婚姻註冊處註冊，宣誓成為夫婦。孟長東穿一身黑色貼身西裝，一貫的風度翩翩，俞願沒穿婚紗，而是穿一條袖子和領口鏤空的白色過膝的飄逸長裙和一雙亮晶晶的白水晶尖頭貓跟鞋，比穿婚紗更清麗。孟長東的眼睛一直沒離開過她，大汪也是。

晚餐是在香格里拉五十六樓的法國餐廳吃的，只邀請了雙方的父母和比較要好的朋友，二十幾個人，分成兩桌，我、李洛和蘇楊陪著俞願坐主家席，程飛、大汪、黎國輝和小陶坐另一桌，胖胖的男琴師是個菲律賓人，在房間的一角為我們彈奏鋼琴，自彈自唱，都是些抒情的老歌。

俞願換了一條圓領七分袖玫瑰紅色的蕾絲連身裙，一頭長鬈髮噴上了許多銀色的粉末，在餐廳那盞水晶吊燈折射下不停變換著銀白色的光芒，就好像頭髮裡綴滿了無數閃爍的十字星，把她一張白皙的臉和烏溜溜的眼睛照亮得好看極了。後來她說，她很懷念那天晚上的自己，那個以為會永遠幸福的、笑得那麼甜蜜的三十歲前的自己。

俞願的父母特地從紹興過來參加婚禮，兩個人都長得很美，很有夫妻相，一直在笑。孟長東的父母倒是比較嚴肅，我不知道他們是本來就長得這麼嚴肅還是有什麼心事，雖然臉帶微笑，但是話不多，兩個人都是退休公務員，孟長東是他們的獨生子，五官長得很像媽媽。

我們都是頭一次見到孟長東的爸爸媽媽，李洛在我耳邊小聲說：

「妳有沒有發現孟長東跟他媽媽就像一個模子倒出來似的？他只要戴一個和他媽媽髮型一樣的假髮，穿上他媽媽的衣服，脖子上掛一串珍珠項鍊，活脫脫就是他媽媽。」

正在喝香檳的我差一點就嗆到了，在桌子底下用腳踢了李洛的腳一下。李洛早就偷偷脫掉腳上的鞋子，光著腳吃飯，她畢業後在一家地產代理公司工作，每天帶客人看房子，走路走得太多，腳都大了一號，這天因為愛美，穿了雙尖頭鞋，跑了一天，腳都受不了了。

「聽說長得像媽媽的男人都是好老公。」蘇楊說。

「是嗎？那我改天得見見小陶的媽媽。」李洛說。

「人家媽媽才不想見妳，這麼兇悍的女人，誰愛上誰遭殃。」蘇楊衝她說。

「哼，可是她兒子高興啊。」李洛翻翻白眼說。

「那以後認識一個男人是不是得認識他媽媽？」我笑著看向坐在另一桌的程飛，他長得像他媽媽嗎？我甚至不知道他有沒有見過自己的媽媽。

這一刻，程飛看向我，不知道我在笑什麼，以為我在對他笑，他於是也對我笑，還對我擠擠眼。他知道自己今天很帥嗎？在我眼裡，他比新郎更帥。他穿了件深藍色西裝外套，不是我剛認識他時他常常穿的那一件，這一件是前一年他生日我送他的，他每年生日，我都送他一件藍色外套，許多年後，他將會有很多很多深藍色的外套。

徐繼之也來了，俞願住我隔壁的時候，時不時會下廚，徐繼之住在附近，常常來蹭飯吃。做完第二期化療之後，他已經完全康復，在一所男校教高中班的數學和物理，是個很受學生歡迎的老師。

五年了，對他有意思的女孩子還是有一些的，可我們都沒見過他有女朋友，俞願喜歡過他，那陣子常常跟我打聽他的事，每次他來蹭飯吃也會做他愛吃的炸醬麵，而且每次都變換花樣，大江南北、各種風味的炸醬麵我們因此都吃過了。只要徐繼之來吃飯，俞願就會刻意打扮一下，徐繼之也許看出來了，後來就再沒有常常來吃飯。

俞願無法想像為什麼會有男人不愛她、不對她著迷，邀請徐繼之來參加婚禮，大概也有點示威的成分，等於是跟他說：「你現在知道你錯過了什麼吧？」

黎國輝和小陶坐在一塊，他最近留了絡腮鬍，十足一個落魄的藝術家，坐在那兒，好像他是被逼著來吃飯似的，一副斯人獨憔悴的模樣。我一直覺得他跟蘇楊是合不來的，要不是蘇楊一味遷就他，這兩個人是不可能在一起那麼久的，有些男人就是懶惰，連改變都懶。

小陶是個開心果，身材壯壯的，卻長了一張娃娃臉，總是笑嘻嘻的，脾氣很好，李洛怎麼罵他，他都不生氣，什麼都無所謂，就是衣著品味跟他名字一樣，他叫陶清奇，穿衣也很清奇，他這天晚上竟然穿一條橘色的格子圖案長褲配米白色襯衫，也太敢穿了。他是李洛在地產代理公司的同事，比她早一年進公司，李洛剛進公司的時候，什麼都不懂，小陶常常教她，兩個人很快就走在一起了。

上主菜的時候，孟長東敲敲酒杯，站起來告訴大家他和俞願相識的經過，他說的跟俞願和我們說的版本差不多。

他們兩個是一見鍾情，故事是這樣的：一年前的一天，俞願公司旗下一個首飾品牌跟一家畫廊合作，黃昏的時候在畫廊裡有個酒會，同時展出新一季的首飾，俞願一早就到畫廊打點，參加酒會的人很多，大家喝著酒，邊看畫邊看首飾。

孟長東並不是酒會的嘉賓，他只是那天離開法院之後剛好經過那家畫廊。

「我肚子正餓著，看到裡面有免費的香檳，還有很多吃的，所以就混進去了，本來只是打算白吃白喝一頓，沒想到居然在裡面找到我未來的老婆。」他說著深情地撫撫俞願的肩膀。

俞願甜甜地笑了，大家也跟著笑。

「喝了幾杯之後，有一幅畫吸引了我的注意，我站在那兒看了很久，這時候，有個年輕的女人經過我身邊，我問她：『嘿，妳覺得這張畫怎麼樣？』她很認真地看了一會兒，然後小聲說：『這個畫家是不是不小心在畫布上倒翻了一盤菠菜汁啊？』」

俞願掩著嘴笑了起來：「我真的是這麼說嗎？」

「啊，老婆，妳是的。」孟長東看看俞願，然後又對大家說，「我就是喜歡她那麼老實，其實我也看不懂那幅畫。然後我再仔細看看，不是看畫，而是看她，這個老實的女人居然還長這麼美，我馬上就纏著她說話，問她願不願意等下和我吃晚飯，她說她要工作，我說我在餐廳等她，會一直等到她來。噢，必要時，我是很纏人的。」

大家又笑了。

「結果，我在餐廳等了三個鐘頭，以為被她放鴿子了，畢竟，對她來說，我已經是個老男人，沒想到她真的會來……」孟長東看了看俞願，柔情萬縷的眼神。

「我得把工作做完才可以走啊。」俞願笑著說。

「這個女人太特別了，哪裡有這樣的女人呢？別人第一次請她吃飯，她一直說菜不算好吃，然後說她做的菜比餐廳的好吃多了，天啊！我幾乎每晚都一個人在那兒吃飯，我是一個孤獨的老男人嘛。」

俞願笑著看向李洛、蘇楊和我，偷偷吐吐舌頭，只有我們四個知道這是怎麼回事。那天晚上，她和孟長東吃完飯回來，馬上就喜孜孜地跟我們從頭到尾說了一遍，其實餐廳的菜很好吃，她這麼說，只是想讓孟長東知道她很會做菜，也很賢惠，她巴不得一個晚上就向他展示自己所有的優點。

「那頓飯吃了四個鐘頭，我捨不得放她走，我就像跟屁蟲那樣，堅持送她回家，沒想到原來她家是沒有電梯的，結果我爬了三層樓，滿頭都是汗，命都幾乎給了她……」孟長東裝出喘氣的樣子。

我們咯咯大笑。

「幸好，我再也不用送她回家了，她以後就住我家，和我一起，我會給她幸福，我的大女孩，我會永遠守護她。」孟長東牽著俞願的手，兩個人十指緊扣。

俞願抿著嘴唇，拚命憋住淚水，蘇楊和李洛被感動得眼睛濕濕的。

我忍不住偷看大汪一眼，我看到的不是感動，而是感傷和不捨。哪裡會有什麼最佳前男友呢？那麼長情，終究還是愛著的。

這天晚上，一切本來很完美。

吃完主菜，蘇楊陪俞願去洗手間，俞願一走開，孟長東就拿著酒到處跟朋友敬酒，可那幾個朋友其實都不是他的目標，大汪才是。

俞願並沒有告訴孟長東大汪是她以前的男友，只說是青梅竹馬的好朋友，是好兄弟，可是，怎麼瞞得過孟長東呢？他畢竟是見慣世面的人，更是個精明的律師。

最後，他停在大汪那一桌。

「謝謝你一直以來照顧我太太，我要敬你一杯。」孟長東說完，把杯裡的酒乾了，大汪也把酒喝掉，可是，孟長東喝完又再給大汪和自己倒酒，大汪不懂推，孟長東倒一杯，他就喝一杯，一杯杯下肚，他臉都紅了。每個人都看著他們，場面有些尷尬。

「天呀！他是故意的嗎？」李洛在我耳邊說。

我對孟長東的印象一向不錯，這一刻卻有點失望，沒想到他這麼沒風度。

「得有人制止他啊。」李洛說。

孟長東還想再給大汪倒酒，這時，程飛終於看不過眼，笑嘻嘻地拉住孟長東說：「我也要跟你喝一杯，恭喜恭喜。」他和孟長東一連乾了幾杯，俞願剛好回來，孟長東這才罷休。

我走過去，心痛地摸摸程飛的臉，問他：「你喝那麼多，沒事吧？」

程飛捉住我的手，笑笑說：「沒事啊，我很能喝。」

我看了看大汪，他好像醉了。我不知道他會不會後悔來參加婚禮，他太可憐了。

這時，琴師彈起了艾瑞克．克萊普頓的〈淚灑天堂〉，俞願和孟長東首先起來跳舞，蘇楊也拉著黎國輝跳舞，沒想到黎國輝原來那麼愛跳舞，跳得很投入。

〈淚灑天堂〉本來是為了紀念歌手早逝的四歲兒子，可不知為什麼，後來許多人都在婚禮上選這首歌，真奇怪啊，可能因為音樂太美了。

程飛不肯跳舞，他說他受不了自己跳舞的樣子，大汪更跳不動了，也不可能跟俞願跳。

李洛光著腳和小陶跳完，又興致勃勃地拉著我和徐繼之出去跳舞，跳完一支舞，李洛和黎國輝跳，剩下我和徐繼之兩個跳。

琴師彈起了〈Dreaming of You〉，我和徐繼之緩緩起舞。

「俞願今晚很漂亮啊。」我說。

徐繼之衝我笑：「啊，她一向都漂亮。」

「她喜歡過你啊。」我說。

他臉紅了，看著我說：「我不適合她。」

「嗯。」我點點頭。他們兩個的確是不合適。

「你喜歡什麼樣的女孩子？」

「我沒想過。」他羞澀地說。

「你是喜歡女孩子的吧？」

他咧嘴笑了：「哈哈，當然。」
「那我就放心了。」
「為什麼呢？」
「那你就不會愛上程飛。」
我這麼一說，兩個人都笑了，我看向程飛，他不會知道我們在笑什麼。
一曲終了，俞願拉著我和她跳舞，她喝了不少，有點醉了。
「妳看到孟長東的爸爸媽媽了嗎？啊，我不知道他們怎麼了，好像很勉強的樣子，我有那麼配不上他們的兒子嗎？」俞願不高興地說。
「怎麼會呢？」我安慰她。
「他們可能覺得我一個內地來的女人，嫁給他們兒子是想釣金龜，是想要一張香港身分證，天啊，我有一份很棒的工作，再過三年我就能拿到香港身分證了，我稀罕嗎？錢當然是好東西，可孟長東也不是什麼豪門。要是沒有愛，我才不嫁。如果只想嫁給錢，難道我沒有更好的選擇嗎？我嫁給他是因為我愛他，他也愛我。幸好，他都四十歲了，錢都是他自己賺的，律師行也是他自己的，家裡人能有什麼意見？」她臉上帶著勝利者的微笑。
「妳要好好的。」我說。
「嗯，妳是我在香港最好的朋友，謝謝妳照顧我。」她緊緊地抱著我說，臉有點滾燙。
琴師彈起了木匠兄妹樂團的〈Top of the World〉，這時，李洛和蘇楊也走過來抱著我和俞願，我們四個人一起跳舞。
「我們四個都要好好的。」俞願說完哭了，她頭髮裡的銀色粉末揩到我臉上。

蘇楊和李洛也都哭了，四個人臉上都是銀色的粉末，擦著臉，哭著哭著又笑了。我們都捨不得俞願，捨不得把她嫁了出去，愛情總有高低起落，甚至會有消失的一天，好朋友之間的愛卻會一直在那兒，守護著我們。

婚宴就這樣結束，有的人帶著微笑回去，有的人帶著淚水離開。

## 3

回家的路上，我對程飛說：

「你記不記得我們剛認識的時候，你說過你不相信婚姻，你說婚姻是頂沒人性的事。」

「我真的有這麼說？」

「當然嘍，你記得你那套最佳停止理論嗎？你相信機率，不相信緣分。」

「我是讀數學的人，自然是相信機率的，機率可以計算，緣分是無法計算的。」

「知道我為什麼相信緣分而不相信機率嗎？」

「因為妳是女人？女人就是那麼不科學。」他皺皺鼻子說。

我搖搖頭：「如果是機率，那麼，來生就不會再見，因為每一次也是重新擲骰子；假如是緣分，來生就或許會再見。」

「抑或不會再見。」程飛說。

「那你想再見到我嗎？」

「天呀！來生還要再見到妳？」程飛兩條眉毛擰在一塊。

我做生氣狀：「怎麼了？不想見我嗎？」

「我聽說即使有來生，來生也不一定做人，要是我做了獅子，妳做了狗，我哪裡還會認出妳來啊？假如我見到妳，我只會把妳吃掉。」程飛說。

我瞅了他一眼：「為什麼你是威猛的獅子，而我要做狗呢？」

「妳別說，做狗可能比獅子幸福啊，獅子很招蒼蠅。」他擺擺手，好像拍蒼蠅的樣子，「狗就不會，要是遇到個好主人，說不定天天吃神戶牛柳和手撕雞，還有專人伺候呢。」

我笑了：「狗不招蒼蠅，但是會有蝨子咬啊。」

「或許來生妳做狗，我做蝨子，雖然再見，但是妳會恨我，妳會千方百計把我甩掉。」他像剛洗完澡的小狗那樣甩甩頭。

「啊，如果有來生，我想做一隻鯨，」我說，「自己頂著一個噴泉，到哪裡都帶著，想要什麼時候許願都可以。」

「那我到時候就做一隻鴿子吧。」程飛說。

「為什麼是鴿子？鴿子有什麼好啊？我在海裡，你在天上。」

「因為鴿子都愛飛到噴泉邊乘涼啊。」他說。

「那好，約定啊，你不要半路被人抓去做紅燒乳鴿才好。」

「只要還沒把我燒熟，我就會飛來找妳。」

「嗯，到時我幫你做水療，會好的。」

我笑了，牽著他的手，說得好像真的有來生，兩個人真的會變成鯨魚和鴿子似的。下輩子的事誰又會知道？都不是我們自己說了算的，若有來生，他是鴿子，我卻不是鯨魚，而是一座噴泉，那怎麼辦啊？我哪裡都去不了。

「嘿，為什麼你從來不告訴我你小時候的事？」我衝他微笑問道。

「沒什麼好說的。」程飛摸摸我的頭說，「妳的臉為什麼閃閃發亮？」

「是俞頤頭髮上的銀粉……」我擦掉臉上的銀色粉末說，「可是，我想知道啊，關於你的一切。」

「妳做慣了醫生，喜歡尋根究柢，找出病因，可我不是病人啊。每天在醫院裡見到那麼多可憐的人還不夠嗎？也想可憐我嗎？」程飛笑嘻嘻地說。

「你有沒有見過你爸爸媽媽？」我終究還是按捺不住問了。

程飛抿嘴笑笑，沒回答。

「為什麼你從來不肯說？是怕我難過嗎？」我突然覺得我今天就想知道。

程飛看看我，無奈地嘆了口氣：「聽說我爸爸是一艘遠洋大輪船的船長，去過世界上很多地方，連食人族都見過，他大部分時間都在船上，一年只回家兩次。我五歲那年，他回來過一次，從此以後再也沒有回來過，都說他在海上死了，沒人知道他是怎麼死的，但是，我猜他並沒有死，他可能是轉行去做海盜，或者他其實是鐵鉤船長，去了金銀島尋寶，說不定已經找到寶藏，發了大財。」他咧嘴笑笑，接著說，「爸爸走了之後，家裡只剩下我和媽媽，有一天，我媽媽留下幾天的飯菜和一些乾糧給我就走了，她以為我靠吃這些就能活下去。我猜她可能是找我爸爸去了，又或者她根本就是神奇女俠，為了拯救人類，只好暫時丟下我。」

「在孤兒院那幾年你是怎麼過的？有沒有被欺負？」我再問他。

「我？怎麼可能？你以為是查爾斯・狄更斯的小說嗎？我在院裡可受歡迎了，我頭髮天然鬈嘛，大家都以為我是混血兒，排著隊跟我說英語。」程飛說著哈哈大笑。

我咬著牙看著他，既生氣又難過，氣得眼睛都濕了。

「妳怎麼了？」程飛拉了拉我的手，「為什麼不說話？」

「什麼海盜？什麼鐵鉤船長？什麼金銀島？什麼神奇女俠？你為什麼要這樣說？你說的都是真的嗎？」我不相信他。

「妳就當是真的吧，真的有什麼不好？我就是這麼覺得的。難道妳要聽悲劇嗎？妳在醫院每天看那麼多悲劇還不夠嗎？」程飛扮了個鬼臉。

我看著他，一時之間竟說不出話來。

「既然在孤兒院那麼快活，你和大汪為什麼要逃跑？」我問他。

「大汪告訴你的？這小子真是！枉我剛剛替他頂酒。」

「不是他說的，是俞願說的。」

「這小子對著女人什麼都說。」他做苦惱狀。

「你為什麼老是這麼不正經？」我真的氣死了。

「逃跑是為了玩呀！人有時就是要逃跑，難道妳從來沒想過逃跑嗎？」程飛笑嘻嘻地說。

我無言了，的確我也想過逃跑，誰沒想過從眼下的生活逃跑呢？可那跟他從孤兒院逃跑是不一樣的。

「我今天辭職了。」他突然說。

「為什麼？」我怔住了。

我一直知道他最後這一年在出版社做得不開心，可沒想過他會突然辭職不幹。

「為什麼現在才告訴我啊？」

他聳聳肩：「就是想逃跑。」

「要去哪裡？」那一刻，我竟以為他說要離開。

「還沒找到工作啊。今晚跟大頭說起，他有個朋友是開補習學校的，教數學的老師得了大病，辭職休養，他們一時三刻找不到人，想讓大頭去代課，大頭問我有沒有興趣試試看……」

「你答應了？」

程飛點點頭：「教書挺好玩的，反正暫時也沒有別的工作，做補習老師起碼不用去應酬啊。」

剛進去學星出版社的時候，程飛曾經滿懷理想，老闆吳帆也喜歡把「理想」兩個字掛在嘴邊，把他當作徒弟，教他很多，程飛很爭氣，短短三年就當上主編，常常加班到深夜。

可惜，只把書做好是不夠的，只有當學校願意採用你的書，你才能夠賺到錢。出版社之間競爭激烈，教科書已經不是教育事業，而是一盤一年幾千萬的生意，為了打敗其他競爭對手，每家出版社都要千方百計跟負責選書的校長和科主任打好關係，同他們應酬也就變成工作的一部分。程飛不但常常要陪那些校長和數學老師吃飯、打麻將，有時還要陪老師去聽演唱會，開車去送機、接機，甚至要幫忙搬家和遛狗，為的就是他們肯用你的書。

其中有個校長，家裡養了一頭很名貴的白色藏獒，那頭龐然大物名叫朱庇特，每次家裡的男菲傭放假，校長就找程飛去幫他遛狗。程飛牽著朱庇特，啊不，是被朱庇特牽著出去散步，每次也很害怕朱庇特被人搶走，更害怕朱庇特咬他，他腿都軟了，卻要硬著頭皮去做這事。

「妳記得我跟妳說過王校長有一隻藏獒叫朱庇特嗎？」程飛問我。

「怎麼了，他又讓你去幫他遛狗？」

「不，這次不是遛狗，朱庇特今天早上牙痛，王校長打給我，要我帶朱庇特去看獸醫。」

「過分啊，他自己為什麼不去？」

「他在學校開會啊。他說朱庇特喜歡我，其實我也挺喜歡那條狗的，跟牠一起出去很威風，方圓十里都沒有人敢接近我。」程飛說完哈哈大笑。

「結果你就跟吳帆辭職了？」

「啊不，我帶朱庇特看完獸醫才回去辭職。朱庇特牙痛原來是因為有顆蛀牙，獸醫幫牠把牙拔掉。」

我聽到不知道該笑還是該哭。

「吳帆有挽留你吧？」

「他提出給我雙倍的薪水。」程飛有點得意地說。

「那你怎麼說？」

「的確很吸引人，可我再也不想遛狗了。」他頑皮地笑笑，「我是帶著朱庇特回去出版社辭職的呀，我得讓吳帆看看他都讓我做些什麼工作。大家一見到朱庇特就嚇得雞飛狗跳，吳帆跟我說話時也站得離我老遠的，臉都變青了。」

朱庇特成了壓垮駱駝的最後一根稻草，我一想到程飛牽著朱庇特大步走進出版社那個場面就禁不住咯咯大笑。

他咧嘴笑笑：「然後我就把朱庇特送回家，路上還買了冰淇淋請牠吃，人拔牙之後得吃冰淇淋，狗也一樣唄，牠真會吃，吃了一大盒芒果冰淇淋還想再吃。」

我搖頭笑著：「你為什麼老是把悲劇弄成喜劇的樣子？」

程飛衝我微笑，那微笑意味深長：「誰喜歡悲劇啊？不是我把悲劇變成喜劇，是時間會把悲劇變成喜劇。」

時間會把悲劇變成喜劇，是否反之亦然？

我好像很認識這個我愛的男人，卻也好像不完全認識他，即便多麼沮喪的日子，他也習慣把一切藏在心裡不跟我說。童年的孤苦，被他說得像電影，甚至像童話故事似的，他爸爸真的是船長嗎？他媽媽真的就這樣丟下一個只有五歲的孩子跑掉嗎？我分不出哪些是真的，哪些又是假的，程飛說得那麼輕鬆，也許只有一個理由，就是真實的故事太悲傷，他只想遺忘，不願提起。

4

「噢，對不起，剛下班，來遲了，罰我喝酒吧。」俞願踩著黑色高跟鞋，噔噔咚咚地走進餐廳。她結婚十個月了，依然沉浸在剛為人妻的幸福裡，看起來神采飛揚。

「這是罰嗎？怎麼我覺得是獎勵？」李洛翻翻白眼說。

俞願前兩天剛從巴黎和巴塞隆那出差回來，這天晚上，我們相約在雲咸街一家小餐館吃義大利菜，提前為蘇楊慶生。

「看我帶了什麼來？」俞願給我們從巴塞隆那帶回來每人一盒百年老店Escriba的巧克力，我打開一看，每顆巧克力都做成兩片性感的厚厚的紅唇。

我拿起一顆放嘴唇上，笑著說：「太可愛了，吃這個感覺好像在親自己。」

李洛也學著我把紅唇巧克力放在嘴邊，對俞願說：「噢，我想起剛認識妳那時，妳教我們買乳暈色的口紅，可妳現在常常換口紅啊。」

「雖然是自己的乳暈，也想常常換顏色啊，我今天擦的是孟長東的乳暈色，我告訴他，我帶著他的乳暈來見妳們。」俞願噘起嘴說。

我認真看了看俞願的嘴唇，哈哈笑著說：「顏色很淡。」

「男人嘛，就是這個顏色。」俞願笑咪咪地說。

蘇楊正想把一顆巧克力放進嘴裡，俞願制止她說：「現在別吃太多，留一些明天早餐吃。」

「早餐吃？」蘇楊怔了怔。

「嗯，晚餐吃巧克力幸福，早餐吃巧克力浪漫呢。」俞願說，「配一杯香檳更好，我不記得我在多少個晚上吃過巧克力，但是我永遠記得那個在巴黎吃巧克力的早上。」

我點了幾個前菜，然後說：「那是因為在巴黎吧？我都是冬天大夜班的時候偷空喝一杯熱巧克力的，不幸福也不浪漫。」

「啊，我一般都是滾床單之後吃。」李洛一邊把那盒紅唇巧克力放到皮包裡一邊說。

我們三個禁不住同時張嘴望著她。

「妳們不覺得巧克力是滾床單之後吃最好的嗎？而且要在床上吃，得補充體力，得平復心情啊。」李洛說，「如果是早餐前滾床單，那我就早餐吃吧。」

「為什麼要平復心情，有那麼激動嗎？」俞願笑著問她。

「不是激動，而是空虛，妳沒聽過亞里斯多德說的嗎？」李洛說。

「亞里斯多德說了什麼？」我好奇問道。

李洛抿抿嘴，嘆了口氣：「亞里斯多德說，做愛之後，動物感傷。」

「妳上個床要不要把亞里斯多德也扯進來？妳的床上得很哲學啊，幸好我現在沒跟妳住在一塊。」蘇楊對李洛翻了個白眼。

俞願結婚之後就搬走了，李洛後來也和小陶在公司附近找到一套兩房小公寓同住，方便上班。蘇楊像螞蟻搬家那樣，把自己的東西一點一點悄悄搬到黎國輝家裡，然後找一天晚上把剩下的東西塞進一個旅行袋直接帶去他家，從那天晚上開始就不走了。那幾年，電影不景氣，黎國輝只接到一些零散的工作，蘇楊住到他家裡，也幫他分擔了一半租金。

她們三個搬了之後，我把B室租出去了，仍然是租給三個女大學生。

「新的租客怎麼樣？」李洛問我。

「雖然我只比她們大七、八歲，可是啊，感覺她們好像是另一個時代的。」我說。

「五歲就是一個時代啊。」李洛說。

「我在巴黎見了雨果呢。」俞願說。

「是演舞台劇那個嗎？」蘇楊問。

「還有誰啊？我在法國就只有兩個前男友。雨果和他女朋友生了個女兒啦，沒結婚。」

俞願說的話又讓我們三個張大了嘴。

俞願接著說：「這次時間太趕啦，只能在轉機去巴塞隆那的那天跟他在機場喝杯咖啡，他帶著娃來呢，那天剛好輪到他帶孩子，那娃挺乖的，綠色的眼睛，很美，九個月大，渾身肉肉的，是個小胖妞。」

「妳告訴他妳結婚了？」我問俞願。

「嗯，跟他說我結婚了，他還是那樣深情款款地望著我，好像隨時準備帶著娃跟我偷情似的。」俞願說著大笑，「唉，法國男人啊。」

「雨果為什麼不結婚呢？」李洛問。

「並不是每個人都想結婚的呀，雨果不想，孩子的媽也不想，他們覺得這樣自由些，他們甚至認為沒有束縛和契約的愛情才更禁得起考驗。」俞願瞄了一眼手表，繼續說，「說也奇怪，那娃挺喜歡我，我抱她，她也不怕生，乖乖摟著我，一張小臉貼著我的胸。」俞願摸摸自己的胸，又說，「一開始感覺挺奇怪的，好像她是我生出來似的，可她明明是雨果跟別的女人生的呀。」

喝了一口紅酒之後，俞願繼續說：「我抱著她，雨果就坐在我身邊和我說著話，我想著，曾經有一個可能，我是那個娃的媽媽，我是在那種生活裡……」

「這大概就是第二人生吧，但是，有很多的可能永遠也只是可能，然後就過去了，後來再怎麼想，也只是幻想。」李洛說。

「妳是不是改變主意，想要小孩了？」我問俞願。

「啊，不，我這人完全沒有母性。」俞願說著打開她的皮包，拿出一排避孕藥給我看，然後說，「我瞞著孟長東吃的。假如我還留在紹興，我也許會想生小孩，在法國的話，我也會想，可是，香港是個奇怪的地方，大家好像都不想生小孩，只有不生小孩才會自由，這裡有太多的可能性、太多機會了……」

這時，俞願的手機響了，是孟長東打來的。

「嗯……還沒吃主菜呢。」她告訴孟長東。

「別光說我，妳們怎樣了？」俞願掛了電話說。

李洛剛想開口，她的手機響了，是小陶打來的，小陶正在超市買東西，想問李洛要買些什麼，李洛一一吩咐他：牛奶、洗衣粉、麵條、薯片、牙膏、牙線、漱口水、衛生棉條。

「小陶連衛生棉條都幫妳買？」我笑著說。

「這些事一向都是他做的呀，他就喜歡做這些事，他可細心了，每天的早餐都是他煮給我吃，飯菜也是他做的，他很會燉湯呢。」李洛說。

「那妳負責做什麼？」蘇楊問她。

「我是他的精神領袖啊。他說他人生一直很迷惘，不知道自己想要什麼，遇到我之後，他才有了方向。」

「那他的方向是什麼呢？」我問。

「我也不知道。」李洛大笑著說。

我們點了兩盤義大利麵，還有牛排和烤雞分著吃，小陶又打了一通電話來，問李洛他幾點來接她，李洛跟他說了個大概的時間。然後，孟長東又打給俞願，俞願告訴他：「吃到主菜了。」

一頓飯下來，只有我和蘇楊的手機沒有響過，程飛還在補習學校上課，就算不是在工作，他也不會那麼黏人。

雖說只有我們四個人在吃飯，孟長東好像也一直坐在旁邊似的，我們吃到哪一道菜、吃什麼菜，他都很清楚。

吃提拉米蘇的時候，李洛嚷著要俞願給她食譜，回去讓小陶學著做給她吃。

「這年代怎麼還有奴隸啊？」蘇楊取笑李洛說。

「可他是個快樂的奴隸啊。」李洛得意揚揚地說。

「這個太容易了，下次妳來我家吃飯，我做給妳們吃，不過我最近都沒時間做飯，忙死了，我煮個麵，孟長東也吃得很高興。我得走了，他在家裡等我。」俞願說著拿出她的信用卡來結帳。

「說好了今天我們三個請蘇楊的。」我說。

「我來刷卡吧，我有孟長東的附卡呢，刷了就證明我今晚跟妳們在這裡吃飯啊。」我心裡嘀咕，跟朋友吃個飯為什麼要證明呢？然後又想起結婚那天晚上孟長東灌大汪喝酒的事。

蘇楊把俞願的附卡拿過去看了又看，很羨慕的樣子：「有張附卡真好，我也想有一張，我就留著，不刷卡，證明他是那麼愛我。」

「笨蛋，附卡也可以設個限額的呀，妳以為愛是沒有上限的嗎？」李洛說。

「噢，我都沒問過孟長東這張卡限額是多少，不知道能不能刷卡買一顆三克拉鑽石呢？改天試試看。」俞願笑著說。

從餐廳出來，俞願匆匆打了一輛出租車回家，小陶騎了摩托車來接李洛，剩下我和蘇楊，我陪她走路去車站。

「程飛最近好嗎？」蘇楊問我。

我點點頭：「他可喜歡教書了，一開口就停不了，補習挺適合他的，學生也很喜歡他，傳統學校他肯定無法適應，學校也接受不了他，他這人太不愛守規矩。」

經過街上一家水果店的時候，蘇楊停了下來，挑了一大包新鮮的黑葡萄，付錢之後，自己吃了幾顆，又給我吃：「嗯，很甜啊，黎國輝喜歡吃。」

「喲，真的很甜啊。我也買幾個蘋果吧，程飛愛吃蘋果。」我挑了幾個蘋果，跟蘇楊說，「下星期妳生日真的不要我們陪妳嗎？黎國輝那天不用開工嗎？」

「他過兩天去澳門拍戲，說會回來和我過生日，畢竟是三十歲的生日唄。」蘇楊甜絲絲地說。

「那不是很好嗎？」

「可能他終於被我感動了吧，我也是值得愛的。」她吃著葡萄說，「剛才其實我還沒吃飽，可俞願好像趕著回家。」

「妳當然值得愛。」我用肩膀輕輕撞了她的肩膀一下。

「我無數次想過離開這裡回重慶……」

「哦？」我有點驚訝，從來沒聽她說過。

「每次跟爸爸通電話，他也會跟我說，在這裡混不下去就回家吧，我每次都告訴他，我在這裡混得可好了，我有很好的朋友、很好的工作。」蘇楊抬頭看了看夜空，「回去了，也許不一樣呢，就像俞願說她在巴黎機場抱著雨果的娃時覺得有一種可能，那會是她的人生。假如我從來沒有來過香港，黎國輝也從來沒去過重慶，我們從未相識，我也許已經嫁給了別人，生了個娃，這個時候或許帶著娃跟老公和爸爸媽媽在吃火鍋呢，我也不會知道這個世界上有個男人叫黎國輝。」

我看看她：「不要委屈自己就好。」

「愛一個人，妳會願意為他做任何事啊，妳會希望自己對他死心塌地，再死心塌地一些，然後再死心塌地一些，永遠不要灰心，不要後悔，永遠不要醒過來。」她衝我笑笑。

笑完，她接著說：「有時我也不知道我愛他什麼，可有時候，愛一個人也許不是因為他有什麼優點，也不是因為那個人有多麼好而愛他，那就不是愛啊，愛是絕對孤獨的，誰都不理解，但我就是愛，我就是盲目，要有徹底的盲目，才有徹底的幸福。黎國輝的優點我說不出來，他的缺點我都數得出，或者，愛一個人，從來不是因為他的好和不好，而是我對他有多麼依戀，我在他面前有多麼的殘缺，他是一潭清水也好，濁水也好，我照見了自己。」

「妳今晚很文藝啊。」我笑笑說。

「再過幾天就三十歲了，這陣子可能變得比較感性吧，我也曾經是個文藝少女啊，就像有些人曾經是理想青年，只是後來墮落了。」蘇楊哈哈笑著說。

「我以前無法想像三十歲的我是什麼樣子的，會不會很老，還有一年就三十歲了，可我覺得現在挺好的。」我說。

「啊，我的心永遠停留在二十四歲。」蘇楊說著摸摸自己心臟的位置。

「呵呵，為什麼是二十四歲？」

「二十四歲是我最相信愛情的年紀。」

「剛剛不是說要再死心塌地些嗎？」我取笑她。

「死心塌地不一定就是全盤相信啊，就只是很想這麼堅持地去愛一個人，就像沒有下一次，就像沒有來生一樣。」蘇楊衝我微笑，我在那微笑裡看到的是一片苦澀的癡心。

走著走著，到車站了。

「下次再見啦。」蘇楊對我說。

「嗯，下次見。」

我目送著蘇楊走進車站，抬頭看了看天空，天空上掛著一個黃澄澄的蛾眉月，我看看手表，程飛差不多下課了，我突然很想他。

## 5

程飛工作的那所補習學校在西環一幢商住大廈裡，是徐繼之的學長和兩個朋友開的，規模不大，經常擠滿學生，一層樓裡分成幾個教室，來這裡補習的都是在附近學校讀書或者住在附近的中學生，學費不貴，每班的學生不多，就三十個到四十個。程飛本來只是打算代課一段時間，但是學生很喜歡他，報名上他課的人越來越多，做了五年數學教科書的經驗還是很有用的，他也教得很起勁，結果，兩個月後，他就變成了全職。

我來到補習學校的時候，前台的職員已經下班。程飛上課的教室在走廊盡頭，是最大也最熱鬧的一間教室，我老遠就聽到他講課的聲音。教室的門沒有完全關上，我走近，看到一個女人站在門邊，不動聲色地看著裡面上課的情況。看到我的時候，她咧咧嘴，不知道算不算是個微笑，我也對她微笑。

她約莫三十六、七歲，身材苗條，穿一件黑色半高領短袖毛衣、一條駝色九分褲、一雙黑色尖頭高跟鞋，留著一頭有點凌亂的及肩短鬈髮，畫了個淡妝，眼睛大大的，顴骨有點高，既漂亮又幹練的樣子。

她看到我來就馬上離開，經過我身邊的時候，我聞到一股嫵媚的香水味，是那種只要聞過就很難忘的味道。

我從門邊探頭往教室裡看，已經過了下課時間，程飛和學生好像都沒有想走的意思。他看到我，微笑著朝我點點頭，示意我等他。

我坐在教室外面的一把椅子裡，把那袋蘋果放在大腿上，好奇地看著他上課。

程飛坐到他那張桌子上，問學生：「假設你在賭場賭大小，已經連續開了二十八局大，你認為下一局繼續開大的機會是不是大一些？認為是的舉手。」

班上幾乎所有學生都舉手。

程飛搖搖頭，故意長長地嘆了口氣：「每一局開大和開小的機率其實都是一半一半的，認為下一局會開大，只是錯覺。回去想想吧，這就是數學迷人的地方，如果你學好數學，你就能賭贏世界上任何一個賭場，成為富翁，然後被他們列入黑名單，以後也不讓你進去，每個賭場的保安室也會有你的照片，每個人都認得你，恭喜你，你成名了。」

學生們的笑聲此起彼落。

「當然啦，如果是我，看到連續二十八局開大，下一局我肯定會押大，除非我錢太多，想跟自己過不去。」

學生們又笑了。

「你們當中可能會有人說，連續二十八局開大也是一個機率，下一局多半是開大。是的，當然可以這樣說，但是，我現在說的是某一年某一天某一段時間裡在某一張賭桌上的情況，如果把全世界賭場同一時間所有賭大小的賭桌一併計算，結果就不會這麼傾斜了，基數越大，偶然的可能性就越少。開大的多，還是開小的多？機率最後一定是平均的，如果你連續輸了二十八局，只能說你剛好很倒楣。」

程飛說得手舞足蹈，學生們全都聽得很入神。

「我在這裡不是教你們賭大小，而是教你們考試，並且盡量保證你們每一個人都合格，否則我就飯碗不保了。」

說到這裡，學生們都笑了。

程飛接著又說：「但我更希望你們愛上數學，只有當你愛上它，你才不會覺得痛苦，你才會想去瞭解它，想去分析它，想要得到它的芳心。你可能永遠都無法征服數學，它沒有缺點，它太完美了，但是你可以跟它玩啊，數學比你們想像的好玩得多了，有人說，就算這個世界滅亡，數學還是會存在……」

一個男生這時舉手發問：

「為什麼呢？」

「問得好！因為數學是一個法則，法則超越一切物質的變化，它是沒有形體的。」程飛興奮地說。

我看著他，他看起來神采飛揚，比起他在出版社的那些日子快活得多。我們每個人終其一生不都是在尋找一個屬於自己的舞台嗎？手術台是我的舞台，程飛也終於找到他的了，只要他快樂，我希望他可以一直留在那兒。

「好了，今天就到此為止吧。」程飛拿起桌子上的一瓶礦泉水，擰開蓋子喝水，喝了幾口，他問學生：「今天晚上會看到星星嗎？」

學生們紛紛看向窗外的夜空。

「今晚看到星星的機率有多大？你們不用現在回答我，明天告訴我你的答案。」他說。

學生們陸陸續續收拾東西走出教室，一個個看起來都很快樂。

教室空了，我走進去，程飛正在把桌子上的筆記塞進背包。

「嘿，怎麼來了呢？」他對我笑。

「我吃完飯路過啊，買了蘋果給你。」我拿著那袋蘋果在他面前晃了晃。

他拿起一個蘋果在衣袖上擦了擦就直接吃。

「還沒洗呢。」我說。

「我餓死了。」

「今晚會看到星星嗎，老師？機會到底有多大呢？」我笑著問他。

「沒有答案的，一個晚上那麼長，一兩顆星肯定是有的。我跟他們玩的啦，只是想他們思考一下。」他衝我淘氣地笑。

「今晚有月亮啊，我來的路上看到，是蛾眉月，只要是蛾眉月，旁邊好像總會有一顆明亮的星星呢，所以，今晚至少會看到一顆星星。」我說。

「啊，那顆是金星。」程飛說。

「是嗎？你怎麼知道？」

他得意地說：「誰都知道。」

「哪裡是誰都知道？我就不知道。」我說。

「我小時候很喜歡看星星，那時我想做船長，船長得夜觀天象啊。」

我看著他，他說他爸爸是一艘遠洋大輪船的船長，看來是真的。

「嘿，想親嘴嗎？」我對他擠擠眼。

程飛看看我，又看看教室門口：「現在？這裡？」

我朝他努努嘴巴：「快閉上眼。」

他看了看門口，確定沒有人，閉上眼睛說：「就親一下好了。」

「好的。」我悄悄拿出一顆俞願送我的紅唇巧克力貼到他嘴唇上，「嗯嘛！」
他張開眼睛，又好笑又失望的樣子：「是糖？」
我咯咯大笑：「是巧克力，俞願從西班牙帶回來的。」我把巧克力放到他嘴裡。
他吃著巧克力，拎起背包跟我說：「回家嘍。」
那一刻，「回家嘍」這三個字聽起來多麼甜蜜？就好像是我聽過最甜蜜的三個字。
「如果連續開二十八局大，下一局我會押小。」我邊走邊說。
「啊，妳懂機率。」
「才不呢，這才是賭啊。」我撇嘴笑笑。
「這不是賭，這是執拗。」他皺著眉說。
「這明明是賭呀。」我說著摸了眉心，「你別老是皺眉，這裡以後會有皺紋呢。」
「好吧，要是注碼不大，妳可以這樣賭。」
「當然，我可是捨不得輸的。」我衝他笑。
最後一個離開學校的得負責鎖門，我跟著他每個教室每個角落查一遍，確定沒有人，然後才離開學校。
「剛剛我來的時候看到一個女人站在教室外面看你上課。」
「是嗎？我沒看到，是誰？」程飛按下門邊的密碼鎖把學校的大門鎖上。
「我好像在哪裡見過她，想不起來了，三十幾歲吧，是個高個子，身材很好，香噴噴的，很有女人味，會不會是這裡的老師？」
電梯到了，我們走進電梯。

「那肯定不是，這裡的老師全都是男的。」
「那就奇怪了。」我喃喃說。
「會不會是學生家長？」
「看來不像啊。」
後來我才知道，那個女人叫沈璐，我在巴士車身和地鐵月台見過她的巨型廣告。

## 6

那天晚上送蘇楊去車站的時候我就有點擔心她，她看上去跟平日很不一樣，果然，生日過了一星期，她突然帶著行李來醫院找我。
那天我臨時要做一台膽囊切除手術，做完出來已經差不多晚上十點了，我換回衣服，去二十樓病房看病人的時候，見到一個女人，外套裹著頭，腰以下披著一條薄薄的羊毛圍巾，整個人蜷縮在病房外面一張長木椅子上睡覺。我沒在意，以為是病人的家屬在徹夜等待消息，這是常有的事。當我走過的時候，突然有一隻手伸出來拉住我的腿，嚇了我一跳。
「妳回來啦？」蘇楊有氣無力地說。
「嘿，是妳？妳怎麼會在這裡？」
蘇楊緩緩坐起來：「護士說妳在做手術，讓我在這裡等妳。」
「妳怎麼了？在這裡等很久了嗎？」我坐到她身邊，她穿著一件淺紫色的薄羽絨外套和一條縐巴巴的棉毛睡褲，腳上穿的是那雙平常在家裡穿的粉紅豹毛毛鞋。

「今晚可以去妳家過夜嗎？我跟黎國輝分手了。要是我去李洛家，小陶就得睡客廳，我也不想去找俞願。」她可憐地說。

「當然可以啦。我現在要去看看病人，看完就可以走，妳等我，我和妳一起回家。」

蘇楊點點頭，悲傷、脆弱又憔悴，好像一夜之間老了五歲，此時此刻，那雙粉紅豹毛毛鞋在她腳上看起來是那麼荒誕。

「妳在這裡等我，別走開啊，我很快出來。」我再三叮囑她。

「嗯，妳去忙吧。」

我在病房裡看完病人，寫好報告，出來的時候，蘇楊的紫色行李箱仍舊放在地上，人卻不見了。我到處找她，沒找到，打她手機，打了很多遍她都沒接。

我突然想起，樓上一層就是天台，我一驚，沒等電梯來就三步併作兩步從樓梯飛奔上去，蘇楊就在那裡，趴在天台邊，看著遠處。

「嘿，妳在這裡？為什麼不接電話？」我鬆了一口氣。

蘇楊回過頭來：「啊，對不起，我沒聽到，這裡風大。」

我慢慢走近她。

她抿抿嘴，難過地說：「原來，癡心也有山窮水盡的一天。」

「到底發生什麼事了？」

「他不是答應我生日那天回來陪我過生日的嗎？」

「結果他沒有陪妳？」

「那天早上，他說會搭夜晚七點的船回來，讓我在港澳碼頭等他，然後一起去吃飯。下班之後，我在路上買了個好看的蛋糕，老闆給了兩只叉子、兩根蠟燭，我又多要了一根蠟燭，三十歲嘛。我抱著蛋糕，在碼頭一直等一直等，十二點都過了，始終沒見到他。」

我聽著心裡既難過又氣憤：「那妳還等什麼？該走了吧？」

「我跟自己說，等到三點我就不等了，凡事不過三嘛，而且是我的三十歲。三點，一艘船靠岸，只有幾個乘客走出來，沒見到他，我知道等不到了，站起身，離開碼頭。回家的路上，風有點冷，我走著走著就哭了。我為什麼要來香港？為什麼為一個人背井離鄉跑來這個人生地不熟的城市？我怎麼那麼傻啊？在家的時候，從小到大，每年生日，一起床就有媽媽煮的土雞湯麵和兩個水煮蛋，麵是長壽麵，兩個雞蛋代表圓圓滿滿，到了晚上還有生日蛋糕，就算我長大了，跟朋友在外面玩到很晚回家，爸爸媽媽也會等我回去吃蛋糕，而且一定會在蛋糕上點上蠟燭。」蘇楊說著說著眼淚流出來了。

我撫撫她的手臂說：「我們回去吧。」

她絲毫沒有離開的意思，繼續說：「我跟自己說，生日其實也沒什麼的，兩個人在一起就好。我回到家裡，在蛋糕上點了蠟燭，許了個願，倒了杯酒，從蛋糕中間開始吃，吃到空心，自己祝自己生日快樂，自己感動了自己，然後睡覺去了。第二天早上七點，他終於回來了，說那場戲拍到天亮才終於拍完，開工的地方沒法打電話，說生日飯會補給我，說他累垮了，然後就別過頭去睡覺。」

她眼裡浸滿淚水：「沒有對不起，沒有生日禮物，一句生日快樂都沒有。」

「妳太傻了，為什麼不告訴我們？就算我要工作，李洛和俞顧也會陪妳。」

「妳們已經陪過我了啊，陪我過生日不是男朋友應該做的嗎？那天他一直睡到黃昏，然後和我出去吃飯，算是補給我的生日飯吧，他問我想吃什麼，我說不如吃火鍋吧，他也沒意見。我餓壞了，點了很多菜，吃著吃著，他突然望著我，有點厭惡地說：『妳怎麼這麼能吃呢？』說得我都不敢吃了。然後，他問我有沒有想過回重慶，他這麼說了之後，我慢慢抬起頭看著餐廳的天花板，不是因為天花板有什麼好看，而是我知道，一低頭，眼淚就會掉下來。」

「他怎麼可以這樣對妳？」我惱火地說。

「其實我已經習慣了啊，一個人習慣了卑微就沒什麼，就好比一個人每天都要挨一巴掌，慢慢習慣了，挨那一巴掌的時候雖然不會覺得很爽，但是也無所謂了。」

蘇楊看著我，淒涼地笑笑：「可是，卑微也有個盡頭啊。生日過了兩天，我上午在公司覺得有點不舒服，可能是前兩天冷著了，頭很痛，午飯沒吃就提早下班，想回家睡一覺。我開門進屋裡，發覺房門關上了，我好像聽到房裡有聲音，推開房門進去，看到他和一個女人在床上，兩個人都沒穿衣服，他壓在那個女人身上，那個女人看到我，尖叫了一聲，我嚇壞了，呆呆地站在門邊，完全不知道該怎麼辦，黎國輝翻過身來，看到是我，生氣地說，『妳為什麼不敲門？』我把門關上，留在門外，我是不是太沒出息了？」

「不是，妳是嚇壞了。」我說。我無法想像蘇楊那一刻有多麼難受。

蘇楊用衣袖揩了揩流下來的鼻涕，繼續說：「過了幾分鐘，那個女人穿好衣服走出來，我坐在沙發那兒，她看都沒看我一眼，直接就走了。然後，黎國輝也出來了，一句解釋都沒有，沖了個澡就出去。」
「哼，還好意思去沖個澡啊！那個女人到底是誰？是新女友嗎？」
「哦，不，舊的。那是他的初戀女友。我知道他一直沒有忘記她，他們兩個在一起九年，本來是要結婚的，可是她喜歡了別人，為了那個男人離開了他，後來她嫁給了那個男人，生了個女兒，去年她和丈夫分居，又回來找他。」
「妳怎麼知道？黎國輝那個渾蛋告訴妳的？」
蘇楊搖搖頭：「我偷看了他們的電郵，他們這樣至少有半年了，半年前我就覺得有點不對勁，有幾次我半夜起床都看到他躲在客廳小聲打電話，我知道他電腦的密碼，密碼就是他的生日，他都沒想過改一下。說去澳門拍戲，應該也是騙我的，多半是跟那個女人去澳門玩。」
我嘆了口氣，說：「那天妳就應該走啊。」
「我病了啊，發燒頭痛，腦袋迷迷糊糊的，在附近看了醫生，請了病假，吃了藥就睡，我不想睡到床上，想起他和那個女人在床上睡過我就噁心，每天我都睡沙發，他回來也不看我一眼，自己進房間去睡。我和他七年的感情啊，他都做得這麼絕了，我堅持不下去了。今晚他回來，我說我要走了，他一句話也沒說，就站在那兒，好像等我說這句話等很久了，我哭了，拿起沙發上的抱枕砸他的頭，他也沒還手，大概還是有些愧疚的吧。」
「打得好。」我說。
「我有什麼比不上那個女人？她長得很普通，瘦巴巴的，一點都不漂亮，就因為她是他的初戀嗎？就因為她當初不愛他嗎？」

「可能是吧。」我說。

「她悔婚，她和他在一起時就已經背叛他，嫌他沒出息，嫁了個有點錢的老公，孩子都生了，和老公分居，婚沒離，也不知道會不會離，又厚著臉皮回來找他，當初是她把他甩掉的啊。我討厭和前任糾纏不清的女人。」

我明白她這天晚上為什麼不想去找俞願了。

「這樣的女人，他居然還是愛她，甚至一直在等她，這才是愛吧？這是他永遠給不了我的。我變成了第三者，或者我一直都是第三者吧。他愛過我，一天半天、一個月、一年半載，或者只是某一刻對我動過情吧，我在他心裡從來不重要，從他被那個女人甩掉的那天起，他的心就死了，不再愛任何人了。」

她說著眼淚簌簌流下來：「放心，過了今晚我就不哭。我從小時就幻想著像電影裡那樣轟轟烈烈、盪氣迴腸的愛情，覺得我也會遇到的，終於遇到一個人，拋下一切跟著他來這裡，原來只有我自己跟自己轟轟烈烈，自己跟自己盪氣迴腸，我都被我自己感動了。我以為我是在戀愛，其實一直都是在單戀，我單戀的是個幽靈，是個沒有血肉的、不懂我的好的男人。我想要大山大水，他給我小橋流水也都算了，小橋流水也挺好的呀，哪裡有那麼多轟轟烈烈呢？可他給我的是一盆冷水，他把我潑醒了，我不想再堅持下去了。」

「那就別堅持。」我衝她說。

「要是我那天沒有提早下班回家，那多好啊，永遠也看不到他和另一個女人在我們的床上，就算分手了我還會記得他的好，可是現在我不會記得了。」

「不記得就好，不記得就不痛。在醫學院的時候教授說過外國一個病例，一個二十歲的女孩子被車撞到，身體只是皮外傷，她卻在醫院昏迷了兩個星期，醒來之後，她失去了一部分記憶，她不記得自己被車撞到之前是有厭食症的，瘦得全身皮包骨，於是，她又開始吃東西了。她要是再瘦下去，本來是會死的，她失去的記憶救了她，那正好是她最不該記住的。」

蘇楊臉上掛著兩條鼻涕，問我：「真的假的？」

「真的。」我說。

其實是假的，的確是有個女孩被車撞到之後失憶，可她並沒有厭食症。

「這樣忘記真好，連痛苦都沒有，我也想被車撞一下。」蘇楊苦澀地說。

「別傻了，不是每個人都那麼幸運，被車撞上半空再摔下來也只是皮外傷。」

「我和他剛認識的時候，他說過：『妳喜歡收花，而我不喜歡送花。』他這麼說了，我以後就都說服自己，我也不怎麼喜歡花。今天突然想起他這麼說過，為什麼我那時沒聽明白？沒看到我和他不是同一條路上的呢？太沒有悟性了。」她說著又哭了。

「妳聽過一句話嗎？『你可以悲傷，但絕不能被打倒。』」

「誰說的？海明威？」她哭著問道。

我搖頭。

「霍金？」

「不是呢。」

「托爾斯泰？」

「是史努比。」我說。

終於看到她笑了，雖然笑起來有點苦。

「真的假的？」

「真的。」我說。

這回是真的。

我身上只穿著白大褂，禁不住打了個小哆嗦，跟她說：「我們回家吧，我冷死了。」

# 7

蘇楊那天走得匆忙，很多書和衣服都沒拿走，她把鑰匙交給李洛，讓李洛回去幫她拿。

李洛第二天領著小陶去黎國輝家裡，她越想越氣，一邊收拾蘇楊的東西一邊吩咐小陶把黎國輝掛在衣櫃裡的衣服全部拿出來，把其中一邊衣袖一只剪掉，沒衣袖的那一邊朝裡面掛，這樣黎國輝只有在拿出來穿的時候才會發現一只袖子沒了。李洛嫌小陶動作慢，剪半天還沒剪完，最後叫他別太追求完美，隨便剪爛就算了，反正剪爛了也沒法再穿。

兩個人正要離開的時候，黎國輝剛好回來，三個人都嚇了一跳，李洛二話不說舉起包包使勁往黎國輝頭上砸，小陶負責擋在門口不讓黎國輝跑掉。

「『妳為什麼不敲門』這句話你都能說出口，你是個人嗎？瞧你長得人模狗樣、半人半獸，真是噁心死我了，這一下是替蘇楊打你。」砸完一下，李洛又再砸一下，「你瞅啥呀你咋地？剛剛你為什麼不敲門啊你？信不信我拿大金鍊子勒死你？這一下是我打你，你真夠渾蛋的！」

李洛接著一口氣飆了一大串東北髒話，黎國輝聽得一頭霧水，沒還手，摸著頭，痛苦地站在那兒。小陶也沒聽明白，只覺得李洛說髒話的時候可愛極了，禁不住呵呵大笑。

李洛回來告訴我這事的時候，我幾乎笑掉了大牙。

「我這個包包可是ＬＶ的呀，花了我一個月薪水，我都捨得拿來砸他，我都被我自己感動了。」李洛抱著她心愛的皮包說。

蘇楊在旁邊聽完，問了一句：「沒砸傷吧？妳的ＬＶ。」

「啊，沒事，質地就是好，聽說能擋子彈呢。」李洛說。

「他不值得啊，但是……」蘇楊慢吞吞地說，「他那些衣服很多都是我買給他的。」

李洛張嘴看著我，不知道說什麼好。

那一刻，我在想，一兩年後，或者時間再長一些，我們說起這件事，每個人，包括蘇楊，也許會大笑起來。時間會把悲劇變成喜劇，我們和喜劇之間，往往只差那麼一點點時間。

蘇楊在我家住了半個月，俞願和李洛每天輪流來陪她，俞願特地做了新鮮的麵包和鬆餅給她，李洛來不了就指派小陶來，任她差遣。大家都把她當成公主般寵著，她想做什麼盡量陪她做，連她上個廁所都守在外面，生怕她會想不開。

夜晚我回到家裡，要是她睡了，我也會去她房間看看，幫她蓋好被子，確定她沒事。

那天晚上，我進她房間的時候，她還沒睡。

「回來啦？」她亮起床頭燈，坐起來。

「嗯。」我擠到床上，挨著她坐，「今天還好吧？」

蘇楊點點頭：「在公司好些，一整天都忙，沒時間去想他。啊，李洛幫我在上環找到一間一房小公寓，我過幾天就可以搬過去。」

「妳不用急著搬啊。」我說。

「我不能一直住在這裡啊，我在這裡，程飛就不能在這裡睡，我不想當電燈泡。」

我笑了：「不會呀，他有他的金魚屋，他現在常常要備課到很晚，做很多筆記派給學生，我還真的從沒見過他這麼認真。」

「李洛看過房子了，剛剛裝修過，家具電器廚具什麼都有，地點也很方便，唯一不好是對著馬路，環境有點吵，李洛費了很多唇舌，幫我爭取到很好的租金，我租約也簽了。」說完，她挨著我，「我曾經以為我會幸福的，在這裡，在這個城市。」

「會的，但不是跟黎國輝。」我說。

「那麼愛一個人，是不是因為他始終不愛我呢？他不愛妳，就可以欺負妳。總之，我以後再也不會這麼愛一個人了，那麼認真幹嘛呢？多蠢啊，玩玩就好，玩累了就把自己嫁掉，嫁一個好人，嫁一個傻一點的，嫁一個他愛我比我愛他多很多的男人，最要緊是嫁一個沒有忘不了的初戀女友的男人。」

「為什麼要嫁一個傻一點的呢？我不喜歡笨蛋，和笨蛋一起，太浪費生命了。」

「傻一點的男人老實啊。」

「就沒有又聰明又老實的嗎？」

「是沒有的。」蘇楊苦苦地說。

我本來想說，在我心中，程飛就是又聰明又老實，話到嘴邊，我收回了，此時此刻，我怎麼能夠說出口呢？在剛失戀的好朋友面前炫耀自己的幸福是不道德的。況且，一旦炫耀，幸福就會慢慢消散，直到後來的一天，當你回首，才發現自己那時候把幸福看得太理所當然，不知道傷害了多少人。

「妳知道黎國輝這兩年都拍什麼戲嗎？」蘇楊問我。

「什麼戲啊？妳以前都有拿戲票給我們去看他當副導演的戲，妳說起我才想起，這兩年妳好像沒拿戲票給我們啊。」

「他拍的戲，戲院看不到。」

「是紀錄片嗎？」

「是成人小電影。」

「噢。」我吃了一驚。

「電影這一行很不穩定，始終是要生活的，不能老是在家裡等開工，有人找他拍小電影，讓他當導演，他就接了。我沒說是怕妳們瞧不起他。」

「那又不會，小電影也可以很藝術的啊。」我有點違心地說。

「啊，他拍得挺唯美的，自編自導，用不著自演……」蘇楊噘噘嘴說，「自演也輪不到他。」

我抱著棉被咯咯地笑了。

「他還是有才華的，很用心拍，連配樂都自己做。」

「需要配樂的嗎？我以為只要有呻吟聲就可以。」

「要的，主題曲他都自己寫。」

「還有主題曲？」

「嗯，得有些新意嘛。」

「誰演呢？」

「電影公司從日本找一些拍成人電影的女優過來演啊，在香港和澳門租一間酒店房，關起門來就可以拍，有幾個過氣的名導演都在拍啊，賺錢唄。這些戲一個月能拍兩三部，反正也不需要什麼布景，服裝道具也都不需要……啊不，還是需要一些道具的。」

聽到最後一句，我是多麼努力地憋住笑。

「那時我常常擔心他會喜歡上那些日本女優，她們一個個身材那麼好，每天在他面前一絲不掛地走來走去，多大的誘惑啊，他倒是沒喜歡那些女人……」

「妳這是誇他嗎？」

「啊，不，我現在真的是無比清醒，剩下來唯一要做的就是忘記他，用我當初愛他的那股勁兒，使勁地忘記他，就像狗拚命甩掉身上的蝨子那樣，不能讓牠吸乾我的血。」蘇楊咬著牙說。

我想起那天跟程飛說著玩，他說假若來生我是狗，他說不定是一隻蝨子，我會恨他，千方百計想把他甩掉。我想著想著微微笑了，我一個讀醫的人，怎麼會相信有來生呢？太不科學了。

「人應該像有今生無來世那樣去愛，還是像會有來生那樣去愛呢？」我喃喃說。

「愛不愛都沒有來生。」蘇楊哀傷地說。

「像有來生那樣去愛或者像沒有來生那樣去愛，意思其實是一樣的吧？」我說。

「我在重慶有個老同學，」蘇楊說，「她為了一個男人背井離鄉去了上海三年，分手之後，她恨死上海了，不但恨死上海，她連整個浙江省都恨了，因為一個人，恨了一個省。」

我笑了，問她說：「妳也恨這裡嗎？」

「才不呢，我愛錯一個人，但我沒有愛錯一座城。當天跑來這裡找他是賭，賭贏了，我固然留下來，賭輸了，我更不能走，我要贏回一局，我自己也可以贏。」

「太好了，我還擔心妳會走呢。」我頭挨著她的頭。

「出來了就回不去了。剛來的時候不習慣，可我現在已經愛上這裡，我喜歡香港的聖誕節，我喜歡在這裡過聖誕。妳記得我們剛搬來的那年聖誕節俞顧烤了一隻大火雞嗎？我們四個人都吃撐了。」

「當然記得，那天晚上還有我最喜歡的聖誕木柴蛋糕。」我笑笑說。

「那天我們玩得多開心，好像永遠不會老似的，在香港過聖誕就是幸福，好像這世上真的有天堂。」

「那一天在記憶裡頭是不會老的啊，妳心中有天堂，這世界就有天堂。」我伸了個懶腰，說，「啊，很快又到聖誕了。」

## 8

聖誕木柴蛋糕並不是最好吃的蛋糕，吃它，吃的是聖誕氣氛。每年十二月，經過蛋糕店時只要看到櫥窗擺出木柴蛋糕，就知道聖誕節快到了。兒時的每一年聖誕節，爸爸也會買木柴蛋糕回來，吃完飯，我們一家四口分著吃，我和窩窩都愛吃，也吃得最多。聖誕節吃木柴蛋糕就像端午節吃粽子、中秋節吃月餅那樣，成了一個儀式，而所有的儀式，都會成為日後美好的回憶。

蘇楊、俞願和李洛搬到隔壁來的第一個聖誕，那個聖誕木柴蛋糕是俞願做的，她做的木柴蛋糕又漂亮又好吃，蘇楊偷偷留了一塊給黎國輝，那時候，蘇楊肯定沒有想過，幾年後的聖誕，他們不在一起了。

二〇〇六年聖誕的前一天夜晚，我得在醫院當值，平安夜許多人都玩瘋了，每年都會有意外發生，交通意外特別多，外科醫生也夠忙的。

值班到第二天早上，程飛打電話給我。

「嘿，下班了嗎？」

「差不多了，你這麼早就睡醒了？」

「昨晚和大頭吃完飯回到家裡倒頭就睡，我去接妳吧，妳等我。」

我拿著手機，甜甜地笑了：「好哦，等你。」

半小時後，我換好衣服走出醫院，沒見到程飛。我打電話給他：「到了嗎？」

「到了呀，我看到妳了。」

清晨的微風中，程飛一隻手插著褲袋，帶著微笑朝我走來，臉上有剛剛刮過鬍子留下的青腮。

「為什麼特地跑來接我這麼好呢？」我咧嘴笑笑。

「聖誕啊。」程飛牽著我的手說，「走吧，去吃點好吃的。」

「這麼早？」

「聖誕啊。」

「那我要吃聖誕大餐。」

「沒問題。」

我們走著走著，經過車站，程飛沒停下，拉著我繼續走。

「去哪裡呢？不坐車？」

「不用，走路就可以。」程飛說著牽著我的手穿過馬路，拐過路口，來到一條兩邊停滿車子的小路。

這條小路上並沒有餐廳，連咖啡店也沒有，我咕噥著問他：「到底去吃什麼啊？」

「快到了。」

當我們經過一輛停在路邊的銀灰色日本小汽車時，程飛放開我的手，繞著車子走了一圈，看看車頭，看看車尾，彎下腰看看車底，摸摸車身，然後又用手拍拍車頂，說：「這車很漂亮啊。」

「你別搞人家的車，說不定車主就在附近。」我沒好氣地說。

「什麼人家的車？這車是我們的。」程飛雀躍地說。

我怔了怔：「我們的？」

「是呀，我們的。」程飛說著從褲袋裡掏出一把車鑰匙，按下車鑰匙上面的感應器。

「嗶」的一聲，車門的鎖打開了，他拉著我的手從車頭繞過去，打開前座乘客那邊的車門，張開一條手臂，畢恭畢敬地說：「毛豆醫生，請上車。」

「嗯，謝謝。」我一本正經地說。

等我坐好了，程飛把車門關上，從另一邊上車。車廂裡一股簇新的皮革味道，程飛插進車鑰匙，打開空調，興奮地給我逐一講解車上的每個設備和細節，告訴我儀表板上面都有些什麼、音響的音色又有多美，他就好像小孩子剛剛得到渴望了很久的一件玩具，迫不及待地要向我炫耀一下，要是讓他一直說下去，他至少可以講上半天。

他雙手放在方向盤上，問我：「怎麼樣？這部車妳喜歡嗎？」

「啊，我喜歡你這麼喜歡一樣東西的樣子，什麼時候買的？」

「上個月訂的，昨天收到車。沒告訴妳，想給妳一個驚喜。」他說，嘴上掛著一個微笑。

「這車貴不貴？」我摸摸我那邊的車門。

「不貴，剛發了獎金，我用獎金買的。放心吧，我現在賺的錢比在出版社的時候多，我太受歡迎了，補習學校就數我的學生最多，他們還想我下一年開始每星期再加開六班。」

「六班？辛苦嗎？」

「不辛苦，我的班的學生數學科合格率是百分之百，是有史以來最好的成績，有幾個學生在學校從來沒合格過，被認為是無可救藥的數學白癡，這次考試居然合格了，學生高興，家長高興，補習學校高興，我也高興。惡性腫瘤級的數學白癡都被我救回來了，哈哈，你救人，我也是救人。」程飛快活地說。

「那幾個數學白癡都是女的嗎？」

「妳怎麼知道？」

「那些女孩子是因為喜歡你所以才那麼努力吧？」我笑著對他翻白眼。

「呃？不會吧？」

「要是因為喜歡一個老師而努力，那也很好啊，至少是有一份動力。」

程飛撓撓頭：「要是因為我的色相的話，我得收斂一點。」

我哈哈笑著打了他的手臂一下：「你有色相出賣是我的光榮。」

「啊，妳累嗎？」

「不累啊。」

「那我們先別回家，去兜風唄，這部車性能可好了。妳想去哪裡？」

「天氣這麼好，去淺水灣吃漢堡包好不好？」我提議。

「好提議，坐好了。」他開動車子，緩緩駛出路口。

車子穿過香港仔隧道一路往淺水灣駛去。聖誕長假期的清晨，大多數人還未醒來，又或者到外地度假去了，沿途的車子和行人很少，路很好走，也很安靜。實習的那些日子，經常要熬夜，那時總渴望著天亮，再怎麼忙碌的夜晚過去，天亮了一切就好。天亮了，終於輪到我下班，當我從醫院出來，常常會聞到清晨的味道，那味道聞起來充滿了希望。

「有了車，以後我就可以常常來接妳。」程飛說。

「看來我也得去學車。」

「就是呀！到時這部小車我們可以輪流用，遲些我們養一條狗，到時開車載牠出去兜風，狗坐在車子上，趴在窗邊看風景，那畫面看起來特別拉風。」

「那得坐敞篷車啊，狗坐敞篷車裡才帥。」

「敞篷車貴啊，等我賺到錢再換一輛唄，白色的狗好，帥上加帥。」

「得養大一點的狗，小狗趴不著窗邊的，會掉出去摔死。」
「什麼大狗？像朱庇特那麼大？」
「噢，不，藏獒太可怕了。」
「其實我應該感謝朱庇特，要不是這隻狗，我不會下定決心不幹，那就買不起這部小車了。」
「那改天我們把朱庇特偷出來載牠去兜風吧。」我笑著說，想起我倆剛在一起的時候，程飛賺的錢比我少很多，又要交租又要吃飯，常常到了月底就沒錢，可他又不願意讓我付錢，我們出去吃飯都在附近的小餐館、醫院食堂或者茶餐廳，有一次，也是月底，我們吃茶餐廳，吃完出來，走了一段路，我心血來潮看看收據才發現餐廳多收了二十塊錢。
我想回去拿，程飛拉著我：
「錢這麼少，就不要了。」
「那可是二十塊錢啊。」我說。
「別麻煩了。」
「你是不是其實有座金礦？」我皺眉問他。
程飛哈哈大笑：「金礦我沒有，但我不喜歡為錢煩惱，反正我都沒錢。」
我愛的這個男人，就是這樣一個人，不知道該說他瀟脫還是說他沒心沒肺。
「到了。」程飛把車子停在沙灘旁邊，下了車又繞著車子很滿意地看了一遍。
「為什麼停在這裡？不是說去吃漢堡包嗎？在那邊呢。」我說。
「走幾步路過去不就得了嗎？妳過來看看，這部車的後車廂很大，改天我們去買個帳篷和睡袋放車上，什麼時候想就可以開車去露營，很方便。」

「只有帳篷和睡袋不夠的，得買露營燈、折疊椅、羽絨被、地墊，蚊香也得帶上，帳篷要買有天幕的，這樣躺在帳篷裡面也可以看到星星。」我掰著手指頭數著說著走到車尾。

「天呀，那得買多少東西才可以去露營啊？估計這個後車廂不夠大了。」

程飛說著打開後車廂，我一看，呆了呆，那兒放著一套新的帳篷、兩個睡袋、兩張折疊椅、羽絨被、露營燈、手電筒，還有一個藍色的保溫冰箱。

他咧嘴笑笑：「幸好我是買了有天幕的帳篷。」

我看了他一眼：「啊，你早有預謀。」

「這不算預謀，這才是。」程飛說著打開那個藍色的保溫冰箱。

等他拿開最上面的那些冰袋，我看到一個蛋糕盒和四瓶 Babycham 小香檳。他把蛋糕盒拿出來，打開蓋子給我看，裡面是一個撒滿了白色糖霜的聖誕木柴蛋糕。

看到長方形的蛋糕盒那一刻，我已經大概猜到是木柴蛋糕，但是，看到蛋糕的一刻，還是覺得感動。

「我們不吃漢堡包了。」他朝我笑，「妳說過聖誕節一定要吃到木柴蛋糕才算圓滿。」

我衝他笑：「萬一我沒有提議來淺水灣，這些蛋糕和小香檳怎麼辦？」

「那我就見機行事唄。」程飛說著把那個保溫冰箱和兩張折疊椅從後車廂拿出來，鎖上車，愉快地說，「走吧，去過聖誕。」

沙灘上只有幾個游冬泳的老人，我們在折疊椅上並排坐著，看著海，聽著風聲和海浪聲，吃著蛋糕喝著酒。

「小時候，爸爸常常帶我們來這裡游泳，然後去吃漢堡包和冰淇淋。」我說。

「妳現在想游泳嗎？」

「你後車廂不會有游泳衣吧？」

程飛大笑起來：「我就喜歡妳這麼幽默。」

「你知道幽默感是從男性荷爾蒙來的嗎？」

「真的？」

「嗯。」

「難怪我人這麼幽默，我的教室經常是笑聲最多的，看來我是充滿男性荷爾蒙。」

「看來我也是。」我自嘲地說。

「妳是世上另一個我。」

我心裡暖暖的，微笑看向他：「好吧，被你找到我了。」

「住在這裡多好啊，每天打開窗就看到海，看到這麼大的一片天空，房子也漂亮。」

程飛說。

「這裡可是淺水灣啊，房子很貴，我們住不起的。」

「妳喜歡住這裡嗎？」

「我無所謂，不過住這裡每天回醫院挺不方便的，太遠，又經常堵車。」我哈哈笑著說。

「雖然住不起，但是我們改天可以來這裡露營啊，這裡的星星我們總看得起吧？」

「這裡不許露營呢。」

「噢……」程飛說著轉身看向淺水灣酒店旁邊那一排排高高低低的房子說，「那我們來吃飯總可以吧？」

「吃漢堡包肯定是可以的。」我吃了一口蛋糕說。

風有點冷，我揉著兩條手臂取暖，程飛把他的外套脫下來蓋在我身上。

「你不冷嗎？」

「不冷。」程飛說，「在這裡，就算吃漢堡包也是浪漫的。」

我還是怕他冷，挨著他，他也挨著我。

「除了星星，淺水灣的日落和月亮我們也是看得起的。」我喃喃說。

我們互相依靠著，程飛說：「那就好，除了這裡的房子，其他我們都有了。」

## 9

「誰會挑這麼冷的一天來露營啊？」我躺在帳篷裡穿過天幕看著天空。

「氣氛好啊，噓……妳看，今晚星星很美。」程飛望著天空說。

聖誕節過了三個月，我們終於找到時間去露營了。黃昏的時候，程飛來醫院接我下班，我們中途停下來買了燒烤用的炭、食物、酒和水，然後把車開到西貢郊野公園的營地，找了個地方搭帳篷。

天氣冷，這天晚上，公園裡只有我們一頂帳篷。

「只有我們才會摸黑來露營的吧？」我把兩條手臂從睡袋裡伸出來。
「這特別啊。妳冷嗎？」
「有一點。」
「要我去妳的睡袋睡嗎？」
「不要，睡袋太小了，裝不下兩個人。」
「那妳靠過來一些，貼著我就沒那麼冷。」
「嗯，好。」我挪挪身子，靠近他些。
「這什麼聲音？」程飛問我。
「我肚子裡的聲音，今晚吃太飽了，腸子在蠕動。兩個人燒烤，吃那麼多，吃撐了，吃完都不想動了。」
「真的不想動？」他轉過臉來對我擠眉弄眼。
「現在不想，等星星不亮了再說吧。」我故意戲弄他。
「天呀，那得等多久？今晚的星星很亮啊。」
「這太傻了，兩個人燒烤，人家去郊外燒烤都一群人的，我們太孤單了。」我說。
「浪漫啊。」
「你今晚說話很簡短。」
「我冷啊。」
我哈哈笑了，又再用力挪挪身子向他靠近一些：「我們不是有一條羽絨被子的嗎？」
「在車上忘記拿。」

「你知道黎國輝都拍什麼戲嗎？」
「什麼戲？」
「成人小電影。」
「蘇楊沒演吧？」
「沒演。都是從日本找那些女優來演的。」
「妳想看？」
「不想。」
「妳看過嗎？」
「黎國輝拍的那些？」
「不是，是小電影。」
「沒看過。」
「沒騙我？聽說男人都看。」
「當然沒有。有什麼好看的，又沒劇情。」
「這些電影還需要劇情嗎？你沒看過怎麼知道沒劇情？」
「還能有什麼劇情？」
「黎國輝拍的那些，他自己寫主題曲呢。」
程飛聽完大笑出聲來：「小電影還需要主題曲的嗎？什麼主題曲？」
「我沒聽過。噓……你別笑這麼大聲，萬一把野狗引來這裡怎麼辦？」
「我突然不覺得冷了，我現在感覺渾身血液沸騰。」程飛把雙手和雙腳伸出睡袋，轉過身來看著我。
「真的嗎？」我摸摸他兩邊臉。
「真的。」他含情脈脈地望著我。
「糟糕了！你這是高血壓啊。」
程飛看起來被我氣死了，那模樣很好笑。
「你看，星星依然很亮。」我指著漫天星星的夜空。
「天呀！早知道就買一個沒有天幕的帳篷。星星什麼時候才會沒那麼亮啊？」
「你不是說你學過夜觀星象的嗎？」
「夜觀星象的人是因為夜晚沒有別的事情做啊。」
「改天得約俞願、蘇楊和李洛來露營，這樣躺著太舒服了。以後我們老了也露營吧。」
「到時我可能沒有力氣搭起帳篷了。」
「你有的，到時我們把帳篷搭在薩丁尼亞島吧，那片天空更美，能看到的星星比現在多很多。」
這時，程飛放在睡袋外面的手機響了起來。
「誰的手機？」
「你的。」我說。
「不接了，我在露營。」
「接吧。」我推了推他。
程飛不情不願地爬出睡袋，拿起手機。

「啊，我是，誰？喂……喂……喂……對不起，這裡接收不太清楚……妳等一下……」

程飛拿著手機走到帳篷外面。

風聲呼呼的，他出去很久，聲音也漸漸聽不到了。

回來的時候，他臉色亮了。

「妳知道剛剛誰打電話給我嗎？」他興奮地問我。

「誰？」

「沈璐。」

「沈璐是誰？」

「補習天后沈璐，妳沒聽過？」

「啊，好像有點印象，以前見過她的廣告，看過一篇訪問，說她去菜市場買菜也開紅色法拉利跑車。」

「全版圖就是她的。」

「什麼全版圖？」

「全版圖教育中心，行內很有名的補習學校，跟另外兩家補習學校現在基本上是三分天下，開了很多分校，學生很多。」

「這麼晚，她找你幹嘛？」

「她想約我見個面。」

「見面？她會不會是想挖角？」

「有可能，她在電話裡很客氣，就說想認識一下。」

「那你怎麼說？」
「就見個面唄，看看她說什麼，我也有些好奇，聽說是很厲害的一個女人。」他說著鑽進我的睡袋裡。
我笑了：「哎，你怎麼不睡你自己的？」
「我冷啊。」
「你才不，你很暖。你有沒有告訴她你在露營？」
「我說我在等星星沒那麼亮……」
「我才不相信你會這麼說。你看，星星好像沒那麼亮了。」我說著把腿架在他身上。
「終於被我等到了。」他抱著我架在他身上的那條腿，把我拉向他。
星星漸逝，風唱著歌，夜晚空氣中飄著公園裡樹和落葉的氣息，我聞著熟悉的他身上汗水的味道，我們相擁著睡，幸福地蕩進夢鄉。那一刻，我並沒想到，這天晚上的一通電話將永遠改變一切。改變了程飛的命運，也改變了我的。

# chapter 3 星星

人會變的呀，以前不喜歡的那一類人，有一天會喜歡；以前很喜歡的一類人，不是不再喜歡，而是知道不合適。

I

後來我一直記得這一年的我的生日。二〇〇八年十一月七日的下午，我第一次在外科門診見到他。他是下午最後一個病人，當他走進我的診療室，他看上去一點都不像一個患了重病的人，一頭濃密的白髮，瘦高個，穿一件好看的白襯衫和白色西褲、一雙柔軟的駝色皮鞋，一身打扮好像是個從舊時代走出來的人，甚至稱得上儒雅。

「請坐。」我說。

他坐到我面前那張給病人坐的椅子裡。

「我是方子瑤醫生。」我自我介紹。

他點點頭，看著我，又長又大的眼睛敏銳而明亮，兩邊眼頭略微向下彎，眼尾卻又往上揚，加上那一頭銀白的頭髮，看來像一隻白狐，隱隱有股邪氣。

「你是潘亮對吧？」我再一次確定他病歷上的資料。

「對。」

「今年六十六歲，沒錯吧？」

「嗯。」他喉頭輕輕發出一個聲音。

他年紀比我爸爸大一歲，年輕時應該是個美男子，臉上雖然有了歲月的痕跡，可他看上去並沒有那麼老。

他進來之前，我仔細看了一遍他的病歷和檢查報告，內科醫生在他的肝臟發現了一個不尋常的腫瘤，得動手術，因此把他轉介給外科。

「報告顯示你肝臟上有一個十公分的腫瘤，挺大的，醫生告訴你了嗎？」

「嗯，說了。」

很多像他這個年紀的病人每次見到醫生會長篇大論地說很多話，把每個醫生都當成了心理醫生，盡情傾訴，可潘亮並不多言，他坐在那裡，好像他是來看看醫生這個人、看看醫生到底是什麼樣的一種生物，而不是來看病的。

「你的腫瘤看來很可能是惡性的，得儘快做手術切除，然後我們會把腫瘤拿去化驗，確定是否惡性。」

「那就做吧。」他平靜地說。

我不知道他是不是真的那麼平靜，抑或他是嚇壞了，所以反應有點反常。人在應該悲傷和恐懼的時候不感到悲傷和恐懼，也是不正常的吧？面對死亡，誰又能夠不害怕呢？

「那我現在幫你安排手術，你有沒有問題要問我？」

我以為他會問我很多關於他這個病的問題，他卻只是問了我一句：

「手術是由妳來做嗎？」

不相信眼前這個年輕的女醫生，擔心當他躺在手術台的時候是由她來決定他的生死，這種反應倒是正常的，我不止一次被病人質疑，他們都寧願相信一個穩重的、老一些的男醫生。

「放心，手術會由資深醫生負責，我還不是。」我說。

他聽完倒是好像有點失望，柔聲問道：「到時妳會在場嗎？」

「啊，我不確定。」他這麼說，讓我有點受寵若驚。
潘亮好像沒聽到我回答似的，一臉執拗的樣子，又問我一遍：「妳會在場嗎？」
「主刀醫生會親自挑選手術的助手，我也希望是我，可現在還不知道是哪一位醫生替你做手術，我先幫你安排，你的情況得儘快做手術。」
他沒說話，我看不出他在想什麼。我額頭又沒有寫著「吉祥物」三個字，難道他要看到我才會覺得安心嗎？
「今天有沒有覺得哪裡不舒服？」我微笑問道。
他搖頭。
「我現在幫你檢查一下，麻煩你把衣服拉高一些。」
他把襯衫和內衣拉起來，他很瘦，可是肚子有點脹脹的。「對不起，我手有點冷啊。」我搓暖雙手，前傾，將他的衣服再拉高一些方便我幫他檢查，我輕輕按壓他腹部——肝臟的位置，問他，「痛不痛？」
「有一點。」
這不是個好的徵兆，我有點擔心他。然後我開始檢查他的眼睛，看看他的眼白。我看著他的眼睛，他也抬頭看著我的眼睛，那雙眼睛好奇地盯著我看，沒有了他剛走進診療室時的那股邪氣，倒是有些柔情，我被他看得有點尷尬。
我清清喉嚨，坐下來說：「行了，今天就這樣吧。我儘快幫你安排，護士會打電話通知你做手術的日子。你有什麼要問我嗎？關於手術，或者其他問題都可以。」
「沒有了。」他說著把身上的襯衫弄好。

「以前喝酒喝得很兇吧？」我邊寫病歷邊問他。

他有點不好意思地點頭。

「都喝什麼酒呢？烈酒？」

「嗯……」他臉紅了，好像做了不應該做的事而被我逮到。

「以後得少喝點，能不喝就不喝吧，烈酒很傷身。」我勸他。

他看著我，眼裡有些訝異，那訝異又慢慢轉變成感動。那時我想，這個人是不是太孤獨了，從來沒有人關心他。

他站起來，那雙敏銳的眼睛漸漸有些憂傷了。離開診療室的時候，他回頭看了我一眼，說：

「謝謝妳，醫生。」

「啊，不客氣。」我微微一笑。

他出去之後，我看了看他個人資料上職業一欄寫的是商人，家人一欄空白，果然是個孤獨的人。

下午所有病人都看完了，我匆匆收拾好東西離開診療室，走出外科的門診部。在門診部的電梯大廳，我又看到他。他站在那兒等電梯，雙手放在身後，腰板挺得直直的，不知道是不是因為我知道他的病，那個背影在我眼裡竟顯得有點蒼涼。

電梯到了，裡面幾乎載滿人，他先進去，我跟在他後面，他看到我時，連忙挪開，留些空位給我。

「啊，謝謝。」我站到他身邊，對他微笑。

「不客氣。」他說。

「嘿……」這時，背後有人用手指戳了一下我的肩膀。

我轉頭一看，史立威在兩個人後面鑽出來，擠到我和潘亮身邊。

「嘿，是你。」我笑笑說。

「去哪兒？」

「回去把報告寫完就可以下班了，今晚有約。」我看看手表。

「啊，真好。是約了補習天王吧？我今晚要是有飯吃就非常幸運了。」史立威雙手插在白大褂的兩個口袋裡，苦哈哈地說。

完成實習之後，我和史立威同樣選了專科外科，幾年間各自在不同的外科學習，準備未來的專科考試。很迷古典音樂的他，一年前交了個女朋友，是交響樂團裡的大提琴手，經常要到外地表演，史立威對這個女朋友很認真，所有長假期留起來，去世界各地看她演出。

「你儘管妒忌我吧，今天是我生日呢。」我笑嘻嘻說著轉過臉去，正好跟潘亮的目光相遇，他在對我微笑。

我尷尬地笑笑，讓病人聽到我說話這麼孩子氣，太難為情了。

「生日快樂。」潘亮對我說。

「啊，謝謝。」我微笑點頭。

這時，電梯停在二樓，我大步走出去，史立威也跟著走出電梯。

「生日快樂！」史立威說。

「謝謝啊，什麼時候請吃飯？」我笑著問他。

「隨時都可以，史波記魚蛋妳覺得可以嗎？」

我翻了翻白眼：「不是吧？本小姐生日啊，怎麼是你家的魚蛋粉啊？魚蛋粉隨時都可以吃。」

史立威咯咯笑著說：「那妳喜歡吃什麼，隨便妳挑吧。」

「嗯，這還差不多。」

「剛剛站在你身邊那個男人，妳認識他嗎？」

「是病人，他肝臟有個很大的腫瘤……啊，再說吧。」

我和史立威在走廊分手，快步拐到外科大樓，轉搭另一部電梯回病房。我們這些醫生都沒有自己的辦公室，病房的護士站也就是我們的工作台。我在護士站找了個地方坐下來，打開電腦，把這天下午每個門診病人的病歷整理好，為需要做手術的病人安排手術。

最後，我把潘亮的病歷檔案調出來從頭再看一遍。

潘亮是兩星期前從內科轉介過來外科的，他從未在我們醫院看過病，我找不到任何他以前在西區醫院就診的紀錄。他和我一樣，是B型血，對撲菌特過敏。怎麼這麼巧呢？我也是對這種藥過敏。

十三歲那年，有一次發燒，醫生給我開了撲菌特，我以前從沒吃過這種藥，那天吃了藥就去睡，第二天早上一覺醒來，感覺腦袋好像比平日大了些，沉甸甸的，我走下床，一看鏡子，沒看到自己，只看到一隻頭腫得像豬頭、兩片嘴唇像臘腸的怪物，我以為我永遠也變不回原來的樣子了，以後只能去馬戲團謀個差事。原來我是藥物過敏。撲菌特含硫黃，爸爸因此取笑我，說我上輩子可能是蛇，所以害怕硫黃。

如果我相信人有今生和來世，也是受爸爸影響吧？他好像也相信這些東西。

我看看窗外，天早就黑了，程飛說好八點來接我，我趕忙回休息室洗個澡，畫了個淡妝，梳好頭髮，換上新買的墨綠色連衣裙和一雙芥末黃色的芭蕾舞鞋。

可是，為什麼要和那個女人一起過生日呢？

## 2

我走出醫院，程飛已經到了，在他那輛銀灰色的小汽車裡等著我。

我打開車門上車。

「嘿……你剪頭髮了？」我摸摸他的髮尾，他把頭髮剪短了。

「今天是妳生日啊，我特地去剪個頭髮。」

「什麼嘛，又不是你生日。」

「好看嗎？」他摸摸頭。

「我能說不嗎？」我故意說反話。

「不會吧？這個頭剪得可貴了。」他瞄了一眼後視鏡，把車子駛出路口。

「我還是喜歡你的泡麵頭。」

「我改改形象啊。」

「你形象不是已經改了嗎？還要改？」

經過沈璐的改造，這兩年，程飛就像脫胎換骨似的，不再是以前的他。雖然依舊穿他喜歡的西裝外套，卻不再只有深藍色，也有黑色和深灰色，裡面配白色、藍色和各種灰色的小V領T恤衫，全都是大品牌；褲子也不再是牛仔褲，而是斜紋棉布褲；廉價的球鞋是不能再穿了，統統換成時裝品牌的皮革運動鞋。沈璐要求她旗下每個補習老師上課時也要穿得時髦些、好看些，要有突出的個人形象，說這樣才會吸引更多學生。

程飛一開始不習慣，慢慢就覺得無所謂了。他這人是穿什麼都無所謂，我倒是有點懷念剛認識他時那個衣衫襤褸的他，外套永遠縐巴巴，那麼隨意，才像他。

兩年前，沈璐和程飛頭一次見面就談了五個小時，兩個人說不出地投契，沈璐開出了讓他無法拒絕的條件和一片光明的前途，把他拉到她一手創辦的全版圖教育中心，跟他簽下一紙十年的合約。

一開始，沈璐給他三個助理，三個月後，他已經有六個助理了。然後是鋪天蓋地的廣告，沈璐把他打造成數學科的補習天王，到處都看得到有關他的巨幅廣告。

報名上他課的學生越來越多，程飛一星期要走幾所分校，每班一百多個學生，學生太多，一個教室擠不下，有些學生只能在另一個教室看現場直播，助理們負責課堂上的分組輔導、編寫教材、批改作業和測驗卷。

程飛就像一夜走紅的補習界明星，許多女孩子上他的課是為了看他，也因為他而愛上數學。

短短兩年，他的助理增加到二十六個，他自己組公司，自己養活二十六個助理，跟全版圖分成，學生越多，賺到的錢就越多。他在尖沙咀的分校附近租了間辦公室，只要不上課就是和助理們開會，有時開會開太晚了直接就在辦公室睡覺，每天只睡三、四個小時。

他也不住那間金魚屋了，而是住到我家，這樣我們才能有更多時間見面。他助理那麼多，常常來我們家的是小柯。小柯是程飛從前的補習學生，徐繼之住院的那會兒，程飛常常帶著小柯和小柯的妹妹來醫院補習，我見過他，那時還是個少年，再見時，已經長大了很多，卻還是有張娃娃臉。大學畢業之後，小柯換了幾份工作，人生有點迷惘，程飛知道了，就像大哥一樣把他帶在身邊，小柯可仰慕他了。

「為什麼要跟沈璐一起過生日啊？我跟她又不熟，我們兩個人吃頓飯不就可以了嗎？」我說。

「她從來都沒說過她什麼時候生日，上星期突然說要請大家到她的新家開生日派對，然後我說我女朋友也生日，不能去她的生日會，她知道妳和她同一天生日，就說一定要把妳也請來，說兩個同一天生日的人應該要認識一下。我都不好意思推，我以為妳喜歡熱鬧些。」

「我倒寧願兩個人去露營。」我伸長兩條腿，往後靠在椅背上，「啊，她幾歲了？」

「比我們都大幾歲吧，我不懂看女人的年紀。」

「那你知道我幾歲嗎？」

他瞧瞧我：「至少也有九十七歲吧？妳就是個千年老人精。」

「唉，竟然被你看出來了，我就戴了一張三十一歲女人的人皮面具。」我扮了個鬼臉。

他捏了捏我的臉：「這張小狐狸面具手工真好，跟真的一樣。」

「啊……你別說我像狐狸，今天有個病人，是個老男人，一頭白髮，他才真的像狐狸，是狐狸裡的白狐。」

「有人比妳更像小狐狸嗎？」

「啊，他有雙狐狸眼睛，很神秘的樣子，挺帥的……沈璐結婚了嗎？」

「不清楚啊。」

「今晚還有些什麼人？」

「學校所有人今晚都在她家裡，大家都想認識妳。」

「你都怎麼說我的？」

「啊，放心，大家對醫生的外貌不會有太大期望，尤其是女醫生。」

「什麼意思？」我拍了他的大腿一下。

「這是好事啊，沒有期望才有驚喜。」

「我就怕他們等下見到我太驚喜。」

車子駛上花園道頂一幢漂亮的房子，門口的兩個尼泊爾警衛登記了車牌號碼之後就讓我們進去，指示我們停車的位置。

「你來過嗎？」我問程飛。

「她新買的房子，我也是頭一次來，她以前住跑馬地。」程飛說。

我們把車停好，走下車，房子前面偌大的空地上有一座非常氣派的歐式麻石噴泉，泉底亮著柔和的燈光，感覺好像去了義大利的羅馬或者維羅納。

「啊……噴泉呢……很美。」我禁不住讚歎。

程飛拉著我的手走到噴泉前面，問我說：「要許個願嗎？」

幾朵冰涼的水花濺在我臉上，我閉上眼睛默念了一會兒。

程飛取笑我說：「哪裡會有人像妳這樣，每次見到噴泉就想許願。」

「我都說了來生要做一隻鯨。」

「妳剛剛許了個什麼願？」

「只有三個字，你猜吧。」

「我愛你？」

「我愛你是個願望嗎？我想你愛我才是願望啊。」我抬頭看了一眼這幢二十幾層高的房子，「她住哪一層？」

「頂樓，走吧，去過生日。」

「這裡很美。」我說。

「她是香港第一代補習天后，賺的錢可多了。妳喜歡的話，將來我們也在這裡買一座吧。」

「我就喜歡你這麼樂觀。」

程飛咧嘴笑著說：「啊，我說的是噴泉，一座噴泉還是買得起的。」

我們坐電梯到頂樓，出了電梯右拐就是她的家。沈璐親自來開門，四隻雪白又好客的薩摩耶犬跟在她後面，一看到我和程飛就走上來在我們腳邊轉來轉去，不停用鼻子哄我們，好像要聞一下我們是什麼味道的。

「來啦，都在等你們呢，請進來。」沈璐對我微笑。

兩年前我在補習學校見到的那個女人原來就是她，那天晚上她在教室外面靜靜地看著程飛上課，那時就已經想要挖角了吧？

兩年前跟她擦肩而過，只迎面看了她一眼，後來再看到她，是廣告牌上那個像明星似的補習天后。這天晚上，面對著面，我細細地看她，她無疑是美的，不是先天就拿到九十分的那種美，而是經過歲月的歷練、自信和品味的蛻變，活出了最優秀的自己。一雙粗眉、長而大的眼睛、堅毅的眼神、略高的顴骨、方方的下巴，漂亮的脖子，那是一份倨傲的美，這份美不是要你去恭維，而是要你認同和仰望。然而，她一旦不那麼提防別人了，拋開進取心，卸下盔甲，淺淺地笑起來，那眉目又是另一番姿態。她知道自己是好看的，顧盼之間，帶上幾分嫵媚，那嫵媚就像她身上的香水，是我兩年前聞到的一樣的香味，它在告訴你，她內心比你想像的要複雜，也充滿了矛盾。

這天晚上，她穿一件輕軟的米白色的絲襯衫，敞開了兩顆紐釦，細細長長的腿穿的是一條黑色闊腿褲，腳上踩著一雙紫色天鵝絨拖鞋。她太知道自己的優點了，這麼美好的身材，穿得越簡單越是迷人。她比我和程飛都大幾年，歲月留給她的，是一份自在與從容。我看著她，很難相信這個人是和我同一天生日，我們是那麼不相似。

「生日快樂。」我把手裡的禮物給她，我買了一個小小的水晶野豹擺設送她，程飛說她喜歡豹子，辦公室裡有很多。

「啊，太客氣了，謝謝，我都沒準備禮物給妳。我還是頭一次認識一個和我同一天生日的人呢，我們太有緣分了。」

屋裡人很多，都是全版圖的職員和老師，有男的，也有女的，他們有的帶著另一半，有的只有一個人來，正在喝著香檳聊天。程飛給我一一介紹，這些老師的廣告我都見過，感覺也就不那麼陌生了，他們都穿得很時髦，一個個看起來意氣風發的樣子，不無好奇地看著我，然後又努力掩飾自己的好奇。

在他們心目中，我到底應該是什麼樣子的，和他們想像的又有什麼不同，也許我永遠不會知道答案。

沈璐的房子又大又漂亮，所有裝飾看來很簡約，卻又處處見品味，屋裡掛的全是些顏色淡淡的抽象派油畫，每盞燈都很漂亮，客廳那套米白色棉布的組合沙發看著很舒服，人坐下去也許就不想離開。

一位奧地利廚師帶著助手在設備齊全的廚房裡一邊喝著冰凍的白酒一邊準備晚飯，廚師是沈璐特地請來為今晚的派對做菜的。

「來吧，我帶妳到樓上看看。」沈璐說。

「啊好。」我回頭看看程飛，他在客廳那裡跟其他客人一起。

沈璐走到哪裡，四隻薩摩耶犬就跟到哪裡。那四隻薩摩耶犬太熱情了，我爬上樓梯時，差一點就被其中一隻絆倒，結果，那隻可憐的狗兒被沈璐狠狠責備了幾句，耷拉著尾巴走在最後。

樓上有四間套房，睡房、書房、客房，還有一個房間是聽音樂和看電視用的，裡面有一張按摩椅和一台跑步機。

「我都是看戲的時候做運動。」沈璐說完又帶我去看她的睡房，從睡房的一排落地窗看出去是中區燦爛的夜景，睡在這裡，做的夢應該也很繁華吧？睡房裡有個衣帽間，掛滿了衣服，大部分是黑色、白色、裸色、灰色和駝色，都是她的，這間屋子明顯只有一個主人。

「餓了吧？我們去吃飯。」沈璐說。

晚餐的主菜是烤法國布烈斯雞。提前一天風乾過的雞，皮很脆，雞身裡填滿了鵝肝醬、豬肉醬和香草。

經濟科補習天王說：「布烈斯雞真的是世上最好吃的雞，怪不得也是最貴的雞。」

中文科補習天后說：「我們吃的這隻是公雞嗎？布烈斯雞好像都只吃公雞。」

「有母的，也有公的，這隻是公的。」沈璐說。

「天呀！」我禁不住在心裡慘叫，「我吃了一隻公雞！」

一想起這隻雞是有雞冠的，感覺就有點奇怪，公雞不是負責啼叫的嗎？好像是不該吃的，雖然我從來就沒聽過雞啼，可是，把公雞吃了，明天早上就沒有雞啼了。

程飛夾了一塊肉給我，在我耳邊說：「這雞很好吃啊，多吃點。」

我倒是覺得布烈斯雞的肉有點韌，我不怎麼喜歡，白切雞和炸子雞好吃多了。

沈璐開了很多酒，也喝了很多，切蛋糕的時候，她又開了幾瓶唐培里儂的粉紅香檳，說這是她最愛喝的香檳。

「生日快樂！謝謝妳和我一起過生日。」她說。

她這麼說的時候，我真覺得她是個多麼寂寞的女人。

大家吃完蛋糕好像完全沒有離開的意思，繼續聊天，聊股票、聊地產、聊投資，程飛和物理科補習天王聊圍棋也聊得興高采烈。

我喝了酒，覺得有點熱，拿著剩下的半杯香檳，一個人走到客廳外面那個開闊的平台去吹吹風。站在那兒，居高臨下，能看到香港最美的夜景。

「第一次來看房子的時候是夜晚，一看到這個夜景我就立即開支票了。」沈璐說。
我太專心看著前面一片迷人的夜景，竟完全不知道沈璐什麼時候站到我身邊。
我點頭：「這裡看出去真的很美。」
她手裡拿著香檳和酒杯，給我倒了些酒。
「每次站在這裡看出去都像做夢一樣，對於人生，我也不應該再有什麼苛求了。我小時候家裡很窮，住的地方還沒有這個平台一半大，爸爸媽媽、兩個妹妹、一個弟弟和我，六個人擠在一間租來的又舊又破的房子裡，做功課只能在飯桌上做，當然也沒有錢去補習。」
她說著笑了，然後又說：「我中學就開始替人補習，大學的時候，除了替學生補習，也在夜校教英文，又接了許多翻譯的工作，能賺錢的我都做，我是家裡的老大，要養家啊。那時我可瘦了，每天只睡幾個小時，一副營養不良的樣子，大風一吹就會被吹走。」
她做了個被大風吹走的動作，繼續說：「大一的時候我有個補習學生，家裡很有錢，他媽媽每次讓司機來接我去她家替她兒子補習。她住山頂，那幢房子可大了，有一個房間是專門用來放她的鞋子的，還有一個房間是給她跳舞用的，她睡房裡有兩個浴室，分男女浴室，她和她老公各自用一個，那個小孩子喜歡聽音樂，他爸爸給他買的都是最高級的音響。可是，我和他同年紀的時候，肯定比他聰明不止十倍。這世界是多麼不公平啊，那個女人根本沒有努力過，她只是嫁了個富到流油的老公。」
那四隻薩摩耶犬這時也跑到平台來了，沈璐看了牠們一眼，牠們連忙乖乖地蹲在一邊。

「知道我為什麼喜歡薩摩耶犬嗎？」她問我。

「嗯？為什麼呢？」

「這種狗天生就有一張笑臉，就算你罵牠、罰牠，牠也會對你笑，牠就是長這個樣子。我不喜歡憂傷的臉孔。」

我看了看那四隻狗兒傻兮兮的、老是咧嘴笑著的模樣，笑笑說：「我倒是看慣了憂傷的面孔。」

「啊，是的，妳是醫生嘛。」她又喝了一口酒，「當我賺到錢，我媽媽已經病了，是乳腺癌，她一輩子都沒享受過什麼。」

「噢……」

「我爸爸媽媽都是好人，可是，他們只想過一些小日子，只盼著明天不會沒錢吃飯，太沒志氣了。」她喝著酒說，「貧窮不是罪過，甘於貧窮才是。」

「也許他們不是沒志氣，而是被生活消磨了。」我說。

沈璐怔怔地看著我：「我前夫也是這麼說，他人沒我這麼執著。」

我喝著酒，想著她前夫到底是什麼人，那是一段什麼樣的走不下去的婚姻。

「他是我的老師，比我大八歲，教了我很多，那時我可仰慕他了……是我主動追他的，他應該也是喜歡我的，所以很容易就被我追到手。」她仰頭笑了起來，「我二十五歲結婚，三十四歲就離了……我還記得離婚的那天，我匆匆在律師樓簽了個字就回去上課，我連哭的時間都沒有，一百個學生在那裡等著我呢。」

「為什麼離了呢？」

「不愛了，沒有當初那種感覺了。他也是這樣吧？我從來沒問過他是不是不愛我了。結婚沒幾年，我們就常常吵架，他想要的不是一個有野心的老婆，而是一個乖乖留在家裡的太太，但我已經不是當年那個崇拜他的小女生，我長大了啊……他是個學者，淡泊名利，就算一輩子住在一間小書房裡也很滿足，他不需要一個會賺錢，而且賺很多錢的老婆……他完全不認同我做的事，我那麼努力，從來沒得到過他的讚賞，他不認為教育是一盤生意，有時我甚至覺得他打心底裡看不起我。」

沈璐越喝越多，喝了一杯，又再斟滿一杯，然後說：「可能他沒捱過窮吧，雖然不是出身富裕，至少不像我家那麼窮，他永遠不會知道貧窮的滋味……可他卻說他看不到我的野心什麼時候才會有盡頭……人生那麼短暫，我不要像他那樣過，我寧可孤零零一個人，也不要為任何人丟開我的夢想……我要成功，如果我所追求的成功在他眼裡是庸俗的，那我就庸俗到死吧。」

一隻薩摩耶犬笑盈盈地走到她身邊，沈璐摸摸那隻狗，說：「簽字離婚的時候我沒哭，我是上完課，開車回家的路上才哭的……不是為他哭，而是覺得自己失敗……在婚姻這事上，我是失敗的，我討厭失敗……我曾經那麼愛他，是他放棄了我，而不是我放棄了他。」

「啊，我也討厭失敗，我的工作只能贏，不能輸，也不能錯。」我說。

「我們果然是同月同日生的，乾了這一杯吧。」沈璐微笑著跟我碰杯。

我把杯裡的酒喝光，看著漸漸暗下來的夜色，兩個人都沒再說話。

沈璐為什麼跟我說那麼多呢？我們才只是剛相識啊。是要告訴我她有多棒嗎？抑或她也像我的門診病人那樣，把我當成了心理醫生？還是因為我們同一天生日？她那麼驕傲、那麼強悍，也許只有酒醉後才會容許她那個感性的、也會憂傷的自我出來吹吹風吧。

夜色那麼美，卻也那麼蒼茫，聽她說著她的故事，說得好像往事如煙，再好的婚姻都比不上這幢華麗的房子所代表的一切。她已經從當年那個一家六口擠在一起的小房間爬到花園道了，她怎麼會這樣就甘心呢？有一天，她會再爬到山頂去，那裡有香港最貴的房子和最美的夜景。

到時她還會是一個人嗎？

＊＊＊

回家的路上，車子在路上飛馳，我問程飛：

「你覺得她怎麼樣？」

「沈璐？」

「嗯……當然是她。」

「人挺好的，重情義、很聰明、很好勝，就是有點兇悍，挺霸道的，她應該很孤獨吧？否則也不會拉著我們陪她過生日。」

「她告訴我，她結過婚，離了。」

「啊，是嗎？」

「你不知道？」

「噢……我怎麼會知道？她連這些都跟妳說？」
「我覺得她是個孤獨的女人，一個人住那麼大的房子……」
「可那是有一座噴泉的房子啊，住在那裡隨時都可以許願。」程飛哈哈笑著說。
「她還有什麼願望未達成嗎？」
「總有的，只要活著就會有願望，有想要的東西……」他把車子停在我們家附近路邊的付費停車位。
「有時我也不知道，幸福是奮鬥的動力，抑或不幸福才是。」
「兩樣都是吧……」然後他問我，「妳幸福嗎？」
我微笑著望著他，望著我愛了好多年的這個男人，說：「幸福有一條方程式嗎？有個數值嗎？」
「有的。」他歡快地說。
「那是什麼？」
「一九九九……五四四一……」
「說什麼嘛？」我沒明白過來。
「或者說仰望星空……」
「在說什麼啊？」看見他那模樣，我忍不住笑了。
「等下妳不要太愛我啊。」程飛說著轉身拿開他扔在車廂後座的外套，外套下面原來藏著一個很大的盒子。
他把那個沉甸甸的盒子放到我手裡說：「生日快樂！」

「還以為你沒時間買禮物呢。」我快樂地說。

「對啊，沒時間，我隨便買的。」他說著亮起了車廂頂的燈。

我打開盒子看看是什麼。

「天呀！很可愛。」我哇的一聲叫了出來。

那是一枚史努比超霸月球表，九點的小秒盤位置，印著一隻身穿太空服的史努比，史努比頭頂上方印有一行小字銘文：Eyes on the Stars。手表的背面印刻著同樣的一塊藍色史努比獎章。

「可以和妳的骷髏骨查理・布朗配成一對呢。」程飛笑著說，「話說一九七〇年阿波羅十三號執行第三次登月任務時，一個氧氣儲存箱發生爆炸，必須重返地球，戴著超霸計時表的太空人們，在僅有的十四秒時間內，做了一系列的軌道修正，讓太空飛船重新進入地球大氣層，拯救了太空人的生命……史努比向來是美國太空總署的吉祥物，所以，美國太空總署事後頒發了一枚史努比獎章給這款手表，是獨一無二的。」

我親了他一口說：「這你都知道？你什麼時候開始研究起手表呢？」

「全版圖的同事都愛買手表，他們玩得很瘋的，幾乎每個月都買新手表，幾萬到幾十萬也有，但是沒有人買到這款手表，這款手表二〇〇三年推出來的時候限量五千四百四十一只，一下子就賣光了，市場上完全買不到，只是偶然會有一兩只拋出二手市場，而且不斷升值，有錢也未必買得到呢。這一只是小柯的爸爸幫我找的，他有門路，雖然是二手，但是從來沒戴過，我想妳一定會喜歡，找了一年啦。」

「哦……一定很貴吧？」

程飛雀躍地說：「太值得了啊，阿波羅十三號登月計畫的時長是一百四十二小時五十四分四十一秒，這款手表限量五千四百四十一只，就是分和秒組合。小柯爸爸找到的這一只，編號剛好是1999/5441，一九九九年，是我們認識的那一年。」

我心都甜了：「啊，剛剛你說一九九九五四四一原來是這個意思。」

我小心翼翼地戴上手表，摸摸表面的小秒盤：「我好喜歡這一行小字啊，Eyes on the Stars……眼睛看著星星……仰望星空……」

「嗯……Eyes on the Stars，也可以說人要有遠大的夢想……」

「你為什麼不買一只給自己？」

「這一只就找了很久啊……我一個男人戴史努比手表怪怪的。」

我笑了，看了又看我的手表：「手表這麼可愛，會被搶嗎？」

「肯定的，妳很危險。」他捉住我的手。

我們緊緊牽著手，我又親了他一口。

「都說不要太愛我。」他皺著眉說。

「啊……我愛的是牠。」我指了指小秒盤上的藍色史努比。

他苦著臉說：「太沒良心了。」

「你記得上一次我們兩個不停看著手表是什麼時候嗎？」我問程飛。

## 3

那是一年半前的一個半夜，我們兩個坐在中環遮打花園巴士站對面的路邊等著。

「妳累嗎？」程飛問我。

「不累。」我說。

其實那天晚上我累垮了，下午有一台手術，是楊浩教授做的，教授讓我和史立威，還有另一個醫生當助手。那天的病人跟其他病人不一樣，他是醫生，也是我們的學長，年輕有為，是個很好的醫生，我們實習的時候，他很照顧我們。

我原以為那會是一個漫長的手術，可是，手術很快就結束了，教授把病人的肚子打開了，然後又縫合，因為醫生沒有事可以做，病人的胰臟癌已經擴散到周圍，根本無處下刀，勉強下刀的話，病人會死在手術台上；縫合起來，病人還有機會醒來跟親人告別。

離開手術室的時候，每個人都不想說話，各自回到自己的崗位繼續工作，直到下班之後，我才跟史立威去喝了一杯。只要想到那位學長醒來之後要和家人告別，心裡就難過。在醫院裡，一次又一次體會離別的痛苦，我的心得要有多麼強大才不會哀傷？

遮打花園外面的巴士站總共有五個巨型的廣告牌，工人每兩星期換一次新的廣告，都是等到半夜巴士停駛、路上沒什麼人的時候換的。

這天半夜，舊的廣告會拿走，全部換上新一輪的廣告，其中一張是程飛的廣告。除了中環，還有全香港總共十幾個位置最好的巴士站；地鐵月台和報紙頭版全版廣告也會在同一天出現。

這是沈璐第一次幫他打廣告。
最早能看到第二天的廣告就是巴士站，我們都想第一時間看到，只好半夜去等。
我看看手表，凌晨一點半了：「工人什麼時候到呢？」
「說是凌晨兩點左右，實際是幾點也不知道。」程飛看看手表說。
我們一直等一直等，不時瞄一下手表。
我挨著他說：「你知道嗎？有一種醫生，叫動物醫生，是經過訓練、通過考試的狗，長相可愛，脾氣也好，不會咬人，脖子上掛著一張證件，屁顛屁顛地跟著主人來醫院，也是醫生，但是不需要診症……」
「你們醫院招狗醫生嗎？」程飛笑著問我。
「狗醫生都是志願機構的，醫院不招。這些狗醫生來到醫院只需要挨著病人，給病人摸摸抱抱，撒撒嬌，可愛就行……那多好啊。」
「別傻了，妳不會想做狗醫生。」程飛說。
「我為什麼不？那就不會傷心，也不會有救不了的病人。」天有點涼，我縮在他懷裡。
「狗都改不了吃屎啊，總不成妳想吃吧？」
我用手肘捅了他一下：「噢，滾開……」
「我是說……妳不會喜歡自己無法掌控的人生。」
無法掌控的人生又是什麼光景？
一輛灰色的小貨車這時駛來，停在巴士站旁邊，兩個工人拿著工具走下車。
「來了啊。」我和程飛幾乎同時站起來說。

工人首先把舊的廣告牌一個一個拆下來，然後從左到右換上新的一批廣告牌。

第一張廣告牌是中文科補習天后。

第二張是物理科補習天王。

我們滿懷期待地等著。第三張廣告牌，終於輪到程飛了。廣告上寫著：數學科補習天王程飛。他穿著深藍色的西裝，雙手放在褲兜裡，一臉充滿自信的迷人微笑。

「噢，妳看，是我呢。」他說。

「哇，是你呢，放在最中間啊。」

「像我嗎？」他問我。

「像。」我說。

「那天進棚拍照拍了四個鐘頭才選到這張照片。」

「看來像演唱會廣告。」

「出了廣告就會有很多學生，沈璐是這樣說的。」

「這樣做廣告得花多少錢啊？」

「錢也不少吧，我會幫她賺回來的，她又不傻……」

「這樣真的好嗎？補習老師都像明星一樣。」

「就是啊……我明明是放棄了當明星的機會投身教育的，誰知拐個彎又做了明星。」

他哈哈笑著說。

接下來的兩張廣告牌是經濟科補習天王和英文科補習天王，沈璐一舉買下巴士站所有廣告牌。

我們隔著馬路看著工人把所有廣告牌換好。

「明天會有很多人看到吧？」我說。

「搞不好我會一夜成名。」

「應該會，你回去先幫我簽個名。」

「等我有錢了，我送一家醫院給妳做院長。」

「這裡是香港啊，你知道蓋一家醫院要多少錢嗎？」

「要多少錢？」

「至少也要一百個億吧。」

「噢……」

「在日本容易很多，醫生可以在自己家鄉的小鎮用自己的名字蓋一家小醫院，什麼木村醫院、福山醫院呀，只有一兩層樓，簡簡單單的，一輩子當個小鎮醫生。」

「這麼好？」

「嗯……當個小鎮醫生，看些簡簡單單的病，那也挺好的啊，治好了病人，他們會帶些土產來送給醫生，譬如家裡母雞今天早上下的蛋、自己種的草莓和蘿蔔……啊，還有，家裡牧場的乳牛產的奶……」

「妳才不會甘心過那種生活……」

「我不知道呢……」

那輛灰色的小貨車載著工人駛走，他們一走開，我們就跑過馬路，走到廣告牌前面看清楚些。

「這種感覺很不真實……」程飛看著自己的那塊廣告牌，得意揚揚地說，「我本人明明比較好看。」

「怎麼我覺得照片比本人好看呢？」我故意氣他。

「真的嗎？」他皺起兩條眉毛。

我衝他笑：「你看……把你拍得像明星一樣，還以為是電影海報呢……」

程飛抱著兩條手臂，看著廣告裡的自己，喃喃說：「對啊，看起來就像一齣戲……」

# 4

做個小鎮醫生，一輩子安安穩穩，真的好嗎？那是我嚮往的人生嗎？抑或只是在心情沮喪的時候才會這麼想？我從來就不想做個平凡的人。

生日過了一個星期，這天早上，楊浩教授突然把我召去他的辦公室。我最喜歡去他的辦公室了，他是個史努比迷，亂糟糟的辦公桌上有一個史努比坐在屋頂上的旋轉八音盒，我每次見到都很想拿起來上發條。

身材圓滾滾的楊浩醫術精湛，是肝臟外科和肝臟移植的權威，也是我在醫學院時的老師，人很好，完全沒架子，很受學生愛戴。

「方醫生，請坐。下星期四早上七點，我有一台肝臟腫瘤切除手術，妳來當我的助手吧。」楊浩說。

「我？哦。」我簡直受寵若驚，只是傻傻地回答了兩個字，外科醫生該有的鎮定、從容和處變不驚，我一點都沒有。

「時間沒問題吧？」楊浩客氣地問我。

「哦，當然。」三個字。我太興奮了，是肝臟腫瘤切除手術呢，由楊浩主刀，應該是比較複雜的病例。

「病人叫潘亮，妳認識他嗎？」楊浩教授說著遞給我一份病人的病歷。

「潘亮？」我拿起病歷一看，是同一個人，「我在門診看過他，他肝臟有個十公分的腫瘤，我幫他排了期做手術，還要等……」

「他昨天來找我看病。」楊教授說。

西區醫院是政府醫院，也是教學醫院，一切開支由政府負責，住院病人只是象徵性地每天付一百塊錢的住院費，其他都是免費的，正因如此，他們也不可以自由挑選醫生，除非病人選擇看私症。所謂私症，是只有副教授和教授級別的醫生才可以看私症，病人直接找某一位醫生看病，收費也跟外面的私家醫院看齊，甚至更貴些。這裡的教授全是大醫生，有些付得起錢的病人也會慕名來這裡找他們看病，醫生是沒有任何利益的，收到的診費和手術費全都會撥歸醫院，醫院也接受捐款。

直接找楊浩看病，潘亮一定很有錢。

「妳跟他熟嗎？」楊浩問我。

「不熟，就是門診見過一次。」我說。

「啊……」楊浩看了我一眼，顯得有些好奇和詫異，卻也沒說什麼。

接著他說：「妳先回去溫習一下，我們明天早上八點開會。」

「哦，好的，教授。」

我正想站起來告辭，楊浩突然說：

「妳的手表……可以借給我看看嗎？」

「啊，當然可以。」我把手表摘下來給他看。

楊浩拿著手表，雀躍地說：「歐米茄這款史努比超霸表當時我也想買，但買不到。」

「我這一只是二手的。」我說。

「史努比經常幻想自己是『二戰』的飛行員，從一九六八年開始，它就是美國太空總署的吉祥物，是代表幸運和成功的看門狗。阿波羅十號的太空人出征前會摸摸史努比的鼻子祈求好運……一九六九年五月阿波羅十號為十一號尋找適合登陸的地點，太空人的登月艙就命名為史努比，指令艙是查理．布朗……」楊浩一口氣如數家珍，他說起史努比，熟絡得就好像史努比是他爸爸似的。

他興奮地拿著我的手表研究了很久，我真的有點擔心他捨不得把手表還給我，幸好，他最後還給了我。

「手表很可愛。」楊浩一臉的童心未泯。

「啊，謝謝。」我說著戴回手表。

「回去準備吧。」楊浩對我說。

「嗯。」一個字。

我開始有點外科醫生的模樣了，話說得很精簡，滿腦子想著的是站到手術台上的情景，那不是一齣戲，是真實而又有血有肉的。

潘亮的肝腫瘤手術，兜兜轉轉，到了楊浩手上，為什麼楊浩又正好找我來當他的助手呢？這個像白狐的男人不免使我心生好奇。和我那麼有緣，他到底是什麼人？

## 5

星期三的早上，潘亮住進頭等病房，做了進一步的檢查。我跟著楊浩教授到病房去看他。

他身上穿著一套深灰色長袖的棉布睡衣，我們進病房的時候，他正站在窗邊，凝神看著窗外。他回過頭來，對我微笑，我也對他微笑。

楊浩跟他詳細解釋了手術的情況，他留心聽著，表示明白。

我有些好奇，也有些同情他，這個孤單的男人要做一個這麼大的手術，為什麼只有自己一個人呢？

夜晚七點，我再去病房看他。

潘亮坐在床邊的沙發椅上閉目養神，聽到我的腳步聲，他緩緩睜開眼睛：

「方醫生，還沒下班嗎？」

「差不多了，下班之前過來看看你。怎麼樣？還好吧？」

潘亮點點頭，然後問我：「妳在這家醫院很多年了？」

「嗯，這裡是大學的教學醫院，我從讀書的時候就已經在這裡，很多年了。」我說。

「方醫生成家了嗎？」

他突然這麼問，我臉紅了：「哦，還沒。」

「你都一個人嗎？有沒有家人或者朋友陪你來？」我問他。

潘亮擺擺手，姿態像個王者，沒有任何畏懼的神色：「我一個人來，就可以一個人走。」

「明天做完手術，可能需要有個人陪著你。」

潘亮笑了笑：「這裡有醫生，也有護士。如果明天我能夠活下來就沒問題。」

「別擔心，楊教授是最好的。」我說。

「上次在電梯裡聽到妳說，那天是妳的生日……」

「啊，是的。」我咧嘴笑笑。

「送妳禮物妳肯定不肯收，送妳蛋糕總沒問題吧？」潘亮說著從病房的小木桌上拿起一個精緻的方形蛋糕盒給我。

「方醫生，生日快樂。」他衝我笑，笑裡帶著幾分慈愛。

他什麼時候買的蛋糕啊？早上我都沒見到。

「噢……你太客氣啦，我生日都過了。」

「生日就得吃蛋糕，妳看看這個蛋糕妳喜歡不？」

我打開一看，禁不住對他微笑：

「你怎麼知道我喜歡吃黑森林蛋糕？我小時候每年生日，爸爸都買黑森林給我，別的我都不肯吃……很久沒吃了，這個黑森林看起來很好吃呢，謝謝。」

「太好了，正好買了妳喜歡吃的蛋糕。」他說。

「可是，我一個人怎麼吃得下一個蛋糕啊？」我衝他笑。

潘亮攤攤手：「我也很想幫妳吃，可惜，我的醫生說，我今晚不能吃東西。」

我哈哈地笑了：「等你做完手術，可以吃東西的時候，我請你吃蛋糕。你喜歡吃什麼蛋糕？」

潘亮臉露靦腆的微笑：「我無所謂，我很少吃蛋糕。」

「啊，那我們到時再決定好了。」

他看著我，說：「方醫生，妳爸爸媽媽一定很為妳驕傲吧？」

「啊，沒有，我們只是很平凡的一家人，我還有姐姐、姐夫和一個外甥女，他們一家跟我爸爸媽媽都住在多倫多，只有我一個人在香港。」

「妳沒打算去那邊跟他們團聚嗎？」

「噢，不，我受不了那麼沉悶的生活，每次去看他們，到了第十天我就想回來。」我說，「今晚早點休息吧，明天我們要一起打一場硬仗呢，明早見。啊……謝謝你的蛋糕。」

「好，明早見。」

我轉身離開病房，走到一半，他突然叫住我。

「方醫生……」

我停下腳步回頭：「哦，什麼事？」

「妳相信因果嗎？」潘亮問我。

「為什麼這樣問呢？」我不無訝異地看向他。

「我做過很多錯事……」他一隻手揉著另一隻握拳的手。

這幾年，見過那麼多病人，我也有些經驗了，有些病人知道自己得了大病的時候會認為這是上天對他的懲罰；有些病人卻剛好相反，他們很不甘心，認為自己沒做過壞事，不明白為什麼會得病。

我想了想：「這樣說吧，所有病都是因果，亂吃東西會肚子痛，抽菸會傷到你的肺，肥胖會導致糖尿病和高血壓，糖尿病又會導致心臟病和腎病，酒喝太多，肝臟會受破壞……都是因果啊，只是，我們往往要看到果才想到因，或者明明知道會有什麼結果卻心存僥倖。」

潘亮點點頭，微微一笑，我沒看出他心裡想些什麼。

「雖然改變不了因，但是，醫生的職責就是盡其所能去修正已經發生的果。」我說，「這也是我為什麼喜歡這份工作的原因，世上沒有後悔藥，但是每個人都應該有機會去改變。」

我對著年紀比我大一倍多的他說起了我的大道理，潘亮竟然很耐心地聽完，倒是我臉有點紅了，我是不是把醫生說得太無所不能了？有太多的事情，是我們做不到的。

他身體裡那個十公分的腫瘤，這個烈酒喝太多的果，到底有多強大，能不能修正，也要等到明天才會知道。

「那明天就請醫生替我修正吧。」他豪氣地說。

我抱著蛋糕，微笑點頭，突然覺著這個從前素未謀面的白髮蒼蒼的男人，這個病人，和我好像似曾相識。

6

「被放鴿子了，在哪兒呢妳？吃了飯沒有？」蘇楊在電話那一頭說。

「剛到家，明天早上有手術，準備等下煮個麵吃。」我說。

「多煮一個，我現在過去。」蘇楊愉快地說。

十五分鐘後，她出現在我家門口。

「嗨！我來了。」蘇楊一頭長鬈髮，拎著皮包的一隻手支著門框站著，臉紅紅的，身上穿著一件低領玫瑰紅色針織上衣和一條黑色短裙，脖子上戴著一串漂亮的項鍊，那塊吊墜是一把小小的白水晶掛鎖。

「喝酒了？」

「剛剛跟幾個同事在蘭桂坊喝了一圈。」她走進來，脫掉高跟鞋，換上拖鞋。

「我在煮麵，快煮好了。」我回廚房繼續煮麵。

「吃什麼麵？」她走進廚房看我煮麵。

「鮑魚麵。」我把煮好的麵條夾到兩個碗裡。

「哇，這麼好？我真是命中有食神。」

「是鮑魚湯包，沒有鮑魚。」我笑著把湯倒進碗裡，兩碗麵放在托盤上拿到客廳。

我看了看她的鬈髮：「妳什麼時候燙了頭髮？」

「沒燙，前幾天買了一根捲髮棒，自己捲的，好看嗎？」

蘇楊拿了兩雙筷子，又把她放在我家的辣椒醬從冰箱裡拿出來。

「以前在宿舍，沒錢買捲髮棒，我都是用筷子替同學捲頭髮的，捲得可好看了。」她坐下來吃麵。

「筷子也可以捲髮的嗎？」我咬著筷子尖說。

「對呀！筷子加吹風機。」蘇楊拿著筷子站起來，「要不要我幫妳捲？」

「妳別，快吃吧。」我看了看她說，「妳鬈髮好看，有女人味。」

「嗯，過了三十歲，我終於有點女人味了……我打算遲些去燙一個波浪頭。」她舀了一大勺辣椒醬到碗裡。

「妳走光啦。」我用手指戳了一下她的胸口，她的黑色蕾絲胸罩露了大半個出來，那個亮晶晶的掛鎖吊墜在她胸前晃來晃去。

「給妳看無所謂，我有什麼妳都看過了。」她笑嘻嘻地把衣領拉高了些，想起什麼似的，又站起來走到廚房。

「妳要喝酒嗎？」她從廚房喊出來。

「我不，我明天要做手術。」

蘇楊拿著一瓶白酒、酒杯和開瓶器出來，笑著說：「我在冰箱裡找到一瓶白酒。」

「噢，是程飛買的。」

她看了看酒標：「這瓶是好貨色啊，我不客氣了。」

說完，她用開瓶器拔出瓶塞，給自己倒了一杯白酒。

自從跟黎國輝分手之後，蘇楊就像變了一個人，她傷心難過了沒多久就開始上健身房做運動，又跟著俞顧去做瑜伽、跳鋼管舞，人瘦了，變美了，穿衣打扮也跟以前不一樣，變得會穿，時髦又性感。從前那個沒有自信的、卑微的，為了愛情甘願忍受屈辱的癡心女子，彷彿已經從這個世界上消失。

誰不曾在失戀的時候哭著說以後再也不會這麼愛一個人了？蘇楊卻真的是言出必行，兩年間到處留情，最短的一段情只有兩三天，最長的也只有兩三個月。

「誰放妳鴿子了？」我問道。

「就是同事啊……以為在酒吧喝完一圈一起去吃飯，誰知道一個個不是約了男朋友就是約了女朋友，丟下我一個……想和我吃飯的人我又不想見他，有些男人啊，第一眼覺得滿好的，見多了又好像不是那種感覺。」

「妳說的是誰啊？」

「妳還沒見過，是個牙醫，是一個同事的哥哥，和他吃過兩頓飯，我感覺吃飯的時候他一直望著我的牙。」蘇楊露出兩顆大白牙，哈哈大笑。

「他有趣嗎？」我笑著問。

「沒趣，但是人很老實，很乖，很喜歡我。」

「但妳不喜歡他？」

「也不是的，怎麼說呢？他就是一個四平八穩的男人，是當妳累了可以依靠的男人，那可是終身免費的牙科保健啊。」她說著笑了。

「那我們也會有終身牙科保健吧？」我笑著問。

「那當然，對我的朋友好，才是對我好。男人都是過眼雲煙，只有閨密才是天長地久。妳說要是我們四個人還住在一塊，那多好啊。」

「俞願可不願意呢，她都嫁了。李洛倒無所謂，但她會帶著她的小奴隸小陶過來侍候我們。」我笑著說。

「那妳和程飛呢？」

「程飛這人喜歡朋友啊，這樣吧，以後有機會我們四個人就住同一幢樓互相照應吧。」

「真的嗎？那太好了，說的好像是真的。」蘇楊略微傷感地說。

「冰箱裡有黑森林蛋糕，病人送的，要吃嗎？」我哄著她說。

「啊？當然。什麼病人這麼好？」

「明天做手術的病人，肝臟有個這麼大的腫瘤。」我用手比劃著。

「天呀！人家在吃東西啊。」蘇楊害怕地推開我的手，拿起碗，把麵湯一口喝光，然後說，「我去拿蛋糕。」

「我來吧。」

「程飛呢？怎麼不見他？」

「還在上課啊。」我拿著蛋糕出來。

「啊，這個黑森林很美啊。」蘇楊看看蛋糕盒子，「怪不得，在酒店餅房買的，出手很闊綽啊，這個病人做什麼的？」

「我也不知道。」我切了兩塊蛋糕，一塊給她。

蘇楊吃了一口：「噢……」她豎起大拇指，「這個黑森林很好吃啊。」

「真的？」我也吃一口，果然跟我以前吃的很不一樣，不會太甜，用的是新鮮的櫻桃和帶苦味的黑巧克力，櫻桃酒的味道也很濃，「啊，真的很好吃。」

「我們餐廳的甜點師跟我說過，黑森林內餡的這一層醉酒櫻桃必須用德國的櫻桃甜酒浸泡過的新鮮櫻桃，才是最正宗的，這個味道應該就是了，太好吃了。」她吃著蛋糕說，「那個人也想追我。」

我取笑她說：「妳這兩年桃花運挺旺的，一年等於以前的七年。」

「就是啊，以前的我想要做最癡心的女朋友，現在的我只想做無情尤物。那時以為只要我肯等就會等到，害怕一放開手就什麼也沒有，明明是一潭死水，偏偏傻得以為腳下那片天地就是整個世界，寸步不肯離開，終於放開手，轉過身去，才發現背後原來有一片山河，這就是我……我還他自由，他還我河山，一別兩寬，好走不送，江湖不見。」蘇楊說著揮揮手。

我禁不住哈哈笑了。

然後，蘇楊摸著項鍊的吊墜說：「知道我為什麼喜歡這個吊墜嗎？它是一把鎖，我把我的心鎖起來了，這把掛鎖是有鑰匙的，在我手上，只有我能打開，但我不會再輕易打開了。」

「妳只是還沒遇到真正喜歡的人……」我說。

「也許吧，又或者，即使再遇見真正喜歡的人，也不會付出那麼多了，以前都是我愛別人，以後就讓別人來愛我吧。啊，我可以多吃一塊嗎？」

「當然可以，妳不怕胖嗎？」

蘇楊一邊切蛋糕一邊說：「一塊蛋糕不會，一個才會。而且我在學鋼管舞，燒很多卡路里的，妳也和我們一起學吧。」

「要是我還有時間，我也寧願多睡一會兒。」我苦笑。

「哎，怎麼妳說話跟李洛一樣呢？來嘛，很好玩的。」蘇楊放下手裡的叉子，走過去抱住客廳的那盞落地燈，把落地燈當成鋼管，向我示範鋼管舞。

她學了一年多，跳起來似模似樣，一邊跳一邊向我拋媚眼。那一刻，我突然發現，蘇楊真的是不一樣了，不再是那個死心眼的女子，她的眼睛依然美麗，卻已經不是從前那雙單純的眼睛了。

她一隻手抓住落地燈，張開一條手臂和一條腿說：「尼采不是說過，凡是不能殺死我的，最終都會使我更風騷嗎？」

我翻了翻白眼：「尼采沒有這樣說，尼采好像是說，凡是不能殺死我的，最終都會使我更強大。」

蘇楊摟住落地燈轉了一圈：「那是因為尼采不是女人。」

她轉過來，又說：「黎國輝拍的那些成人電影，我前幾天找到，全都看了。」

「看來幹嘛呢？」

「我好奇唄，我發現了一件事情……」

「什麼？」這回輪到我好奇，「不會是他也演吧？」

蘇楊朝我嫵媚地笑笑：「我發現，這些電影裡頭有些場面，還是參考我和他的……」

我哈哈大笑：「妳是說床戲？」

「嗯……」蘇楊故意做了個羞答答狀點頭，「我也曾是他的繆斯啊……他都沒給我版權費……兩個人有過最好的性，不一定就相愛；兩個相愛的人，倒不一定擁有最好的性，那我們還要相信愛情嗎？」

「我相信的，相信愛情的人比較年輕啊。」我衝她笑，「我希望我永遠都足夠年輕去相信愛情。」

蘇楊看著我，酸苦地笑笑：「妳當然相信，妳和程飛那麼好……啊，我可能已經太老去相信愛情了。」

我沒有說出口的是，我希望我永遠都足夠年老去接受失敗和失去，也足夠年老去接受人生的聚散。

蘇楊摟著那盞落地燈扭了扭上半身：「可是，這樣公平嗎？因為我胸大，滿足了他對性的所有幻想……他初戀女友是平的，但是，他呀，攀登過高山，最後還是留戀平原，太沒志氣了。」

我笑壞了：「也許人家想過的是……小日子呢。」

「哦，妳說得對……我再大也不至於是珠穆朗瑪峰。」蘇楊說著放開那盞落地燈，坐到我面前繼續吃蛋糕。

我笑著，吃著美味的蛋糕，想起兒時那些生日，吃的也是黑森林，每一年，我也會對著蛋糕和燭光閉上眼睛，誠心誠意地許願，許過什麼願望我全都記不起來了。然而，我清楚地記得，在我小得還跟爸爸媽媽睡的那些夜晚，我總是臉朝爸爸，一隻手偷偷拉住爸爸的衣角，確定他不會走開，然後我才能夠安心睡覺。

「妳會不會沒有安全感？」我問蘇楊。

「有時候吧，不會常常沒有安全感……現在的我好像比以前更有安全感……可能我現在不愛任何人吧，不愛任何人，反倒會有安全感……」蘇楊說著笑了起來，「愛的時候反而沒有，因為害怕失去……」

「愛和不愛都不會有十足的安全感吧？如果妳發現這個世界上所有的一切都是浮動的，從來沒有一朵雲的形狀會是一樣的……那又有什麼是永遠不變的呢？有什麼是可以依靠的呢？」

蘇楊吃著蛋糕，略微驚訝地看著我：「妳怎麼會沒有安全感呢？妳好像從來也不需要依靠別人，妳那麼幸福……」

就是呀，我真想一頭砸進面前的黑森林蛋糕裡，為什麼我總是在幸福的時候感到惶恐不安，害怕身邊的人離我而去？

# 7

潘亮躺在手術台上，楊浩站在他身邊，我站在楊浩後面，離楊浩幾步遠，被楊浩遮住了半邊身。

「不用緊張，等下很快就會睡著，等你醒來，我們再見。」楊浩對潘亮說。

潘亮挪了挪上半身，似乎在找人，看到我的時候，他那雙大眼睛定定地望著我，那麼脆弱、那麼孤單，好像害怕以後再也看不到這個世界了。手術室裡輪不到我說話，戴著口罩的我對他微微點頭，和他交換了一個眼神，試著鼓勵他，潘亮對我眨了一下眼，一直看著我，直到麻醉師準備上麻醉劑，擋住了他的視線，他看不到我了。

上了麻醉劑，潘亮慢慢地、慢慢地合上眼皮。

手術室裡每個人都等著他睡過去。

他終於睡著了。

「開始吧。」楊浩發號施令。

那個十公分的腫瘤長在潘亮的肝臟後面，手術有點難度，但是，楊浩精準又漂亮地把它拿下，讓我大開眼界。這個圓滾滾的、和我一樣喜歡漫畫裡那隻小獵犬的男人，在手術台上卻是個智勇雙全的英雄，他本來並不高大的身影，好像一下子拔高了一倍，變成一個巨人。

漫長的手術結束，潘亮緩緩恢復意識，護士把他送回病房，他很快又睡著了。

晚上十點，楊浩已經回家，我本來也是可以下班的了，但是，我想留下來看看潘亮。

我來到病房，當值的護士小珍妮說潘亮醒過來又睡了。

我輕輕走到潘亮床邊，他睡著了，臉色依然蒼白。

「有沒有家人來看過他？」我問小珍妮。

小珍妮搖搖頭，小聲說：「他可能是個孤獨的富翁，昨天自己一個人帶著一個旅行袋就來了。」

小珍妮說完離開病房，回到護士站去吃她的消夜。

我也餓了，正想離開的時候，潘亮緩緩睜開了眼睛。

「嗨，潘先生，你醒啦？我們又見面啦。」我對他微笑。

潘亮迷糊地點點頭。

「手術很成功。」我告訴他。

「……」他想說話，但是聲音沙啞，我聽不清楚他說什麼。

「你一整天沒吃過東西，又沒喝過水，別說話了，休息一下吧，教授來看過你，他明天早上會再來。」

「嗯……」他從喉嚨裡發出一個聲音。

「傷口會不會很痛？」我問他。

潘亮咬著乾澀的嘴唇搖頭。

麻醉藥過了怎麼會不痛呢？就算用了止痛藥還是痛的，這人要不是個鐵漢就是很愛逞強。

「你知道今天早上你這個手術做了多久嗎？」

「不……」潘亮皺皺眉表示不知道。

「八個小時，因為腫瘤長在你的肝臟後面。」

「啊……」他表示驚訝。

「你很棒。」我豎起大拇指誇讚他，誇讚往往是很好的止痛藥。

潘亮疲累地微笑。

「你送的黑森林蛋糕很好吃，是我們吃過最好吃，也最正宗的黑森林蛋糕，啊，我和我的一個好朋友一起吃，她很愛吃東西。」

潘亮的手碰到遙控，想把床背調高些。

「啊，不，你得躺著，坐著會壓到傷口。」我拿開了那個遙控。

「哦……」

「我朋友說，正宗的黑森林，內餡的櫻桃得用新鮮的櫻桃，然後用德國櫻桃甜酒浸泡過，我還是昨天才知道的呢，原來我小時吃的那些都是盜版。」我衝他笑。

潘亮又微微一笑，不知道他是很想聽我說下去還是很想有個人陪著他，每個人病了都像個孩子，滿頭白髮的他也不例外，他耷拉著眼睛，看起來又虛弱又可憐，我把旁邊那張沙發椅拉過來坐在床邊。

「我在兒科實習的時候常常要說故事哄小孩子……你想聽故事嗎？」

「想……」潘亮點了一下頭。

「呵呵……謝謝捧場，你是第一個點頭的，那時候每次當我這麼問的時候，那些小孩子都對我搖頭，說不想聽，我不太受小孩子歡迎……所以我其實沒有說過故事。」

潘亮咧咧嘴微笑。

「好吧，讓我想一個故事……啊……不能說笑話，因為你現在絕對不能大笑，大笑傷口會痛……太可惜了，我很擅長說笑話……」我聳聳肩，做了個可惜狀。

潘亮微微一笑。

「鬼故事當然也不能說……」我一臉無奈。

「說……」潘亮朝我又皺眉又點頭。

「我知道你不怕，但是我怕……」我抖了抖肩膀，做了個害怕狀。

「哈……哈……」

糟糕！他笑了兩聲，整張臉瞬間扭成一團，很痛苦的樣子。

「天呀！別笑。」我連忙站起來掃了掃他的胸口，試著讓他冷靜下來。

他咬著牙，眼含淚水，不笑了。

「噢……對不起……我不是想讓你笑。」我拿紙巾幫他擦了擦眼角的淚水。

「謝……謝……」

「沒事吧？」

「沒……事……」

「看來我還是別說故事的好……」我尷尬地說。

潘亮對我搖搖頭，好像想安慰我，要我別內疚。

「你累了，早點睡吧。明天我再想一些不好笑的笑話。」

潘亮看著我，動了動嘴唇，好像因為我說的最後一句話又想笑了。

我連忙制止他：「啊……別笑，你再笑我可要哭了。」

幸好，他忍住沒笑。

「休息一下，今晚做個好夢吧。」我說。

他看向我，眼睛濕潤，微微點頭。

「我明天再來看你。」說完，我走出病房，順手替他把病房的燈光調暗了些。

我回頭看了看他，他的眼睛一直看著我，疲憊又脆弱。

＊＊＊

那個腫瘤後來證實是惡性的。

潘亮聽到這個消息之後，並沒有太大的反應，他又變回了一個鐵漢。

他一天比一天好轉，可以吃東西，可以下床。他是楊浩的病人，職責上我不需要去查房，但我每天也會盡量抽時間去看看他。他很會吃，從來不吃醫院的飯，每天的午餐和晚餐都是酒店送來的，他每次也會多訂一份給我。

我答應過請他吃蛋糕，有天晚上，我買了兩個杯子蛋糕給他，他堅持我們每人吃一個。

我不說笑話了，我害怕他會大笑。吃杯子蛋糕的時候，我跟他說了一件我爸爸媽媽在多倫多那家雜貨店的趣事，是媽媽在電郵裡告訴我的，不知道算不算是趣事。

「有個很胖很胖的中年女人，看上去至少有三百斤，她每天都一個人來店裡買一大包果汁軟糖。」我模仿著那個胖女人走路的姿勢，「終於有一天，我爸爸好心跟她說，糖別吃太多，對身體不好，那個女人說，糖不是她吃的，是買給她老公吃的。

「於是我爸爸就問：『妳老公很愛吃糖？』你猜那個女人怎麼說？她很詭異地笑了笑，然後跟我爸爸說：『我老公得了糖尿病，但是依舊什麼都吃，我現在每天買一包軟糖放在桌子上，他每次都忍不住吃很多，很快我就可以擺脫他，我忍受他三十年了。』」

「天呀！這是謀殺。」潘亮皺起眉頭笑笑。

「從那天起，我爸爸媽媽把所有糖都收起來了，騙她說沒有貨，我估計她老公到現在應該還活著。」我笑著說。

我們成為朋友，但是，潘亮始終沒告訴我，他是做什麼工作的，我也沒問。

十二月初那個星期四的傍晚，醫院的義工開始在各個病房布置聖誕樹和一些聖誕裝飾，醫生休息室裡也擺出了聖誕花和一束束漂亮的氣球，我拿了兩個紅氣球，準備送給潘亮。

我拎著紅氣球滿心歡喜地來到病房，病房裡並沒有人，所有東西都收拾得乾乾淨淨。

「潘亮呢？」我退出去問小珍妮。

「他出院了，今天早上走的，妳不知道嗎？」

我看著空空的病房，感覺到一絲失望，他為什麼不說一聲就走了呢？

「教授昨晚跟他說了今天可以出院。」小珍妮說。

原來他昨天就知道，可是，我昨天晚上來看他的時候，他為什麼不說呢？為什麼不辭而別？

## 8

「要不是妳跟我說他已經六十六歲，我真會以為妳愛上他了。」程飛撇撇嘴，故意裝出妒忌的樣子。

「說什麼呢？他是我的病人。」我衝他皺眉。

「正宗的黑森林蛋糕……還有每天訂的酒店餐……聽起來很羅曼蒂克啊，我要是女人也會被他迷倒。」

「那麼容易就被迷倒，幸好你不是女人……那個黑森林蛋糕我有留給你吃啊。」

「但是，酒店訂餐沒有我的份。」程飛說。

「我不知道你想吃啊。」我哈哈笑了，「我們去哪裡吃飯？」

「快到了。」

車子拐了個彎，停在一家五星級酒店門口，程飛走下車，把車鑰匙交給酒店的泊車員。

「在這裡吃？」

「沈璐推薦的，說是最好吃的義大利菜，她是這裡的熟客。」

「你不早點說？我今天穿得很隨便。」我看看自己，剛剛下班從醫院出來，身上穿的是早上出門穿的白色襯衫和黑色半身裙，一件有點舊的黑色羊毛開衫和黑色平底鞋。

程飛看了看我，說：「妳這樣很好啊，走吧。」

我用手指梳了梳後腦勺有點亂的頭髮，和他一起走進酒店大廳，搭電梯到樓上。

「他今天出院了。」我在電梯裡說。

「太好了，我的情敵走了。」程飛一臉得意的神色。

對於潘亮的不告而別，我倒有些失落。他走的時候都不跟我打個招呼，這完全不像他。

電梯來到二十八樓，門打開，兩位穿著白色襯衫和黑色半身裙的漂亮接待員在電梯口等著我們。

「程先生是吧？訂了九點兩位，歡迎。」

「天哪！我要是把毛衣脫下來，就跟她們穿的一樣。」我裹緊身上的羊毛開衫，在程飛耳邊尷尬地說。

程飛大笑：「那就不要脫。」

「這裡很漂亮啊。」我說。

「我也是頭一次來。」程飛小聲說。

那是一家占地兩層樓的義大利餐廳，布置得又華麗又浪漫，這天晚上座無虛席，我們坐在下面一層的窗邊，可以看到對岸絢爛的霓虹燈。樓上的那一層有個小歌台，一個穿著性感晚裝的黑人女歌手在唱著歌，琴師為她伴奏。

程飛看了看餐單，說：

「現在白松露當季，我們就吃白松露吧。」

「白松露？什麼來的？」我問他。

「是來自義大利北部皮埃蒙特區一個小鎮阿爾巴的一種野生真菌，通常長在橡樹或者榛子樹的根部，產量稀少，而且只能靠獵犬去找，每年這個季節，松露獵人就會帶著他們的松露獵犬上山尋找白松露，找到之後再賣給松露商人，然後賣到全世界的高級餐廳去。」

「你這麼熟，你吃過啦？」

「我來之前看過資料。」程飛調皮地說，「妳看看，這裡每個人都在吃白松露，秋天來這家餐廳就是吃白松露。」

我溜了一眼餐廳裡其他客人，回頭再問程飛：「產量稀少，是不是很貴？」

「白松露是每一克每一克算錢的，聽說比黃金更貴。」

我看了看餐單：

「天呀！好貴啊！一客白松露炒蛋要四百八十，白松露義大利麵一客賣九百八十？」

「噓……」程飛把食指放在嘴唇上。

「你知道嗎？這比治癌症的特效藥更貴。」我壓低聲音說。

「真的？」

「嗯……」我點頭。

「那我們一定要盡情吃……難道要等到得了癌症才吃嗎？」程飛好像受到鼓舞似的，興奮地說。

我看著他，不知道好氣還是好笑。

我們點了白松露馬鈴薯泥、白松露炒蛋和白松露義大利麵。在侍酒師的建議下，程飛選了一瓶一九九七年份的義大利酒王巴羅羅，巴羅羅和白松露同樣來自皮埃蒙特，大家是老鄉，老鄉配老鄉，氣味最相投。

除了馬鈴薯泥上面已經有幾片白松露，炒蛋和麵條端上來的時候，義大利主廚都拿著一個小小的銀盤子和一個像曼陀羅的削片器來到我們面前，然後從銀盤子裡拿出四到五顆大小不同的白松露，每顆削幾片到我們的碟子裡。

那應該是我人生中吃過最奢侈的炒蛋了，那天晚上也是我頭一回吃到白松露、頭一回知道這個世界上有這麼貴的野菌。

「很香啊，這香味很特別。」我說。

「嗯，太好吃了，無與倫比……吃白松露就是吃它獨一無二的香味。」程飛拿起酒杯跟我碰杯。

我喝了一口酒：「好吃是好吃，就是有點貴。」

「我們沒有沙烏地阿拉伯的石油王那麼富有，我們也不是皇孫貴胄，住在有幾百個房間的皇宮裡，事實上，我們永遠都成不了沙烏地阿拉伯石油王或者皇孫貴胄。但是，妳想想，我們可以跟他們一樣，吃到白松露啊，可以這樣醉生夢死，太幸運了。」

「他們看到的星星，我們也能看到啊，而且是免費的。」我衝他笑，「只是，他們可能躺在波斯地毯上看星星，說不定還有僕人專門幫著他們數星星，而我們沒有。」

「但是，妳有我幫妳數星星啊。」程飛笑咪咪地看著我。

我拍拍額頭：「啊……對呀，我怎麼就忘記了呢……而且幫我數星星的是數學天王，肯定不會數錯。」我笑著，隔著桌子摸了摸他喝了酒的溫熱的臉，我喜歡這樣摸他。

「那麼……妳幸福嗎？」程飛問我。

我看向他，微笑點頭。

「我不知道我追求的是不是幸福，或者應該說，我不知道我是不是只想要幸福，人生畢竟還是有很多的追求……」我說。

「那妳想要什麼？」

我想了想，一時之間無法回答他。

「妳想要什麼我都給妳。」他說。

「唉……不小心被你感動了。」我笑著斜看他一眼。

程飛問我：「妳會不會覺得我像暴發戶？」

「你是說這樣吃？」我吃著白松露麵說，「不會啊……雖然我這輩子都沒吃過這麼貴的炒蛋和麵條。」
「真的不會？」
「你有錢沒錢都像暴發戶……」我沒好氣地說，「你就喜歡把口袋裡每一分錢都花光，可能你不喜歡荷包太重壓住褲兜吧。」
程飛哈哈地笑：「可能因為我小時候太窮吧。」
我搖搖頭：「有些人就算從來沒挨過窮也照樣把錢看得很重要，你是窮的時候也不把錢放在眼裡，有錢的時候就更不放眼裡了……說不定你是用你大手大腳花錢的方式來報復這個世界……」
他笑了：「我怎麼會這樣呢？這簡直是浪子所為。」
「噢……我有說你不是浪子嗎？」
他喝著酒，微笑，沒反駁我。
「別亂花錢就好，你花錢就花得好像沒有明天那樣，太悲壯了。」我勸他說。
可我知道他是不會聽的。
「別怕，我現在賺很多錢，未來會更多。」他瀟灑地說。
「表哥……真的是你……」這時，突然有個女孩從我背後走出來喊他。
站在我面前的是個又漂亮又時髦的女孩，留了個側分的微鬈的波波頭，身上穿著黑色機車皮衣和紅色碎花長裙。幾年前，我頭一次見到她的那天，她留著一把長髮，打扮得像個學生，和程飛在珠寶店裡買東西，我以為她是他的女朋友，白白吃了一大碗醋，酸死我了。

程飛後來說，那是他姑姑的獨生女，剛從英國回來，要他陪她去逛街，她大部分時間都住在英國。

「啊，妳怎麼會在這裡？什麼時候回來的？」程飛愉快地問她。

「聖誕節假期回來陪媽媽啊，昨天到的……」女孩說著跟我點頭。

「我給妳介紹，方子瑤，顧湘……」

「啊……妳好。」我微笑說。

「妳好。」顧湘對我微笑，好奇地打量我。

「表哥，你變了好多啊，是媽媽首先看到你的呢。」她對程飛說，然後轉身看了看餐廳二樓。

我看向餐廳二樓，歌台附近那一桌坐著三個貴婦打扮的中年女人，坐在中間的那個這時正在看著我們，她年紀不小了，但是非常高雅雍容，像個皇后似的，她看到我時，緩緩轉過去跟身邊的朋友聊天，就像她根本沒看到我那樣。

「你慢慢吃，我回去啦，媽媽今晚請客，我做陪客。」顧湘對程飛噘了噘嘴，無奈的表情。

「再見，很高興認識妳。」顧湘對我說。

「我也是……再見。」我衝她笑。

顧湘走了之後，我問程飛：

「哪一個是你姑姑？」

「坐中間那個。」

「哦……你要不要過去跟她打個招呼？」

「不用理她。」程飛冷冷地說。

吃完麵，我們點了白松露冰淇淋和梨子派，肚子都吃撐了。

程飛把剩下的酒喝完，招手叫餐廳的男經理過來。

「你認識坐在樓上的顧太太嗎？」程飛問那個經理，經理轉身看了看二樓程飛的姑姑那一桌。

「哦……顧太太是我們餐廳的熟客。」瘦瘦的、滿臉笑容的經理說。

「那就好。」程飛拿出信用卡給經理，「我們埋單了，把顧太太的帳單也一併算吧。」

「啊，謝謝程先生。」那個經理畢恭畢敬地點頭，然後說，「顧太太今晚興致很好，點了幾瓶很不錯的紅酒。」

這個好心的經理明明是在暗示程飛姑姑喝的酒不便宜。

「沒關係。」程飛說。

「謝謝程先生，我馬上去幫你結帳。」

等那個經理走開了，我問程飛：

「你怎麼了？不開心？」

「沒事……」程飛抿著嘴搖頭。

歌台上的歌手唱起了一首抒情的老歌，男經理拿著帳單過來，程飛刷了信用卡。這頓飯本來就不便宜，還把他姑姑的帳單一併埋了，肯定很貴，他卻面不改色。

「走吧。」程飛拉著我的手離開餐廳，自始至終沒往二樓看一眼。

回家的路上，我問他：

「還好吧？」

程飛摸摸我的手背，笑笑說：「沒事。」

「可是我怎麼覺得你有心事呢？」

「噢，給妳看穿了。」

「你不想說也無所謂。」我說，「我們以後別去那家餐廳吃飯了。」

「為什麼，妳覺得不好吃嗎？」

「好吃啊。」

「那為什麼不去？」

「第一，真的是貴……第二，那個經理不是說你姑姑是熟客嗎？」

「她能去我為什麼不能去？」

「你不想見到的人，我也不想見到。」我說。

程飛聳聳肩說：「沒什麼的，這個世界上就是有一些親戚，總是處處要證明她比你們家每一個人都優秀，你們窮，全因為你們都是豬，即使她在幫你的時候，啊不……是施捨你的時候，她也要讓你知道，雖然是親戚，但她跟你是不一樣的，不是同一個檔次的，永遠不會是。」

我看著他，沒說話，我不知道該說什麼，我心疼他。

他衝我笑：「我今天幫她埋單一點都不心疼，我可高興了，我花錢從來都沒這麼痛快過。」

「她今晚喝的酒很貴吧？」我問他。

程飛毫不在乎地說：「放心，是我埋得起的單。」

「那就好，剛剛聽到那個經理這麼說，嚇死我了。」

程飛咯咯大笑：「她喝的酒跟我們那天在沈璐家喝的差不多，沈璐很懂酒，她很厲害，本來完全不懂，是慢慢學的，她是個不停逼自己進步的女人。」

我瞟了他一眼：「你好像從來沒這麼誇獎過我啊。」

程飛對我皺了皺眉頭：「我沒有嗎？」

「嗯哼……」我瞟了他一眼。

「我沒說可能是怕妳自滿。」

「哦……原來你用心良苦。」

「我是呀。」他哈哈笑著說。

「無論你姑姑怎麼樣……你表妹很好啊。」我說。

「顧湘不同，她是小白兔，人很單純、很善良，她太幸福了，她就像妳，看到的從來都是這個世界美好的一面，所有人都對她好。」

怎麼會像我呢？在程飛的心中，我也是只看到這世界美好的一面，全然不知道人世間的醜惡、陰暗和痛苦嗎？我突然想起沈璐也說過類似的話，她說她的前夫永遠不會知道貧窮的滋味。

一個人因為他的出身而有所局限，難道是他的錯嗎？

我不知道程飛和他姑姑之間發生過什麼事情，也許有一天他會告訴我，但不是這天晚上。他太善於隱藏痛苦了，好像一旦說了出來就會顯得脆弱。

「酒太好喝，我好像醉了。」我說。

「快到家了。」程飛牽住我的手。

「嗯……」我透過車頂的天窗望向夜空，夜空一片朦朧，我是看到了星星，還是沒看到？

## 9

三個星期之後，二〇〇八年聖誕的前一夜，我站在俞願家的陽台上，喝著聖誕暖酒，看著山下的萬家燈火和夜空上的幾顆星星。

這天晚上，我們在俞願家裡過。我、俞願、李洛、蘇楊、孟長東、小陶、蘇楊的牙醫男友麥麥，還有程飛，我在喝暖酒的時候，他還沒到，還沒下課。

小陶這天中午就到了，李洛指派他來幫俞願準備食物，他這天晚上穿了一件鮮綠色的西裝外套，像棵聖誕樹，然後像小弟那樣在廚房與客廳之間忙活，為他可愛又權威的女朋友和女朋友的朋友服務。

聖誕暖酒是麥麥做的，沒想到他居然會煮酒，還會做牛肉麵，那是他外婆教他的，他外婆是台灣人。這是我們頭一次見到麥麥，蘇楊事先都沒說一聲，只是神神秘秘地說會帶一個朋友來，我們一直在猜她會帶誰來，畢竟，我們只聽她提過麥麥，說麥麥追她追很久了，對她是一片癡心，她倒是不很在乎，結果，她聖誕前夕帶來的是麥麥，我們不免有些驚訝。

麥麥是個瘦個子，戴著一副大近視眼鏡，頭髮短短的，臉上一直帶著溫暖的微笑，看上去又忠厚又老實的樣子，要是我看牙醫，也肯定會找這個牙醫。他跟黎國輝完全是天壤之別的兩種男人。

「酒好喝嗎？」蘇楊走到陽台找我。

我雙手捧著溫暖的酒杯說：「好喝，怎麼做的？從未喝過熱的紅酒呢。」

「就是在紅酒裡面加入橘皮、丁香、八角、薑和砂糖一起煮熱，啊……還有肉桂。麥麥小時住在芬蘭，聖誕和冬天都會煮這個酒喝，有些小販會自己煮一大鍋拿到街上去賣，那邊冷嘛，聖誕節已經下雪了。」

「他住芬蘭的？呵呵，聖誕老人的故鄉？」

蘇楊點頭：「所以今天晚上帶他來嘍。他很小的時候就移民去了芬蘭，家人都在那邊。他後來去了英國讀書，畢業後回來香港執業，他兩個姑姑和姐姐都在香港，家裡可熱鬧了。」

「這一次妳有多認真呢？」我問她。

蘇楊呷了一口暖酒：「他對我挺好的，他家裡的人也很好相處，我們認識沒多久他就帶我見他的家人，這一家子一個個都愛笑，成天笑咪咪的，牙齒都很好看。」

她說著笑了：「他是個好人。」

「妳真的喜歡他嗎？」我說。

「我不知道啊。我都沒想過我會跟一個牙醫在一起，小時候最怕去看牙醫了。」她說著哈哈笑了起來，「也不知道他喜歡我什麼。」
「妳很好啊。」我說。
「可能因為他喜歡我比我喜歡他多一些吧。」蘇楊衝我微笑，「我三十一歲啦，是該找個可靠的、可以結婚的男人。妳們三個都有著落了，我一個人過節總得有個人陪著啊，總不能睡在妳和程飛中間吧？」
「可以呀，我把他趕下床。」我咯咯大笑。
蘇楊笑了：「麥麥賺錢挺多的，又有一份穩定的工作，雖然長得不算帥，也算得上乾乾淨淨，他出得了場面，帶他出來不會丟臉，帶他回家，爸爸媽媽也會滿意……他答應今年春節陪我回重慶呢。」
說完，她問我：「啊，妳會不會覺得我太計算了？」
「誰喜歡都不重要，妳自己喜歡才重要啊。」我說。
「我喜歡有個男人待我如珠如寶的感覺，我以前從來沒得到過啊，別的人給不了我的，他都能給我，他在，我就有安全感。」
「女人多善變啊？妳以前不是說不愛任何人所以很有安全感嗎？」我搖搖頭說。
「人會變的呀，以前不喜歡的那一類人，有一天會喜歡；以前很喜歡的一類人，不是不再喜歡，而是知道不合適。」她喝著酒說，「就好比我以前不愛喝聖誕暖酒，現在喝著覺得還不錯啊。人不能總喝香檳和伏特加啊。」
「喝這酒就像喝糖水一樣啊。」李洛拿著酒走到陽台。
「就當是開胃酒吧，暖暖身。」我說。

「就是啊，聖誕暖酒就是這個意思，在北歐，冬天很冷的時候，一杯喝下去就渾身暖和。」蘇楊說。

「香港的冬天一點都不冷，要是在東北，這個季節我們根本不可能站在陽台上喝酒聊天。」李洛說。

「俞願呢？」我問李洛。

「在廚房啊，她說今年不吃火雞，改吃法國黃油肥雞，留肚子吃紅酒燜牛尾和油炸青蛙腿。」

「還有麥麥做的牛肉麵。」蘇楊說。

「他正在廚房準備那個用來煮牛肉麵的湯頭啊，看樣子會很好吃。」李洛笑笑說，「妳這次找的男人還真不錯。」

蘇楊笑咪咪地說：「妳眼光才真是好呢，小陶什麼都聽妳的。」

李洛得意揚揚地說：「嗯……他就像小狗一樣乖。我叫他去東，他若不小心去錯了西，會怕得腿軟的。」

我和蘇楊聽著禁不住咯咯大笑。

「妳最不需要的就是男子氣概了，因為妳自己就有。」我對李洛說。

「沒錯。我要的是愛情，是陪伴，這些小陶都能給我，雖然他不是個胸有大志的男人，但是，他有許多東西是別人給不了我的……剛剛進房地產公司的時候，我什麼都不懂，是他教我，我決定轉行做保險，他馬上就跟我一起走……我討厭做菜，每天早上是他叫我起床，預先做好早餐給我……每個晚上他也會問我想吃什麼，他會燉湯給我喝……家裡的洗衣機我完全不懂怎麼用，因為是他負責洗衣服，他願意幫我買衛生棉條，肯半夜跑去便利店給我買甜筒冰淇淋……我沒時間回去看爸爸媽媽，是他替我去，平時也是他常常打電話跟我媽媽聊天，我媽媽說的東北話很多他都聽不懂，但他就是很耐心地聽完，現在我媽媽打電話來，首先不是找我，是找他，他會幫我拿包包，又肯蹲下來幫我綁鞋帶。」

「啊……我覺得肯蹲下去幫妳綁鞋帶的男人是真的愛妳。」蘇楊說。

「什麼話！要是他看見我鞋帶鬆了不蹲下去幫我綁，我會踢他。」李洛伸出一隻腳，作狀踢了旁邊的椅子一下。

蘇楊搖頭嘆息：「唉，這年代原來還有奴隸……」

「嘿嘿……他是幸福的奴隸，我就是奴隸主。」李洛說。

「怎麼我聽著覺得妳不是找到奴隸，而是找到了人生的歸宿呢？」我衝李洛笑。

李洛哈哈笑著說：「小陶也找到歸宿啊，他這人膽子小，沒主見，雖然不笨，但是完全沒有人生目標，要不是我，他都不知道該怎麼辦……是我領養了他。」

「什麼時候妳也領養我呢？」俞願剛從廚房出來，身上穿著一條貝蒂娃娃圍裙，拿著一杯冰凍的白酒坐到陽台那張塑料椅子裡，用手扇著風說，「熱死我了。」

「我怎麼領養妳呢？妳已經被人領養了啊。」李洛說。

俞願笑笑，沒回答，看著山下的夜景說：「我真的很喜歡這幢房子，尤其是夜晚，坐在這裡又安靜又舒服，我可以這樣拿著一杯酒，一直坐到半夜……維港放煙花的時候，坐在這裡就可以看到，連煙花砰砰的聲音都聽得到。」

我後來才知道，那時候，她和孟長東的婚姻也差不多走到盡頭了。

「孟長東呢？」我問俞願。

「他在書房，有些工作還沒做完。」

俞願語音剛落，孟長東就從書房出來了。

「老婆，吃飯了嗎？」孟長東說著親昵地把兩隻手搭在俞願的兩個肩膀上。

他比起剛結婚的時候胖了些，也老了些，這天在自己家裡還是穿著西裝外套，永遠都像一位紳士。

「等程飛到了就開飯。」俞願說。

「哦，程飛說了別等他，我們先吃吧。」我說。

「多等一會兒吧，今晚是平安夜啊。」俞願喝了一口酒說。

孟長東把俞願手上的酒拿過去喝了一口又還給她。

「不如先吃前菜，邊吃邊等吧，大家都餓了。」我說。

前菜的無花果沙拉和煙燻鰻魚吃到一半，程飛終於到了，帶著兩瓶香檳，還帶來了一個人。

＊＊＊

徐繼之穿著淺藍色襯衫、深藍色棉布褲和灰色夾克，背著背包，一身中學老師的打扮。我好像已經有大半年沒見過他了。

「身體好嗎？」我問他，他就坐我對面，跟小陶坐在一塊。

「我很好，就是忙，學生明年要考大學。」徐繼之說。
「我打電話給他的時候，他本來打算在家吃杯麵，我把他拉來了。」程飛說。
「大頭，你瘦了啊，你得吃些有營養的東西。」俞願說著夾了一塊雞腿肉到他的碟子裡，「等下有牛尾、青蛙腿和牛肉麵，還有木柴蛋糕，你給我好好吃。只有程飛能把你請來，你都不跟我們玩。」
「哇哦……太好了，有木柴蛋糕。」我開心地拍掌。
俞願對我笑：「特別為妳做的，妳說過聖誕節必須得吃木柴蛋糕。」
「我們到底是什麼人啊？連青蛙的腿都吃。」麥麥笑著說。
「芬蘭人不吃青蛙腿的嗎？」蘇楊問他。
麥麥搖搖頭說：「我沒見過有人吃。」
「吃青蛙的腿是不是太殘忍了啊？」小陶說。
小陶一說完就被李洛罵了：「吃雞腿就不殘忍嗎？你別吃。」
「妳吃什麼我就吃什麼，妳吃誰的腿我就吃誰的腿。」小陶馬上對李洛賣口乖。
李洛看著我，翻翻白眼，一副氣死的樣子，我倒是覺得她心裡很幸福。
「吃了青蛙腿，以後游蛙式會快很多啊。」孟長東笑咪咪地說。
俞願望著孟長東，微微一笑。
等到那盤油炸青蛙腿端上來的時候，很快就被我們這些殘忍的人類吃光了。
麥麥做的牛肉麵完全是大廚的水平，大家都吃得津津有味。
「我還沒有我外婆做得好呢。」麥麥謙虛地說。

「蘇楊以後可以吃一輩子的牛肉麵呢。」李洛說。

麥麥聽到這話，臉都紅了，轉過臉去，微笑著看著蘇楊，蘇楊微笑着看著我和李洛，又看看麥麥，說：「重慶的小麵也很好吃啊，春節我們回去可以吃個夠。」

我們喝著香檳和紅酒，笑著聊著，等俞願把木柴蛋糕拿出來的時候，我們一起碰杯，互道聖誕快樂。

「我小時候寫過信給聖誕老人。」我說。

我一說出來，大家都笑了。

「妳為什麼寫信給聖誕老人啊？」程飛問我。

「啊，那年聖誕我想要一顆流星做聖誕禮物，希望聖誕老人可以送我。」我說。

大家又把我笑得臉都紅了。

「然後呢？」俞願問我。

「當然沒有收到流星，但我收到聖誕老人的回信。」

「芬蘭聖誕老人村有一家郵局，每年也會收到許多寫給聖誕老人的信，當地的電台每年會讀出一些有趣的信，我記得有一年有個小女孩想聖誕老人收養她，還有個小男孩想要聖誕老人的馴鹿車。妳的信是寄到芬蘭去嗎？」麥麥問我。

「啊，不……」我笑著說，「芬蘭郵費貴啊，我是寄到香港的郵局。」

「妳說收到回信，誰給妳回信？」蘇楊問我。

「就是聖誕老人啊。」我哈哈笑著說，「落款是聖誕老人……我後來才知道那是郵局的職員寫的，香港郵局每年聖誕節也會收到許多小孩子寄給聖誕老人的信，郵局的職員會充當聖誕老人，給小孩子回信，那時我是相信有聖誕老人的。」

徐繼之笑著說：「我小時候也相信。」

我笑著跟徐繼之擊掌：「那封回信我都不記得放到哪裡了，聖誕老人怎麼說我也想不起來了。」

「我今晚回去也要寫一封信給聖誕老人。」蘇楊說。

「呸，哪有妳這麼老才寫的啊，妳沒聽到都是小孩子寫的嗎？」李洛捅了蘇楊一下。

「什麼嘛……我可以假裝是一個七歲的小孩寫的，字寫得醜一點不就得了嗎？」蘇楊反駁說。

「妳不需要假裝……妳的字本來就夠醜的。」李洛取笑蘇楊。

孟長東喝著酒說：「你們有沒有聽過一種說法？都說人生有四個階段……」他掰著手指，「我信聖誕老人，我不信聖誕老人，我是聖誕老人，我變成聖誕老人。」

「啊，我不信聖誕老人。」程飛說。

「我是聖誕老人，今晚給大家做了聖誕大餐。」俞願說。

「三十年後的聖誕，我們這裡每個人都會變成聖誕老人，過聖誕的老人。」程飛咯咯笑著說。

俞願這時用勺子敲了敲酒杯說：「不如我們都來說說自己的聖誕願望吧。」

「好的，我先說。」李洛舉手，「希望明年可以開更多保險單。」

「到我了……」小陶說。

大家等著他說，可他想來想去都說不出來。

「天呀……真受不了你，自己的願望都不知道嗎？你等下想清楚再說吧。」李洛沒好氣地瞅了小陶一眼。

「我的願望從來沒變，就是和我老婆白頭到老。」孟長東情深款款地捉住俞願的手。

俞願對我笑，笑裡竟有些哀傷，然後說：「我要宣布一個好消息，我升職了，希望新的一年做得更好。」

「怎麼沒聽妳說呢？」孟長東微笑著問道。

「昨天才知道的。」俞願說。

「我希望有機會可以去芬蘭看北極光。」蘇楊說。

「這個包在我身上。」麥麥說。

「希望大家身體健康。」徐繼之說。

「我希望明年的專科考試過關。」我雙手合十放在鼻子和嘴巴上。

程飛喝著冰凍的、冒著氣泡的唐培里儂香檳，看看大家，又看看我，然後慢條斯理地說：「我啊……我沒什麼願望，沒有像小孩子一樣，想要一顆流星，流星一眨眼就沒有了，而且又不能抓在手裡，我就想每天都能喝到這麼好的酒，能喝一輩子就好。」

這就是程飛的願望嗎？這個願望的背後是多少個願望？我摸摸他微醺的臉，突然覺得我好愛他，想和他一起看流星。

# 10

離開俞願家的時候，已經過了十二點，大家都玩累了，程飛打車送徐繼之回家。

「大頭，你有沒有興趣過來全版圖？沈璐很需要人才，你過來，我們一起打拚，我和你聯手，數學天王跟物理天王，所向披靡啊，我們這邊是多勞多得，你一個月賺的錢等於你一年賺的。」程飛對坐在後面的徐繼之說。

「我現在挺好的，在學校教書一直是我的夢想，補習太辛苦了，這錢不是我賺的，吃不消啊。」徐繼之微笑著說。

「補習也是教書啊，我現在二十六個助理，還在招助理，我就專心教書，用不著做一堆行政工作。」程飛說。

「補習學校一班一百幾十個學生，沒有辦法照顧到每一個，我現在一班三十幾個學生，我和學生的感情很好，他們會和我一起打籃球，會找我聊天，我們就像朋友一樣，他們不叫我老師，叫我老大，也叫我大頭。」徐繼之微微笑著說。

「我的學生也找我聊天，只是我們沒去打籃球，他們也沒叫我老大。我都很久沒打籃球了，連睡覺都沒時間。」程飛哈哈笑著說，「啊……我以後也要他們叫我老大，老大好聽。」

「我的想法可能很傻，我希望學生明白，考試不是一切，對世界好奇、追求學問和追逐夢想，才是幸福的。」徐繼之說。

「你說得沒錯，但是，現在的教育制度就是這樣，考試決定一切，當然，我也得感謝這個教育制度，否則就沒有補習這個行業……成王敗寇，只有當他們能夠考上大學，才可以談夢想，如果學校老師教得好，就不需要我們了。」

「嗯，要告訴他們考試不是一切也是不容易的。」徐繼之點點頭。

「說考試不是一切簡直就是不切實際，我們的任務明明就是要把學生送上戰場，還要保證他們一個都不能戰死沙場。」

「同意的……我們一個在學校當老大，一個在補習學校當老大，大家都盡力吧，只要幫到學生就好。」徐繼之說。

「咦……怎麼你說得好像我和你一個是黑道一個是白道似的？」

徐繼之知道自己失言，尷尬得臉都紅了，倒是程飛說完這句話就哈哈大笑，很好玩的樣子。

到了徐繼之住的公寓外面，程飛讓車停下。

「晚安，聖誕快樂。」我對徐繼之說。

「晚安，聖誕快樂。」他對我笑笑。我衝他微笑，覺得有些對不起他，程飛剛剛說的話有點過分了。

「我等你改變主意。」程飛說。

徐繼之微笑，跟我們揮手道別。

目送著徐繼之走進公寓，程飛讓車子駛出路口。

「你剛剛不該這樣說。」我說。

「呃？我說了什麼？」他好像不記得自己說過什麼。

「說如果學校老師教得好，就不需要你們。」
「啊……我說的不是他，他肯定是個好老師。」
「大頭看來很喜歡現在的生活，他是個安靜的人，留在學校可能更適合他。」
「他是我最好的朋友，我是想和他並肩作戰，我現在有自己的公司，他出來，我的公司也是他的，我們各占一半，所有助理和資源都可以共享，然後和全版圖分成，哥們兒一起打江山，不是很好嗎？我不知道他怎麼想，賺錢和追逐夢想並沒有矛盾啊。」
「嘿，你是不是走錯路了？這條路怎麼回家？」
我看著他讓司機拐了個彎，又把車子開回司徒拔道俞願家的方向。
「先去一個地方。」他說。
「去哪兒？」我奇怪。
「朋友家的派對，去去就回。」
「誰的家？這麼晚？沒聽你說過。」
「新來的同事，妳沒見過，本來要請我們今晚去他家開派對，我們要去俞願那裡，所以我推了，說吃完飯過去打個招呼。」
「哦……我明天要上班呢。」
「我們坐一會兒就走。」
車子駛進司徒拔道一個屋苑，屋苑的外牆掛滿了亮晶晶的小燈泡，這裡總共四幢房子，房子前面的一大片空地擺滿了聖誕樹和聖誕花。
程飛讓車停在其中一幢房子外面。

「這裡很美啊。」下車的時候，我說。

「我們買不起的。」他說，「走吧，上去打個招呼就走。」程飛拉著我的手進去地下大廳，一個穿著黑色制服的女門房看到我們，恭敬地點頭。

「我找十七樓A的徐先生。」程飛跟門房說。

「啊，出了電梯轉左邊就是。」

「這個徐先生到底是什麼人啊？」在電梯裡，我好奇地問程飛。

程飛笑了笑：「一會兒見到面就知道嘍。」

電梯到了十七樓，我們出了電梯轉左邊，程飛按下門鈴。右邊那一戶人家，門邊擺了一棵小小的粉紅色亮片聖誕樹，樹上掛著幾個紅色的彩球。

程飛指了指那棵粉紅色的聖誕樹說：「妳看，粉紅色的樹，很可愛。」

他就是在騙我回頭去看那棵聖誕樹的時候偷偷掏出鑰匙開門的。跟女門房說上來找徐先生也是預先說好的，根本沒有徐先生。

「進來吧。」他說。

我回過頭來，發現大門已經打開，可裡面沒有人聲，只有一點燈光。

程飛拉著我進去，我一進去就呆住了。

沒有家具的空蕩蕩的房子，帶一個長方形的大陽台，屋裡用的全都是落地大窗，開闊的客廳和飯廳，窗邊擺著一棵很大的聖誕樹，樹上掛滿銀色的星星和一串串彩色的小燈泡，那是一棵杉樹，一棵真正的聖誕樹。

「喜歡這裡嗎？我瞞著妳偷偷買了下來。」程飛拉著我在屋裡走了一圈，「妳來看看，總共四個房間，背山面海，廚房裡面還有個儲物室和工人房，妳以後回家再也不用爬三層樓梯了……」

他說著把我拉到陽台上：「站在這裡是不是有一種大地在我腳下的感覺？」

夜晚的風很涼，房子在山上，居高臨下，遠眺整個維多利亞港醉人的夜景，站在那裡，整個人好像輕飄飄的，我的裙子都被風吹了起來。

「這邊開車去淺水灣只要二十分鐘，妳去俞願家也很近，以後可以常常去蹭飯吃，這裡的位置比她那裡好很多，但妳回醫院就比以前遠了一點……」程飛興奮地說。

「天呀！你真的是瘋了！這得花多少錢啊？」我高興不起來。

「別擔心，不是一次付清的，我辦了房貸，慢慢還吧。」他衝我笑。

「慢慢還也是要還的啊，我們兩個人需要住這麼大的地方嗎？」

「錢是賺來花的，我曾經一無所有，小時最大的夢想就是可以睡在一張沒有蝨子咬的床上和吃到雞腿……」他說著笑了起來，「那時我跟自己說，在另一個地方，一定會有更好的生活……原來只要你相信，有一天就會實現的，現在這樣花錢我覺得很幸福啊，就算有一天被打回原形，又變回一無所有，我也在一張柔軟的大床上睡過，做過一場春秋大夢……不要阻止我，和我分享就好。」

他說的話，竟然讓我無法反駁。

「這幢房子是我和妳兩個人的，要是有天我死了，留下妳一個人在這裡，妳就想想今天晚上我是怎麼把妳騙來的，我也挺可愛的，對吧？」他逗我說。

我氣惱地看著他：「什麼要是你死了？你答應過我你會給我好好活著，我在，你就必須在，就算一無所有也得活著。」

「放心，一無所有的時候我也活過來了啊……妳等我一下。」說完，他走進廚房，不知道從哪裡搬出來一張地毯，然後鋪在客廳那棵聖誕樹旁邊的地板上。

那是一張漂亮的波斯地毯，織滿了密密麻麻的圖案，充滿了瑰麗的異國風情。

「妳不是說過沙烏地阿拉伯那些石油王可能是躺在波斯地毯上看星星的嗎？所以，我也弄來一張了。」程飛拉著我蹲下來。

「我隨口說的……你怎麼就買了呢？也不知道他們是不是真的躺在一張波斯地毯上看星星……」

「妳看……」他的手摸過地毯，一一指給我看地毯上都有些什麼圖案，「這是星星，很多星星啊，這是鳥，這是寺廟的穹頂，這是花瓶，這是玫瑰，波斯玫瑰啊……這個妳最喜歡了，是噴泉。」

「啊……這是燈呢。」我指給他看。

「妳看，這是流水。」他指給我看。

蹲累了，我們索性脫掉鞋子躺在地毯上。

「躺著看的天空更大更美啊。」程飛說。

我看著落地玻璃窗外一片遼闊的夜空，衝他微笑：「我是說那些阿拉伯石油王可能是躺在一張波斯地毯上看星星，我沒說我也要一張波斯地毯啊。」

「妳說了之後，我發覺躺在波斯地毯上看星星也挺美的。」他說著把兩隻手放到腦袋後面，枕著自己的手，轉過臉來問我，「妳還有什麼想要的？有什麼願望？」

「啊……沒有，真的沒有，就算有什麼願望也不告訴你了，免得你又做我的阿拉丁神燈。」

「我也並不是什麼都做得到的，妳想要一顆流星，我就給不了妳。」

我裝出失望的表情：「唉……我還指望你給我摘一顆流星呢。」

「假如我下輩子變成流星，我就把自己送給妳。」

「好的，打勾勾，一言為定。但你怎麼知道是我？」

「長得像小狐狸的，不是妳還會是誰？」

「下輩子我可能根本就是一隻小狐狸，在沙漠上奔跑……」

「那我就做沙漠上空的一顆流星吧……」

我對他笑了：「那我晚上就跑出來等流星。」

「嗯，妳等我。」

「嘿，這棵聖誕樹你什麼時候弄的？」我伸長一條腿碰了碰腳邊那棵聖誕樹。

「樹是一早訂好的，今天早上我和小柯去把樹扛來這裡，然後掛燈泡和星星，兩個男人弄了大半天。」

我哈哈地笑：「怪不得這些星星掛得亂七八糟。」

「嘿……要我幫妳數星星嗎？」

「樹上的？」

「天上的。」

「嗯哼……好的，麻煩你幫我數數看……」

「一顆……兩顆……三顆……數完了，今晚的星星不多……」

「從今天晚上開始，你幫我數過的星星，可以記下來嗎？」

「好的……」

「這張地毯躺著太舒服了，我都不想起來……」

「那是因為妳喝多了……」

「是啊，好像有點暈……嘿……你喜歡《一千零一夜》裡面那個飛毯的故事嗎？」我問他。

「誰會不喜歡啊？誰沒想過要一張飛毯？除非他沒做過小孩子……我啊，我曾經夢想騎著一張飛毯飛越孤兒院。」程飛說。

我笑了，摸摸他的臉：「《一千零一夜》裡那張飛毯應該就是波斯地毯吧？」

「那肯定是的。」

「這時候如果能夠吃到一塊土耳其軟糖就完美了……」

「妳不是說再也沒有願望的嗎？」

「啊……這不算是個願望……你有沒有覺得這一切很不真實？」

「什麼是真實？」程飛反過來問我。

「你問倒我了，時間一長，一切都不那麼真實了。」

「就像一個賭徒，只要一直不離開賭桌，贏和輸都不是那麼真實。」

「你會不會是個賭徒？答應我，別賭好嗎？你有時讓我害怕。」

「為什麼說我是賭徒？我這種人有一個更好的形容詞……」

「是什麼？」
「浪漫。」
「自己誇自己不臉紅？」
「嘿，又有一顆星星出來了……」
「在哪兒？」
「過來我這邊多一點，看到嗎？」他指給我看。
可我看不到。
「怎麼我只看到三顆？」我往他身邊擠。
「妳再過來一點……」
「在哪兒啊？」我又再往他身邊擠。
「天哪……妳把我擠出地毯了。」
「啊……看到了，哈哈哈……以為你騙我過來呢。」
二〇〇八年的平安夜，只有四顆星星的夜晚，我們在波斯地毯上睡著了。那個漫長的夜晚，一切都那麼不真實。後來我常常想，那天的夜空是不是也有過許多星星，只是我們睡著了，永遠錯過了。
要是一直睡著了多好啊？假如走到這一步就滿足，會是多麼幸福？醒來之後，一路往上爬，就有各種欲望與失望。
五個月後，我離開了我長大的那幢小小的老房子，留下了骷髏骨查理，留下了許多舊的東西與舊的記憶，搬到司徒拔道的我和程飛的新家。那棵聖誕樹早就枯萎扔掉了，窗邊的位置讓給了一只藤籃鞦韆吊椅和程飛以前送我的那棵幸福樹。

幸福樹長大了，換了個大一點的盆子，只是從來沒有開過花。

那張波斯地毯鋪在客廳的灰色組合沙發前面，但我們很少躺在上面看星星了。

我愛的人，當他一無所有的時候，他是那麼快樂，仰望星空，他有許多夢想，可他終究不會是個一無所有的人。當他擁有的越多，夢想漸漸變成了永不饜足的野心和欲望，當他站在教室的講台上，當一百多雙眼睛，甚至更多的年少的眼睛看著他，他不再是一位老師，而是一個激情的推銷員。然後，他會告訴我「每個人都是推銷員，只是大家賣的貨品不一樣」。

我和他都不可避免地長大和改變，怎麼都不會一樣了。在出版社當編輯的那個他，在一家小型補習學校當老師的那個他，已經那麼遠了。他的舞台變大，他的戰場也變大了，那些屬於他的廣告牌越來越多，他是數學天王，也是數學之神，他就像橫空出世那樣，是全版圖最耀眼的一顆明星。

我們剛認識的時候，他說過以後要去古巴，要去很多地方，好像他隨時會離開，沒有一個地方留得住他，偏偏這樣的他吸引著我。他留下了，卻離我遠了。

有多遠呢？當我在他身邊，當我們彼此依靠的時候，我們不會承認那段距離越來越闊，只有在回首的時候才知道是從某一天開始漸漸地遠了。

當年那個吊兒郎當的他，那個曾像風箏那樣飄蕩的、四處為家的男孩，留在了我身邊，卻也留給我背叛與謊言。

我只是沒想到會是她。

# 謊言

chapter 4

當妳愛一個人，妳多麼想要一部時光機，那就可以穿越時光，回到他的童年，回到他的過去，認識他、陪伴他、安慰他。

# I

那是我頭一次見到程羽。

三月初的夜晚，我下班回家，一走進門廳就看到她坐在門房旁邊的沙發椅那兒，身上裹著一件鬆垮垮的黑色長款毛衣，手邊放著一個行李箱，看起來約莫二十七、八歲，一頭微鬈的長髮，皮膚白皙，一張肉感的臉，眉梢眼角風情無限，看到我時，雖然從未見過我，卻好像認定她要找的人就是我。

「方小姐，妳回來啦？這位小姐是找程先生的，等很久了。」女門房殷勤地說。

程羽從沙發椅上站了起來，面向著我。

「啊，請問妳是？」

她嘛嘛嘴，打量我，然後說：「我是程飛的姐姐，程羽。」

程飛提起過他有個姐姐，說她這個人常常神龍見首不見尾，可我也不知道她是長什麼樣子的。

「啊，他還沒回來，他沒跟我說妳會來。」我微笑說。

「他也不知道我會來，臨時決定的，沒告訴他。我一小時之前打過電話找他，半小時之前又打過一次，他沒接。」程羽懶洋洋地說。

我看看手表，正好是課與課之間的休息時間：「妳打的時候可能他正在上課，我現在試試。」

我拿出手機打給程飛，謝天謝地，程飛接了這通電話。
「嘿，你姐姐來了……」
「她來了？什麼時候來的，在哪裡？」他有些詫異，完全沒想到程羽會突然出現。
「就在我身邊，你要跟她說嗎？」
「哦，好的。」
我把手機交給程羽。
程羽拿起手機說：「喂……阿飛，是我，嗯，我來了，剛到……」
說完，程羽把手機還給我。
「是我姐姐，妳讓她留下吧，我還有課，要開會，晚點回來。」程飛說。
果然是他的姐姐，只是長得不太像他，我不免對她心生好奇。
「我們上去吧，程飛要晚一點才回來。」我動手幫她拿箱子。
「噢，謝謝，我自己可以。」
「我來吧，不客氣，妳剛到香港？」
程羽點點頭：「本來沒打算來的，在香港轉機，想想不如來看看他吧，都一千年沒見過他了。」
「妳要去哪裡？」電梯到了，我讓她先進去。
「去荷蘭……他經常這麼晚回家嗎？」
我笑笑：「啊，他是的，我們都是。」
電梯裡只有我和她兩個人，她突然湊過來聞聞我的胳膊。

「妳身上有一股消毒劑的味道。」聞完，她說。
「啊……我在醫院上班。」我尷尬地說。
「妳是醫生？」她好奇問道。
「嗯。」我點頭。
這時她突然伸手摸了摸我的下巴，嚇得我往後縮了縮。
「每次去看醫生都是被醫生摸，不是摸我的肚子，就是摸我的胃，摸這裡摸那裡，我從沒摸過醫生，想摸摸看。」她笑著說，「妳皮膚很好。」
「啊，謝謝。到了呢。妳常常看醫生嗎？」我拖著箱子出電梯，拿出鑰匙開門。
「啊，都是小毛病，我胃不好，醫生長得帥，我就多去看幾次。」她哈哈笑著說。
程羽一進屋裡來，看到客廳的藤鞦韆就很興奮地坐上去盪來盪去。
「妳吃飯了嗎？餓不餓？」我問她。
「還沒吃，但我不餓，我可以洗個澡嗎？」
「當然可以。」我帶她進浴室，拿了毛巾和換洗的衣服給她，「妳慢慢……」
「噢，我該怎麼稱呼妳？」
「叫我子瑤就可以了，我去看看有什麼吃的。」
我在冰箱裡找到一塊冷凍比薩和幾片火腿，等程羽洗完澡出來，比薩已經烤好了。
她紮起頭髮，身上穿著我的長袖衛衣和運動褲，看起來年輕多了。
「抱歉，家裡只有這幾樣吃的，我讓程飛等下再買些好吃的回來，妳要喝酒嗎？」
「啊，好呀。」

我開了一瓶紅酒，給她倒了一杯，陪著她喝。

「妳要去荷蘭？」我問她。

程羽興奮地點頭：「嗯，我朋友美美住在阿姆斯特丹，她以前是跳舞的，現在是個畫家，我去看她，可能會住上一段時間，說了好多年要去荷蘭，終於去成了。妳去過荷蘭嗎？」

「我沒去過，聽說是個好地方，非常燦爛，非常自由。」

「就是呀，聽美美說，阿姆斯特丹剛剛通過一條法例，情侶在公園的鬱金香叢裡做愛是不犯法的，警察不能因此逮捕他們，但是只能在天黑之後做……」

「天呀……鬱金香叢？」我哈哈笑了起來，「荷蘭人太浪漫了。」

程羽咬著比薩，皺皺眉，撇著嘴笑：「我也這麼覺得。」

「妳和程飛有些神態挺像的。」我說。

「我們不是同一個媽媽生的，但是我們都長得像爸爸。他有告訴妳我們爸爸是船長嗎？」

「他說過……所以他小時候也想做船長，還學人家夜觀星象呢。」

「做船長有什麼好啊？雖然去過世界上那麼多的地方，可是，總是在海上，一年才回家幾次，最後也死在海上。」

「他是怎麼死的？」

「船在巴拿馬跟一艘貨船相撞，船翻了，很多船員掉到海裡，大部分被救回來，我爸爸沒那麼幸運，屍體一直沒找到。程飛那時只得五歲，爸爸死了，錢也沒有了，他媽媽大概是守不下去吧，就這樣丟下他走了，走的那天只留下幾天的飯菜和一些餅乾，他吃完，餓了就出去找媽媽，沒找到媽媽，就在街上撿吃的，那個女人也挺狠心的。」

我聽著心裡難過，怪不得他從來不願提起他媽媽。

「他那麼小，天天在街上流浪，撿垃圾吃，有個好心人把他送去派出所，後來就被政府送去孤兒院。」程羽說。

「那他媽媽呢？」

「警察始終沒找到他媽媽，後來有人在以色列見過她，聽說她嫁了個鑽石商人，日子過得很好。」

「怎麼會有這麼差勁的媽媽呢？」

「可能她守寡的時候太年輕吧，不知道怎麼辦……我爸爸長得很帥，很愛孩子，就是太風流了，他拋棄了我媽媽，跟一個在碼頭賣香菸洋酒的小姑娘好了，就是程飛的媽媽……我應該恨我爸爸才是，可我不恨他，每次他回來都帶很多禮物給我，荷蘭的木屐、土耳其的軟糖、奧地利的八音盒，太多太多了，爸爸會帶我和程飛去玩，我們要什麼他都買給我們……我記得他喜歡帶我們去看電影，看完電影就去餐廳吃冰淇淋，我們吃冰淇淋的時候，爸爸就坐在餐廳外面抽雪茄。」

我怔了怔：「雪茄？」

程羽笑笑說：「他去過古巴之後愛上了古巴雪茄……我現在還記得他身上的雪茄的味道。」

我突然明白了程飛那時為什麼夢想著去古巴，他遙遠的童年記憶裡大概也有一張爸爸在餐廳外面悠閒地抽著雪茄的畫面吧？

「後來是妳把程飛從孤兒院帶走的？」我問程羽。

「是啊，我是過了幾年才知道他被送去孤兒院的，他天生鬈髮，小時長得有點像混血兒，其他孩子都欺負他，說他父母來歷不明，多半是小舞女跟街頭混混生下來的，他在院裡沒少挨揍，其實那些孩子不也是來歷不明嗎？」她苦笑說，「可我那時沒能力幫他，我媽媽改嫁了，我和繼父合不來，他們也不可能接受程飛……等我有能力了才去接他，說是有能力，其實也不是，那時我也只是個跑江湖賣唱的……」

說完，她自嘲地說：「我不紅的，就是跑歌廳、跑夜店，什麼活都接。」

「是妳救了他。」我說。

「那時我也不知道哪裡來的勇氣，只是覺得他很可憐，我要帶他走。我一個十幾歲的女孩子，帶著他也是不容易的，他是個怪小孩，有時一天都不說一句話，又憂鬱又孤僻，挺討厭的……哈哈……我其實無數次想把他送回孤兒院，可我不忍心。」

她喝了一口酒說：「妳喜歡唱歌嗎？」

我笑著說：「我很少唱。」

「那時我唱很多粵語歌，流行嘛。」她說著自己站起來，唱了一首〈瀟灑走一回〉。

我微笑拍掌：「我聽程飛唱過。」

「我教他唱的，我們兩個最喜歡唱這首歌。」程羽說。

那一年，程飛接徐繼之出院的時候，在走廊唱的也是這首歌，我現在明白他為什麼唱這首歌了。

「他唱歌不行，沒我好，他就數學好，我帶著他跑江湖，收錢的時候誰都欺負不到我，誰少付了錢，程飛都會算出來……」

我忍不住哈哈大笑。

「我讀書不成，他比我聰明，成績好、數學好，初中已經替同學補習。」

我笑了：「原來他那時候就已經是補習老師？」

「是啊，那時就是小天王了。」

「妳這次來，會去探妳姑姑嗎？程飛好像不怎麼喜歡她……」

「我不會啊，我不喜歡她，我爸爸只有這個妹妹，她和老公很多年前從安徽來香港做生意，發了大財，我爸爸當年反對她嫁這個老公，所以兩家人不怎麼來往……她不喜歡我，但喜歡阿飛，有一年，她回安徽來找到我，給我錢，想帶阿飛走，但阿飛不願意，我也沒要她的錢。」程羽拿著酒坐到藤鞦韆裡說，「那幾年，好像是我保護阿飛，其實他也保護我。」

「我很喜歡鞦韆……」程羽說。

「我也是。」

「那時我常常幻想，有一天，我會大紅大紫，開演唱會的時候我要穿著飄逸的長裙，坐在一只鞦韆裡，從舞台上空緩緩降落……這個幻想從來沒實現過……我都沒紅過。」她說著笑了。

「妳還有唱歌嗎？」

「啊，我很懶的，喜歡才唱，不喜歡就到處找朋友玩，阿飛每個月都給我錢，我再也不用為了生活唱歌，喜歡的活才接，我結過兩次婚，都離了，又沒孩子，一個人很自由，想做什麼就做什麼。」
「妳什麼時候去荷蘭？」
「我明天就走。」
「哦，這麼急？」
「妳現在已經捨不得我了嗎？」程羽衝我笑。
我笑了：「還想著明天放假帶妳去玩呢。」
「下次吧。」
「一言為定。」
她打了個哈欠，耷拉著眼皮說：「我睏了，我不等他了。」
「啊，那妳先睡吧，我幫妳鋪好床了。」
「啊，謝謝妳，晚安。」她走過來，又聞了聞我的胳膊，「我喜歡妳的味道。」
程飛直到凌晨兩點才回來。
「嘿，回來啦？她睡了。」我從睡房走出來。
「啊，我買了吃的。」他拎著一袋燒鵝。
「她明天走，去阿姆斯特丹。」
程飛把燒鵝放在飯桌上，走到客房外面，輕輕打開門往床上看，他看了一眼就連忙把門關上，轉過來，壓低聲音，吃驚地問我：「她是誰？」

我被他嚇了一跳：「你姐姐啊。」

「她不是，我不認識她。」

我愣住了。

「騙到妳了，哈哈。」他扮了個鬼臉。

我打他一下：「你嚇死我了。」

他得意地偷笑。

「她很可愛。」我說。

「她這人沒心沒肺。」程飛沒好氣地說。

「她說我很好聞。」我捂住嘴笑。

程飛湊過來聞了聞我的脖子：「是很好聞。」

我摸摸他的臉，緊緊地摟住他，這個可憐的孩子，我無法想像他兒時過的是什麼樣的生活。

突然被我這樣抱著的他，問我說：「怎麼了？」

我臉貼著他，搖搖頭：「沒什麼……」

第二天，吃過午飯，程飛和我開車送程羽去機場，這兩兄妹也夠奇怪的，說話不多，都是一句半句。

「妳的胃病有沒有好些？」程飛問程羽。

「差不多。」

「妳就少吃辣吧。」

「不行。你能少吃飯嗎？」
「我吃飯胃不會痛。給妳的錢夠用嗎？」
「太多了，根本用不完。」
「那就還給我唄。」
「想得美。」
「我幫妳換了一張商務艙的機票，商務艙舒服些。」程飛說。
「呃？那我自己買的機票呢？」
「幫妳退了。」
「為什麼要退？坐什麼艙都一樣唄。」
「當然不一樣，坐商務艙可以躺著去阿姆斯特丹。」
「你才躺著去，我又沒死。」
「妳在飛機上別喝酒。」
「坐商務艙不喝他們的酒？你以為我是傻的嗎？」
我看看程飛，又看看程羽，忍不住想笑。我從沒見過程飛的這一面。
到了機場，過安檢之前，程羽熱情地抱了抱我，說：「啊，妳真好聞，下次見。」
「保重啊。」我叮囑她。
「放心，我不去鬱金香叢。」程羽說著對我擠擠眼。
我哈哈地笑了。
「快進去吧，去候機室休息一下，國泰的候機室有很好吃的擔擔麵。」程飛對她說。

程羽對他翻了翻白眼：「說得好像我沒吃過擔擔麵似的，走了，再見。」

「再見。」我說。

程羽走了兩步，回頭看看我，對程飛說：

「你要好好對她。」

「還用妳教？」程飛擺擺手叫她快點進去。

程羽走了，我們轉身離去。

「妳們剛剛說什麼鬱金香叢？」程飛問我。

我笑笑沒回答。

我從來沒告訴他，程羽前一天晚上跟我都說了些什麼。當妳愛一個人，妳多麼想要一部時光機，那就可以穿越時光，回到他的童年，回到他的過去，認識他、陪伴他、安慰他。

## 2

「我過關了，剛收到通知書，你呢？」我在外科病房外面的走廊上找到史立威。

史立威抬起眼皮看了看我，一副垂頭喪氣的樣子。

「噢，怎麼了？沒過？」我低聲問他。

他沉默了一會兒，嘴角動了動，撇撇嘴笑了起來：「妳方子瑤都過了，我史立威當然也過關。」

「沒想到你演技這麼好啊。」我笑著瞅了他一眼。

「我可是把《教父》看了七十遍的超級影迷啊。」史立威得意揚揚地說。

「終於都成為專科醫生了，畢業到現在，熬了這麼多年，我的青春一去不回啊……」

我靠在走廊的大玻璃窗邊說。二〇〇九年十月初的這一天，就像我們考試過關的心情，陽光明媚。

「是呀，我也不知道是怎麼熬過來的。」

「我們都是鐵人。」我說，「做醫生之前，我非常肯定有一樣東西我是沒有的……」

「是什麼？」史立威好奇地看著我。

「眼袋……」我指了指臉上兩個眼袋。

「我近視也加深了很多，不過，這樣看起來比以前更有書卷味啊。」史立威托了托鼻梁上的眼鏡，衝我笑笑，然後說，「我明天就辭職。」

我怔住了：「你自己出去開診所？」

「啊不，我去西非。」

「西非？」

「獅子山。」

「你去那裡幹嘛？」

「去行醫啊，一個國際救援組織在獅子山有一家醫院，他們很需要外科醫生，我申請了，他們也接受了我。」

我太震驚了，我無法想像史立威會跑到那個離我們這麼遠的、飽受戰爭蹂躪的非洲小國。

「那邊不是有內戰嗎？」

「結束了，思思也很支持我去。」

思思是史立威在交響樂團裡的大提琴家女朋友。我沒見過本人，只見過照片，很有氣質的一個女孩。

「思思跟著交響樂團去過世界上那麼多的地方演出，幾乎跑了半個地球，我一個男人，倒像個鄉巴佬，從大學到現在，十幾年來都在這棟醫院裡，讀書、考試、工作，吃和睡都在這兒……我的世界就只有這麼小……」史立威用手比劃著，「外面到底是怎樣的我從來都不知道，好像讀過很多書，其實就像井底之蛙，趁著年輕，我想出去看看，我想去幫助那些有需要的人，做醫生本來就是為了幫助病人，對吧？」

「思思不擔心你嗎？」

「我跟她說我決定去獅子山的那一刻，我簡直覺得她有點仰慕我啊，哈哈……一直以來都是我仰慕她，我甚至羨慕她，她從小就到處跑，十一歲那年一個人去美國留學，在音樂學院裡，每天練琴練得手指頭都爛了，放假就跑到街上拉大提琴賺些零用錢……她是那種什麼都可以接受、什麼都敢嘗試的人，出色、獨立又有天分，一點都不世俗……我常常覺得是我配不上她，只要妳看到她在台上拉大提琴的樣子，妳就會明白我為什麼中意她。」

「我明白的，你現在眼睛都在發光……」我取笑他說。

史立威露出了難得一見的羞澀的微笑。

「你什麼時候去？」我問他。

「啊……思思下個月在柏林演出，我會先去柏林，然後我們一起去埃及玩兩個星期，她想去看金字塔，之後她去西班牙，我就去獅子山報到……」

「你會留在獅子山多久？」

「暫時說好了九個月……」

「還好，九個月很快就過去了，你會回來西區醫院的吧？」

「到時候，如果這裡還需要我，我就回來這裡，要是不需要我，我就再找工作吧，我越來越覺得人生不需要太多計畫，誰知道明天會不會來臨呢？像思思那樣，自由飛翔，做自己喜歡的事就好，啊……妳不要太掛念我了。」

「唉，剩下我一個人挺孤單的，以後下班後誰跟我去喝酒呢？」

史立威笑笑：「我一個月後才走，這個月妳都可以請我喝酒……啊，不過，今晚有人請我們喝酒。」

「誰啊？」

史立威給我看了看他的手機剛收到的短信。

「劉明莉也過關了，今晚請我們喝酒，一起去吧。」

「啊，好呀……真的從沒想過你會去非洲的醫院。」我說。

「去非洲行醫一直是我的心願，別以為我一個魚蛋店的少東就沒有夢想……」史立威張開手臂伸了個大懶腰，對我笑笑。

他這麼一說，我不禁內心慚愧，臉紅了起來。

「我哪裡有覺得你沒有夢想啊？」我狡辯。

當年那個頭一回看到產婦生孩子就在產房嚇昏了的小醫生、那個讀書的時候成績不算突出、長得像小混混、瘦巴巴又愛美的我的男同學，我們認識那麼多年了，一起長大，一同熬過了無數個艱苦訓練的日日夜夜，我是真的沒想過他心中原來一直有一個到非洲行醫的心願，也沒想過他竟有一個與他外表毫不相稱的高遠的志向和一顆善良的心。

「要保重啊，獅子山可不是巴黎。」我笑笑說。

「我會的，它不是巴黎沒關係，我把日子過成巴黎就行了。」

我笑了：「這個會不會有點難度？」

同學多年，我頭一回覺得，史立威也是長得好看的，他的臉被愛情、夢想和善良照亮了。

「只要帶著思思的音樂，無論人在哪裡，都是天堂。」史立威一臉幸福地說。

那一刻，我從沒想過有一天我也會跑去那個陌生而遙遠的西非小國，不是為了夢想，而是為了逃離，為了忘卻。

＊＊＊

下班之後，我們在西區醫院的十幾個同班同學陸陸續續來到酒吧喝一杯，劉明莉的心情很好，打扮得明豔照人，拉著史立威走上台合唱了好幾首歌，他們兩個從前就是我們班裡的歌王和歌后，唱起歌來挺合拍的。

剛進大學的時候，我們都只有十八、九歲，一臉青澀，十多年過去了，雖然不老，也都變成老同學了。史立威喜歡過劉明莉，大家那時都覺得他是高攀，我倒是認為無所謂高攀不高攀，劉明莉沒接受他，難道不是好事嗎？他們根本不在一個頻道上。

唱完歌，劉明莉走過來找我聊天。

「嘿……妳有什麼打算？是留在西區醫院還是會去什麼地方？」她問我。

「我喜歡西區醫院啊，在這裡還有很多東西要學。」

「我明年會去美國進修一年。」

「噢，史立威去獅子山，妳也要去美國了？」

「爸爸要我去的，去看看那邊的醫院怎樣做試管嬰兒和不孕治療，生殖醫學是大勢所趨，等我回來，爸爸要我到他的診所幫忙，他要開一家試管嬰兒和生殖科技中心，現在的女人都年紀大了才生小孩子，不一定能夠自然懷孕，爸爸說這個市場未來需求會很大，是一盤大生意。」

「這麼說，明年妳也要辭職了？」

「嗯，明年中。」

突然我覺得，一眨眼，我們幾個同學都長大了。

「妳會不會覺得我很銅臭？誰都沒想到史立威那麼清高，我只會賺錢。」劉明莉好像嘲笑史立威，也在自嘲。

「啊，不，我沒這麼想，生殖科技幫到很多人啊。」

「對，或者有一天我們也需要生殖科技。」劉明莉喝了一口酒，笑著說。

我看看自己的肚皮，笑笑說：「這個世界好像已經人口太多了。」

晚上回到家裡，我在浴室裡點上香氛蠟燭，聽著歌，泡了一個玫瑰浴鹽的澡，算是慶祝自己拿到專科學位。

前一年搬來的時候，有天晚上和程飛一起泡澡，浴缸太擠了，我坐到他的大腿上，我們說著下一個假期要去巴黎和倫敦，或者回兩個人都喜歡的薩丁尼亞島，可惜都沒去成。他一年比一年更忙了。

我泡完澡，坐在客廳的寬沙發上看書，下星期有個手術要做，我得溫習一下。可是，泡完澡太舒服了，我沒多久就睡著了。

「嘿……睡著了？」程飛撫撫我的手臂。

「哦，你回來了？」我迷迷糊糊地睜開眼睛，聞到他身上的酒氣，「你喝酒了？不是去開會嗎？」

「啊，開完會和小柯去喝酒……妳很香。」

「泡了個玫瑰浴鹽的澡……我過關了。」

「我從來沒擔心過妳會過不了關。」程飛說著把我從沙發上抱起來，抱回睡房的床上，幫我蓋好被子，躺在我身邊睡著了。

曾經是那麼溫暖的。

3

「嘿……吃飯了嗎？我做了很多菜，要不要過來一起吃？」俞願在電話裡說。她的聲音聽起來就像平時一樣。

那時已經是夜晚九點，我剛下班回到家裡，鞋子都還沒脫下來。

「還沒吃，正餓著呢，現在過來。」

從我家到俞願的家，就三到四分鐘的車程，我早就熟門熟路了。到了她家，我才發現家裡只有俞願一個人，她做了一桌子的菜，依舊穿著她最喜歡的那條貝蒂娃娃圍裙，開了兩瓶紅酒，已經喝掉一瓶，兩頰紅紅的。

玄關和客廳的燈沒開，陰森森的，只有飯廳那盞暗黃色吊燈微微的亮著，圓餐桌中間放著一個氣球般大的鏤空的南瓜燈，瓜皮上面雕刻了一張有一雙三角眼的鬼臉，鋸齒狀的大嘴巴裡只有兩顆牙，氣氛有點詭異，俞願的神情也有些落寞。

「怎麼不開燈啊？」我好奇問道。

「過兩天就是萬聖節了。」俞願慢慢地說。

「妳提早過萬聖節嗎？」我坐到她身邊，她看起來奇奇怪怪的。

「我今天只上了半天的班，下班後去買菜，我一個人吃不了這麼多。」俞願說著倒了些紅酒到我的酒杯裡。

「妳怎麼做這麼多的菜？孟長東呢？」

「我就是突然很想做菜，做一桌子的菜……」她有點亢奮地說，「妳快吃，我做了半天了，小黃菊豆腐沙拉、馬蘇拉奶酪涼拌新鮮無花果、甜椒鯷魚、秋葵蟹肉凍、大蔥花椒蒸螃蟹、蜂蜜芥末烤大蝦、松子核桃烤脆皮黃油雞、慢煮走地豬柳、碎醃肉洋蔥雞蛋餅、野米鵝肝釀烤小鵪鶉……南瓜當季，我做了南瓜榛子蛋糕，在超市看到血橙和桃子，我又買些回來做了血橙桃子冰淇淋，在冰箱裡呢，等下吃……」

「妳沒事吧？怎麼做這麼多的菜？我們兩個加上孟長東也吃不完啊，是不是還有十二個人來吃飯？」我滿腦子問號。

「沒人了啊，就只有我和妳，孟長東二十天前搬走了。」俞願說著夾了一些沙拉到我的碟子裡說，「這個小黃菊是可以吃的花，妳嘗嘗，這花好吃。」

「搬走？他為什麼會搬走？你們吵架了？」

「我們沒吵，我們分開了。」俞願吃著小黃菊說。

我吃了一驚。

「妳吃嘛，別停。」俞願嘴裡全都是小黃菊。

聽到這個消息，我怎麼還吃得下呢？這也太為難我了。

「我們沒有第三者。」她說。

「那是為什麼？」

「真的沒什麼，就是合不來吧……打個比方，不是說我喜歡吃螃蟹而他不喜歡吃，是他不喜歡吃也就不喜歡我吃，那我只好不吃了，可我有時會想念螃蟹的味道，然後心裡就覺得委屈，就會恨他。」

「啊……我以為他一直都很遷就妳。」

「他是的，他很疼我，但他疼我的方式是管束我……」俞願吃著一隻蟹爪說，「剛結婚的時候，我還覺得挺幸福的，他那麼緊張我、那麼黏我，每時每刻都要知道我在哪裡、跟誰一起，新婚嘛，這樣很甜蜜……可是，結婚幾年了，他還是這樣，我跟朋友吃頓飯也要不停看手表，回家晚了就提心吊膽，每次我出差，他送我去機場的時候也會不高興，他就希望我留在家裡。」

「妳跟他說過嗎？」

「說過很多次了，他不會聽的，他習慣了身邊的人都聽他的，都跟著他那一套去做，他是個孤獨的人，活了四十幾年，有事業，也賺到錢，那麼成功，他從來不認為自己有什麼問題，如果有問題，也是我的問題，是我還沒長大，是我不安定，是我不理解他對我的好……現在想想，當時決定結婚根本沒有想清楚，在我很想結婚的時候，他又剛好出現，好像頭上帶著一片雲彩似的，我以為就是這個人沒錯了……原來是錯的人。」

吃完蟹爪，她夾起一塊走地豬柳放進嘴裡，說：「我知道男人都像個孩子，我只是沒想到我嫁的是一個這麼沒有安全感、這麼喜歡管束我的老小孩，他簡直是個小魔怪……啊不，是小獵犬，成天看守著我，不許我離開他半步。」

說完最後一句話，她哈哈笑了起來。

我看著她：「妳怎麼還笑得出來呢？還好吧妳？」

「最難過的日子都過去了，這兩年，我們吵架都吵累了，我結婚不是為了不自由啊，我一個人背井離鄉跑去法國，又來了香港，不就是為了自由嗎？我要是不愛自由，我幹嘛不乾脆留在老家跟爸爸媽媽在一起？」

看見我不怎麼吃桌上的菜，俞願夾了一隻烤大蝦給我：「妳吃嘛，就當陪我吃吧，知道我為什麼做那麼多的菜嗎？全心全意做菜的時候，可以暫時忘記一切啊……我會好好的，只需要一點點時間。」

其實，菜都涼了。

「誰都可以沒有誰，本來就沒有嘛，只是習慣，人都有惰性，再不離我就不想離了，斯德哥爾摩症候群啊，習慣了被綁架怎麼辦啊？哈哈……」她吃著鯷魚說。

「是不是真的沒有轉圜的餘地呢？」我問她。

「沒有了……這段婚姻走不下去了，早散夥早重生啊，對孟長東、對我都一樣，我們是真的不合適，趁我還年輕，他也不老，把婚離了，好來好去，善始善終，以後就是山高路遠，這份情永遠都在，總比拖下去互相怨恨的好……他搬出去的前一天，我們還吃了散夥飯呢，在我們第一次約會的那家餐廳……吃完飯回來，他吃著我做給他的栗子蛋糕，吃著吃著哭了，他那麼好強，我從來就沒見過他哭，那一刻，我突然覺得他很老很老，其實他只比我大十一歲，看著他這樣，我也哭了，然後我們兩個抱著哭……」俞願抿抿嘴說，「我以後應該也不會想吃栗子蛋糕了，都是眼淚的味道。」

「妳說得我都不想吃栗子蛋糕了。」我微笑說。

「所以我們今晚吃南瓜榛子蛋糕嘍……」俞願說著抬起了一條腿，又喝了一口酒，「啊……我是愛他的，我以後還是會愛他，可我沒愛他愛到甘心做他籠子裡面的小鳥……」

俞願把那隻小鵪鶉的腿撕下來，吃著說：「有些小鳥會愛上自己的鳥籠，害怕飛出去回不來了，可我不是一隻鳥，我是羚羊，我喜歡大草原。」

「孟長東還好吧？他搬去哪裡了？」

「他當然不怎麼好，但他慢慢會習慣的……我本來說我搬出去，我什麼都不要他的，可他還是把這幢房子留給我，自己搬去堅尼地道那邊，那幢房子比這裡小。」

「他真好。」我吃著雞腿說。

「我也要慢慢習慣他不在家裡，剛開始真的很不習慣，不習慣夜晚自己一個人睡，不習慣半夜小腿抽筋沒有人幫我揉揉腿肚，不習慣早上起床看不到他，不習慣一整天他都沒打電話來，不習慣打開衣櫃看到原本他掛衣服的地方空了……」俞願說著看向我，苦澀地笑笑，然後切了一塊南瓜榛子蛋糕，用手拿著吃。

我不知道該說些什麼安慰她，俞願好像也不需要我的安慰，這天晚上，她只想有個人聽她說話。

「啊……這蛋糕好吃，我第一次做的，妳吃嘛，別光看著我吃，今天我們過萬聖節，我們兩個人得吃南瓜。」她說著切了一大塊蛋糕給我。

我從未見過這麼神經質、吃這麼多的她；我也從沒這麼想念過蘇楊，要是她在就好，有個人幫忙吃，俞願不會把菜都夾到我的碟子裡。

我吃了幾口蛋糕，摸著肚子說：「很飽呢。」

「可是我們得吃血橙桃子冰淇淋啊。」她微醉，站起身，走去廚房拿出一盤冰淇淋和兩只白色的大湯碗回來。

「我們豪氣些，用大湯碗吃，這才好吃。」她說著挖了一大勺冰淇淋到我的碗裡，又給自己挖了一大勺。

她捧著大湯碗吃冰淇淋，邊吃邊說：「血橙做的冰淇淋好吃吧？跟桃子的味道很搭，如果換成芒果，那味道就不對了……婚姻也是一樣吧？合不來並不是大家做錯了什麼，而是本來如此，本來就不是一條路上的。」

「嗯，沒錯，這兩個味道很搭，這樣好吃。」我吃著冰淇淋點頭。

「再吃一些吧……」俞願伸手想把我的湯碗拿過去。

我連忙雙手捧起那個湯碗往後退：「不了，再吃我等下出不了這個門口啦，進來的時候才只有一百零八斤，走的時候變成一百二十斤，比妳家的大門還要大。」

「吃我做的菜，胖了也值呀，不過妳也太誇張了。」

她說著哈哈大笑，笑著笑著哭了。

「啊，傻瓜，別哭了，明明是妳不要人家。」我拿紙巾給她擦眼淚。

「是呀，總比他不愛我好。」她揩揩眼淚說。

「就是呀。」

「這麼想會不會很自私？」她像個孩子似的問我。

我衝她笑：「不會，又不是故意自私的。」

俞願感激地看著我：「對不起，這麼晚找妳來，要妳陪我，聽我訴苦。」

我對她微笑：「朋友就是這樣用的吧？何況，救急扶危向來是我的工作。」

俞願終於又笑了，吃著無花果說：

「我又要把自己還回單身市場了，有點荒涼的感覺啊。」

「放心吧，妳桃花一向很旺。」

她抽抽鼻子，擦乾鼻水，說：「是啊……大汪還在等我。」

「妳看妳多幸運？至少有兩個男人對妳一往情深，一個愛妳愛到放手，一個愛妳愛到捨不得放手……」

「我都不知道哪一個更好，沒嫁的那一個，還是嫁過的那一個？」俞願又吃了一口冰淇淋，自嘲地說，「以前只有前男友，從現在開始，連前夫都有了。」

我禁不住笑了起來：「人家孟長東也不幸有了前妻啊。」

「他遇到我也是倒楣的，他說，遇到我之前，他根本沒想過結婚。」

「是不是倒楣，唯有他自己知道，我只知道他以後不叫孟長東了……」

「哦？叫什麼？前夫？」

「叫人生長恨啊，人生長恨水長東，本來是長東，遇到妳之後，變成了人生長恨……」

我吃著新鮮清甜的無花果，笑著說。

俞願哈哈地笑：「我得告訴他。」

「好的，我不說。」她把食指放在嘴唇上。

「啊，別說是我說的，他不恨妳，他會恨我啊。」

我笑笑說：「妳知道嗎？我太佩服妳了，妳和每個前任都可以那麼好。」

「是性格吧？我無法和相愛過的人如同陌路……妳一生會睡幾個男人？就那幾個吧？都交換過汗水體液，都是親過抱過、幻想過餘生在一起的，那麼深的緣分，為什麼要變成仇人呢？多可惜啊……不在一起只是不得已……走不下去，誰都不想，每次轉身也是傷心的，只是我把這份傷心變成了友情，而其實，也超越了友情，他們都是我的家人，除非有天他們成家了，另一半不喜歡我，覺得我是個障礙，那我就不打擾。」俞願說著摳了摳那個南瓜燈的嘴巴，「不過，以前的都是男友，前夫還是頭一回啊，我可能還是需要一些時間學習。」

我笑了：「聽妳這麼說，覺得分手好像也不是那麼慘，感覺一點都不孤單，倒是多了幾個親人似的。」

俞願笑著笑著，眼睛又濕了：「如果人是不需要愛情的，那多好啊。」

我喝著酒說：「是不需要的啊，沒有愛情還是可以活著，可是，人的天性就是會渴求愛情，可能因為人的一生有無數個冬天吧，我們想要溫暖……而且，一個人走的路太孤單了啊……」

俞願擦了擦眼角的淚水，把杯裡的酒乾掉，說：「我還記得和他結婚的那天晚上，酒和菜都那麼好，歌那麼動聽，舞跳得那麼陶醉，那時候怎麼都沒想過有一天會散場。」

「啊……是的，那天晚上真美好，可是，誰會一開場就知道結局呢？」我說。

# 4

凡有開始，就有散場。

史立威去了獅子山五個月，一切安好。他給我寫過幾封電郵，說在那邊的醫院每天要做十台手術，有時還不止這個數目。

「今天從早到晚沒停過手，最先進的儀器這裡都是沒有的，每天都得運用我的小聰明解決問題，太懷念在西區醫院享福的日子了，哈哈。」在其中一封電郵裡，他調皮地寫道。

劉明莉出發去美國進修的前幾天，把我們同班同學和醫院的同事都請去她家裡開派對。

我上一次去她家裡玩是醫學院一年級的那個聖誕，當時她住在大坑道，原來她幾年前已經搬了，她爸爸在花園道買了一幢房子，跟沈璐的家只隔了一條馬路。

劉明莉的家比沈璐的家更大，只有她和爸爸媽媽跟三個女傭一起住，房子裡面有個游泳池，天黑之後，池畔的夜燈亮了起來，水波蕩漾，燈影搖曳，人坐在那裡，就好像做著一場繁華的夢，不知道什麼是真，什麼是假。

我們吃著劉明莉媽媽和她家女傭做的菜，喝著她爸爸珍藏的美酒，想念著我們偉大的同學史立威，他正在那個貧窮的非洲小國展現人性的光輝和醫者的初心。

「敬史立威！」我們起鬨為他乾杯。那一刻，誰都沒想過要做他做的事，去他去的地方。

我酒喝多了，有些醉意，大家都好像沒有離開的意思，我跟大夥兒告別，自己先走。從劉明莉家裡出來，在路口等了十分鐘都沒等到車，我只好沿著花園道走下去，心裡想著：「路上說不定會有出租車。」

經過沈璐住的那幢房子，我抬頭看了看，她住頂樓，那兒微微亮著燈，她是在家裡吧？我突然想起她那四隻傻乎乎的可愛的薩摩耶犬。

「叫什麼名字呢？」我試著回憶。

四隻狗的名字是有關聯的，是東邪、西毒、南帝、北丐嗎？好像不是。

我邊走邊想，突然想起來了，是四個大品牌，香奈兒、愛馬仕、迪奧、范倫鐵諾。兩隻母的是香奈兒和迪奧，公的那兩隻是范倫鐵諾和愛馬仕。我想著想著笑了起來，多俗氣的名字啊，都是沈璐喜歡買的品牌。

要是我沒想起這幾隻狗的名字，該有多好。

這麼想、這麼走的時候，我看到一對遛狗的男女，親昵地摟在一起，各自的手裡都牽著一頭雪白的薩摩耶犬，兩個人和兩隻狗走在我前頭，離我只有十幾步。

那個背影我怎麼會不認得呢？怎麼可能認錯呢？可是，那一刻，我希望自己是錯的。我的程飛不會在這裡拖著一個女人遛狗。

我們那麼好，他不可能騙我，不會的。

我無法從那兩隻薩摩耶犬的屁股認出牠們是不是沈璐的四隻狗中的兩隻，即使看到正面，我也無法確定，這種狗不都長得一模一樣嗎？

「迪奧……」我喊了一聲。

不幸地，從未中過獎的我，人生頭一回中了個大獎。其中一隻狗聽到我喊「迪奧」，馬上掉過頭來，傻傻地望著我，使勁地對著我搖尾巴。

那對男女這時也好奇地轉身過來看看是誰喊他們的狗。

我沒認錯，是他。

轉過身來的時候，程飛的手仍然搭在沈璐的肩膀上，沈璐也並未放開手，她的一隻手摟住程飛的腰，小鳥依人似的，挨在他臂彎裡，這一刻，他們臉上的表情還是笑著的。

我看著這兩個人，完全不敢相信自己的眼睛。

程飛連忙縮開他搭在沈璐肩膀上的那隻手，我從未見過這麼慌張的他。

沈璐緩緩放開了她的手，避開了我的目光。她比我和程飛鎮定得多了。

我的眼淚簌簌地流下來，那兩隻天真無邪的薩摩耶犬，搖著尾巴，一個勁地咧著嘴對我笑，卻好像在嘲笑我的多情和愚蠢。

程飛看著我，一句話也沒說。沈璐默默把那兩隻狗牽走，留下我和程飛，就好像這是我和程飛的事，跟她無關。

我的耳朵裡轟轟地響，整個人都掏空了。

程飛站在那兒，看著我，默然無語。

路燈下的那張臉，如此熟悉，卻也如此陌生，我看著他，突然嘗到了幻滅的滋味。

我跑開了，在下一個路口衝上一輛出租車。

程飛沒有追上來。

我跑回家，跑回我們的家。一路上憋著的眼淚，一進屋裡就再也憋不住了。

有那麼一刻，我希望他永遠不要回來，我再也不想見到他。

可他一個小時之後還是回來了。

睡房的門關著，我坐在窗邊，沒睡。

他沒有進睡房，我不知道他在屋裡做什麼，是不知道怎樣面對我吧？

我想睡覺，我很想逼自己睡著，睡著了，明天一覺醒來，會發現這一切都是夢，不是真的。

可他還是打開了門。

他站在門邊，一臉憔悴，咬著嘴唇，看著我，像個做了錯事的孩子。

「請你出去。」我衝著他，冷冷地說。

他一動不動地站在那兒。

「為什麼要這樣對我呢？」我疲憊地質問他。

他依然沉默。除了沉默，他大概是什麼也不會的了。

我站起來，走到門邊，看了一眼那雙背叛我的眼睛。

「我不認識你。」我當著他的面，把門關上。

這天晚上，我合上眼睛，卻一分鐘也沒睡過。早上，我不得不走出睡房離家上班，程飛捲著被子，臉向椅背，睡在沙發那兒。我不知道他是不是還可以睡得著，還是他在裝睡。

那是多麼漫長的難熬的一天？我就像一副行走的骷髏，沒有血肉，沒有溫度，只有當我在手術室裡埋頭做手術的時候，我才像個人，才可以忘記他，忘記一切。

我希望我可以一直留在手術室裡，賴著不走，疲累到死，永遠沒有散場的時候。

## 5

我甚至不想知道他和沈璐是什麼時候背著我開始的，那太痛苦了。

難怪他總是有開不完的會，總是在外面熬到那麼晚。有多少個夜晚，他是從沈璐家裡直接回來的？

我怎麼會沒想到呢？沈璐那麼看重他，他們第一次見面就談了五個小時，那麼投契，那麼合得來。她對他青睞有加，給他最多的資源、最多的宣傳，他的人生因她的出現而有了翻天覆地的改變，是她創造他，這難道不是他們一起的理由嗎？要不是認識我在先，他們早就在一起了，我卻是那麼天真而膚淺，以為他不可能喜歡一個年紀比他大的女人，我竟以為我們那麼好，他就不可能有別人。

比起恨他，我更恨我自己，我恨自己那麼笨。每天睡在我身邊的這個人，那麼多年了，我以為我瞭解他，而其實，他已經不一樣，再也不是當年我認識的那個人。他一直在變，而我竟然從未察覺。

我做錯了什麼？我唯一的過錯，就是不知道人是會變的。

第二天夜晚，我離開醫院回到家裡，和衣倒在床上，終於能睡了。

醒來之後，我走出睡房，去廚房給自己倒了一杯水。

我看看廚房牆上的小鳥掛鐘，十點，他不在家，這個點他還在上課。

我看了一眼我們的這個家，突然覺得悲傷而陌生。第一次走進這間屋子是平安夜，他把我騙來了，那天夜晚，聖誕樹上掛滿亮晶晶的星星，我們躺在波斯地毯上數著天上的星星，他說他曾經一無所有，他要和我分享他所有的一切。那個晚上，一切都那麼美好，我以為是永遠的。

我靜靜地坐在客廳的大沙發上，突然明白這不是我的家，是他的；是他用他在沈璐那兒賺到的錢買的，和我有什麼關係呢？

從他一無所有到什麼都有，都是他自己的。

我看了一眼那棵幸福樹，它長大了那麼多，可是，我的幸福，我所以為的幸福，我所以為的兩個人之間的相知相愛，最後都敗給了榮華富貴。他變成了一個多麼俗氣的人？他變得我都不認識了。

他早就不是當年那個我愛的人，那個一無所有，但是天資聰穎、滿懷理想的大學生。我竟以為人是不會變的。

他的英俊、他的聰明、他的才華、他的錢、他的事業，都是屬於他的，只有他對我的忠誠，才是屬於我的，可我連這個都失去了，或許，很久以前就已經失去了。

兩個小時之後，我躺在床上，聽到他回來的聲音。長夜悲苦，我聽著他在屋裡踱步的聲音，似乎是一夜無眠，但我不會為他打開我的門。

早上，我依舊出門去上班。到了傍晚，我知道他這個時候不會在家裡，我跑回來，把我的東西全塞進兩只箱子裡，能帶走的都帶走。

## 6

我又回到了西環的我的家，一切依舊，只是，太久沒回來，許多東西都積了塵。

半夜，我的手機響了起來，我知道是程飛打來的，我沒接。

他沒放棄，又打來一次，很久很久才掛斷，才肯放棄，才明白我是不會接電話的。

我是多麼驚訝於自己的決絕。

這天晚上，我只睡了三個小時。我有一台手術，我必須要振作。

每一天，我早上離家上班，下班之後回家，沒有誰在家裡等我，也沒人要我在家裡等他。我努力不去想他，可我做不到，我太沒出息了，我還是想念他。
那個下著滂沱大雨的星期四晚上，他終於來了。
我在睡房裡聽到按門鈴的聲音，除他以外，不會是別人。
我起來，緩緩走去開門。程飛站在門外，全身都被雨淋濕了，憔悴至極。
我看著他，他也看著我，臉上全是雨水，眼睛紅紅的。
「回家好嗎？」他說。
「這裡就是我的家。」我冷冷地說。
他默然片刻，再次開口的時候說：
「對不起。」
我憋住眼淚，盯著他說：「沒用的。」
程飛看著我，就好像他是無辜的。
「我真的不認識你，你到底是誰？可以這樣欺騙我？」我衝他說。
「妳就不可以給我一次機會嗎？」他哀求我。
「你能夠離開全版圖嗎？你能夠放棄現在的一切，回出版社當個小編輯嗎？」
他沒回答我。
我心都碎了。
「你走吧。」我說。
「回去再說好嗎？」
我搖頭：「程飛，你以為現在是兩個小孩子吵架嗎？要是你同時喜歡兩個人，首先放手的那個一定是我。我不攔你的路，你也別攔我的。」

他想進屋裡來，我用手擋住門，不讓他進來。

「沈璐比我適合你，我不想成為你們兩個的障礙。」我賭氣地說，「不需要因為你認識我在先就跟我一起。」

「別傻了，跟我回家吧。」他說。

「程先生，我都沒纏你，你就別纏我了，我不會回來了，我又不是狗，我為什麼要咬住不放？」我說。可我心裡真的是這麼想嗎？我捨得嗎？

「晚了，我想睡了。」我在他鼻子前面把門關上。

我流著淚，挨在大門上，咬著嘴唇，沒哭出聲。我在門裡，他在門外，隔著一扇門，也隔了天地。

## 7

我沒想過會再見到潘亮。

這天是我當值，傍晚的時候，急診室送來一個二十四歲的滿身鮮血的女病人，這個瘦小的可憐的女人，在公園裡被前男友用利刀猛刺。

聽護士長說，兩個人八個月前分手，那個男的一直纏住不放，這天把她騙出來，說是最後一次，以後再也不會煩她，女人心軟，答應跟他見面，沒想到是個陷阱，他身上帶著刀。

我接手的時候已經知道勝算不大，她那小小的身軀上全都是血洞，鮮血一直湧出來，肝臟那一刀，直接要了她的命，無論我們給她輸多少包血，都像把水倒進大海裡似的。

看著她躺在手術床上，漸漸失去了氣息，我無法不放手。我終究不是上帝。

為什麼有些人，像俞願，可以和前任成為肝膽相照的朋友，有些人卻沒那麼幸運？不愛了，連性命也丟了。這個死去的女人是抱著什麼樣的心情跑去見那個狠心的男人？她為什麼那麼相信這個人不會傷害她？她終究是太年輕了，年輕到傻。

病人年老的父母在手術室外面等著我給他們帶來好消息，可我給不了，只能站在那裡看著他們悲傷痛哭。

我不是上帝，我連天使都不是，只是個無能為力的醫生。

「那個男人、那個殺人犯，手受傷了，還在急診室。」護士長告訴我，滿臉的不屑。

我完全不需要去看那個殺人犯，我不是他的醫生，可我還是去了急診室。

我以為我看到的會是一個心狠手辣、窮凶極惡的男人，然而，躺在病床上的是個蒼白瘦弱的、二十來歲的男人，他腰上繫著一條大鎖鍊，身上的白色內衣和牛仔褲染滿了鮮血，右手手掌纏著繃帶，左手的血跡乾了，這隻手被銬上手銬，鎖在病床的護欄上。

一個身材魁梧的警察守在床邊。

我走過去，直直地看著這個殺人犯的一雙眼睛。

他看著我，以為我是來幫他檢查的醫生，但我什麼都不做，只是看著他，他開始覺得奇怪，甚至害怕。我就是想看看他壞到什麼程度，可我看到的只是他眼裡的怯懦。

「她死了。」我盯著他說。

聽到我這麼說，他的眼睛突然變得一片空洞，兩條腿不住地發抖。我轉身離去。

走出急診室的時候，我口袋裡的手機不停震動，是二十三樓的護士小珍妮找我。

我接電話：「小珍妮，找我？」

「方醫生，可以請妳過來二十三樓一趟嗎？」

二十三樓是私家病房，不會是我的病人，那時我就應該想到是潘亮，可我首先想到的是程飛。

我已經離家四十天了。

我搭電梯到二十三樓，小珍妮在護士站裡。

「方醫生，有人找妳呢，在五號病房。」

「是誰？」我問她。

「妳去看看就知道。」小珍妮神神秘秘地說。

我皺眉：「好的，我去看看……」

誰會找我呢？不是程飛病了吧？

我小心翼翼地來到五號病房，看到他，我鬆了一口氣。

潘亮身上穿著深灰色的睡衣，坐在病床上。距離他上一次不告而別，已經快兩年了。

「方醫生……」看到我，他對我微笑，很高興的樣子。

「你為什麼會在這裡？」我走到他床邊。

「有點不舒服，今天來見楊教授，他要我留院檢查。」潘亮說。

「是什麼時候開始覺得不舒服的？」

「有一段時間了……」

「那為什麼不早點來找教授？」我責備他說。

潘亮豁達地笑笑：「該來的都會來，生死有命啊，我這輩子很多事情都做過了，就是沒死過。」

我看看他，他比兩年前瘦了，臉色不太好，兩邊臉頰些微凹了下去，看來不會是好事。

「方醫生，妳瘦了好多，妳還好吧？不是減肥吧？女孩子都喜歡減肥。」潘亮慈愛地看著我。

瘦了那麼多的他，居然說我瘦了，這個人為什麼那麼關心我？我又累又孤單，心裡太苦了，突然聽到一句溫暖的問候，眼淚就像決堤一樣迸射而出。

我太沒用了，始終想念著那個人。

「妳怎麼了？」潘亮嚇壞了，就好像他從來沒見過女孩子哭的那樣，手忙腳亂地拿起床邊的紙巾給我抹眼淚，又拍拍我的手背安慰我。

「謝謝……」我拚命擦眼淚。

「是不是有人欺負妳？妳告訴我。」他有點生氣地問我，好像要替我出頭似的。

他這麼說，害我哭得更慘了。

「對不起……」我哽咽著說。

「跟男朋友吵架了？」他溫柔地問我。

我咬著嘴唇，慢慢擦乾眼淚，告訴他：

「我剛剛失去了一個病人。」

「啊……是什麼病人，像我這麼老的嗎？」

「不，是個二十四歲的女孩，被前男友用刀刺傷，肝臟大量失血，我救不了她。」

「我最恨這種男人了，懦夫。」他鄙視的眼神。

「嗯……」

「妳盡力了，醫生又不是上帝。有沒有抓到那個男人？」

「嗯……抓到了。」我點頭。

「妳要喝點水嗎？」

我搖頭，眼淚終於抹乾了。

「你上次為什麼不說一聲就走了呢？」我問他。

潘亮微微一笑：「我不喜歡說再見。」

誰又會喜歡呢？

我本來有點氣他那天不辭而別，可是，這天晚上看到他，聽他這麼說，我竟然原諒了他。我心裡知道，他多半是復發了。

「我聽說，有些鳥在知道自己將死的時候會飛到很遠的地方去，安靜地死在那兒……鳥不像人，走的時候，用不著告別……」他說。

「你又不是鳥，而且，你會好好活著。」我說。

潘亮對我笑笑，那微笑說不出的蒼涼。

「方醫生，妳是個好醫生，將來會是個更好的醫生。」

我疲憊地笑笑。無數的病人和病人的親人在我面前哭過，我卻在這個病人面前哭了。在這個人面前，我好像變軟弱了，變回一個小孩子，而不是一個拿起手術刀去拯救病人的醫生。

「妳吃飯了嗎？」潘亮問我。

我搖頭。我已經很久沒有好好吃飯了。

潘亮挑起一邊眉毛，笑了：「那就好，我點了兩份外賣。」

「你明天做檢查，今晚可以吃東西嗎？」

「護士說，午夜十二點之前可以吃。」他看看手表說，「我還有時間。」

潘亮在酒店餐廳點了兩份叉燒飯，還有湯和菜。上次他住院的時候，我說過叉燒飯好吃，他竟然還記得。

我坐在病床邊，吃著飯，跟潘亮有一搭沒一搭地聊天，他的胃口不怎麼好，但他勉強把飯吃光了。

「要是查出是癌症復發，這一次，我不打算再做任何治療。」他說。

「假如我告訴你，明天的月亮是長方形的，你會相信嗎？」我問潘亮。

「不可能。」潘亮非常肯定地說。

「要是有個長方形的月亮，就在明天晚上，會在天空上出現，你想看看嗎？」我再問他。

他皺起了眉頭，說：「那當然想看。」

「那你至少得活到明天啊。」我說，「只要活著，你才會看到，只要活著，有些你以為不可能的事也會變成可能，一九六九年七月之前，有誰會想到人類真的可以登上月球呢？」

我接著說：「當然，長方形的月亮只是個比喻，明天你看到的可能只是一朵像玫瑰花的雲……」

潘亮微笑說：「方醫生，妳很聰明。」

「不，我很笨的，什麼都不知道。」我難過地說。

說完，我站起身，把桌上的東西收拾好。

「你早點休息吧……」我對潘亮說。

「謝謝妳陪我。」

「謝謝你請我吃飯。」我笑笑說，「我明天再來看你，這次別跑掉了啊。」

「不跑。」他答應我。

我走到門邊，把燈關掉，只留下床邊的一盞小燈。

這時，潘亮突然說：

「如果他做錯了什麼，給他一次機會吧……我通常會給對方一次機會。」

我怔住了，我以為我騙到他，原來沒有。

說完，潘亮拉好被子，合上眼睛裝睡。

我出去，輕輕把門關好。

他又把我弄哭了。當所有曾經完整的都破碎了，原諒有那麼容易嗎？

8

「嘿……妳來了？」

「有沒有吵醒妳？」

「啊……沒有，早著呢，今天加班，我也是剛剛回來。」俞願說著把我拉進屋裡去。

「快進來吧，吃飯了嗎？我在煮麵。」

我搖頭。

「那就好，一起吃。」

我不知道這天晚上我怎麼了，我突然很想回我和程飛的家看看，看看燈有沒有亮。

我下了車，躲在對街那盞路燈的陰影下，抬頭看向十七樓我們的家，燈沒亮，屋裡黑漆漆的，程飛不在家裡。為什麼不在家裡呢？是在學校還是在沈璐家裡？我離開四十二天了，他就沒有想過我嗎？我竟以為他會和我一樣難過和痛苦，會把自己鎖在家裡。我太傻了。

我必須有個地方可以去，這樣才不會忍不住跑過馬路，回那個我們曾經的家。俞願離我最近，我拿起手機打給俞願，謝天謝地，她在家裡。

我和俞願在廚房裡吃著她剛煮好的酸辣麵。她倒了兩杯紅酒，喝著酒，說：「孟長東把他的酒留下沒帶走，都是好酒呢，他懂酒。」

「不會太辣吧？」她問我。

我吃了一小口，搖頭：「對不起，這麼晚跑來妳家。」

「別傻了，朋友不就是這樣用的嗎？雖然我不懂救急扶危，但我會做好吃的菜啊。」

酸辣麵太辣了，我低頭吃著麵，眼淚簌簌地掉下來。

「噢，我不該煮酸辣麵。」俞願拍拍額頭，一臉抱歉。

我搖頭：「沒事。」

「妳去那裡幹嘛呢？」

「我也不知道，可能是去憑弔吧。」我用手帕擦著眼淚和鼻水。可以這樣哭一場，真好。

「就算回去也要他接妳回去，別自己回去。」

「我不回去。」我說。

「妳知道我不開心的時候都做什麼嗎？」俞願問我。

「都做什麼？」

「妳等我一下。」俞願站起身走出廚房，然後抱著一個漂亮的紅色鞋盒回來。她坐下，把鞋盒打開來放在桌子上，裡面放滿了照片。

「我會把我小時的照片都拿出來看一遍。」她隨手在鞋盒裡拿起幾張舊照片給我看，「妳看，這是我八個月大的時候，我那時就是一個大胖妞，手臂胖乎乎的像一節蓮藕……」

「啊……很可愛……」我說。

「這是兩歲的我，比八個月大的時候瘦了些，我很喜歡這張，那時臉小，眼睛看起來很大的樣子……這一張是五歲生日，我媽媽親手做的蛋糕……這張是九歲的時候，我姑姑結婚，我做花童，我很喜歡這條裙子……每次分手的時候，我也會把這些照片拿出來看，這些日子都回不去了……」

她笑著說：「我也曾是那麼幸福快樂的一個孩子啊，為什麼要悲傷呢？我怎麼捨得讓這麼可愛的我難過呢？要是有人不珍惜我，我也不珍惜他。」

我笑了：「嗯……能夠這樣想，真好。」

「可能我是太愛自己了。」俞願說，「沒有男人，我們還是可以活得好好的，說什麼餘生相伴，哪有這麼理想呢？兩個人在一起，不過是結伴走一程，有些人走到老，有些人半路分開，怎麼都好，愛過也好，恨過也好，都只是過程，不是歸宿，最後的歸宿還是自己。」

「我覺得我好像真的可以這樣一直一個人生活下去。」我說。

「是呀，因為我們都長大了。」俞願喝著酒說，「要是可以不長大，不需要面對抉擇，也不需要面對人生的波濤洶湧，那該有多好？可是，人就是無法不長大。」

「我們永遠不會真的長大，我們只會老去。」我說。

「那就試著老得快樂些吧……我不會勸妳原諒程飛或者離開他，跟隨妳自己的心吧，想不通的時候就緩一緩，不要去想，如果妳一走開他就跑走了，這個男人也不值得妳回頭，不值得妳給他一次機會……給他機會，因為人都會犯錯……除非不愛了。」

「或者我不愛了。」

俞願看著我：「做醫生做太久了，變成鐵石心腸了嗎？別逞強了，要是不愛，妳就不會夜晚跑來這裡。」

我沒法反駁：「愛或者不愛，又有什麼關係呢？他都愛著別人了。」

「那不見得是愛啊。」

「無論是什麼也好，都跟我無關了。」

「男人這種東西，有時也真是太煩人了，女人和男人明明就不是一個類別，我們永遠也不會完全瞭解他們心裡想些什麼，可是卻要愛他們，就像妳說的，人為什麼要有愛情，因為一個人走的路會孤單啊，因為想要溫暖啊，但是，一開始明明想要溫暖，後來倒是心寒了……」

俞願在鞋盒裡找到一張孟長東小時的照片，笑著給我看：「啊……這一張是他的，六歲的他，在公園裡，妳看他，理了個小平頭，笑得多燦爛，誰知道長大後會變得那麼黏人……人是什麼呢？是連自己都不知道的，都跟著欲望走，好像自愛，可是也會自毀……香奈兒不是有句名言嗎？」

她把孟長東的照片放回去：「她說，『當你瞭解男人都是小孩子，你也就瞭解人生所有的事情。』可是啊，我倒寧願先去瞭解人生所有的事情，回頭再去瞭解男人，這樣也許會容易些，所以，我早就放棄去瞭解他們，人生苦短，我去愛就好，不見得要瞭解……」

俞願把鞋盒裡的照片倒出來、排好，又放回去，說：「孟長東剛搬走的那段日子，我把這些照片看了又看，一邊看一邊哭……小時總想著長大，長大了就可以為所欲為……哈哈……沒想到一下子就長大了，長大也是好的，再也不會毫無保留地去愛一個人，總是更愛自己……」

「為什麼妳照片都放鞋盒裡呢？」我問她。

俞願抱著鞋盒，像抱著個寶貝似的說：「我這個可是羅傑．維維亞的鞋盒啊，一點都不虧待我的童年照。」

我笑了，像俞願這樣多好啊，愛自己多一些，每次分手，也都長大一些，離婚之後，反而活得更自在。誰說歸宿只能是另一個人呢？從來都是自己。

我是不是也該回到我的童年裡，在那裡，是不是可以忘記被深愛的人背叛的痛苦？然後跟自己說：「我怎麼捨得為了你而讓那麼可愛的自己難過呢？」

可是，付出過的深情，豈會那麼容易就忘得了呢？如果沒有後來發生的事，也許我會回到程飛身邊。

## 9

潘亮住院四天，做了各種檢查，這天晚上，我去病房看他，他睡著了，臉色蒼白，一頭白髮亂蓬蓬的，檢查報告就放在他病床邊，我是不該看的，我不是他的主治醫生，但我偷偷看了。

一如我所料，肝臟的癌細胞復發，並且已經擴散到肺部，沒有什麼可以做的了，只能給他止痛藥舒緩他的痛苦。

癌症從來就是俄羅斯輪盤，只要擁有這個身體，就被逼著玩這個遊戲，有些人幸運些，沒中槍，有些人卻沒那麼幸運。我站在床邊，難過地看著潘亮，我要失去這個朋友了。這個難得的忘年之交，在我最痛苦的時刻，他陪伴過我，安慰過我。

我突然明白，唯一永不落幕的，是人生的聚散。

他睡得很熟，我沒有任何地方要去，也沒有人等我，我靜靜地坐到病床邊的椅子裡陪著他。

我不知道坐了多久，他緩緩醒了過來，看到我。

「嘿……你醒啦？」我站起身。

他對我微笑，那微笑滿是痛苦。

我幫他把床背調高一些，讓他靠著床背坐著。

「啊……方醫生，妳在這裡很久了嗎？吃飯了沒？我睡著了，忘記叫外賣。」

他竟然還惦記著我們的晚餐。

「我不餓。」我說。

「啊，不，我現在打電話叫。」他伸手去床邊櫃那兒想要拿他的手機。

「真的不用了，我吃啦。」我不讓他拿手機。

「吃一點點吧，我也餓了。」他明明是撒謊，他看起來一點都不像想吃東西。

「不用了，真的。」我堅持。

他的錢包和手表、手機放在一塊，他剛睡醒，太虛弱了，跟我搶手機的時候不小心把錢包推掉了。

我彎下身去替他撿起那個錢包，一張發黃的舊照片從他錢包裡掉了出來。我撿起那張照片看了看，是我三歲生日那天在家裡拍的照片，我也有一張一模一樣的。照片裡的我穿著一襲黑色天鵝絨的娃娃裙，裙子的領口打了個白色的緞帶蝴蝶結，爸爸媽媽給我買了一個黑森林蛋糕，我拿著叉子吃著蛋糕，望著鏡頭害羞地笑。

「你為什麼會有這張照片？」我拿著照片問潘亮。

他看著我，沒回答。

「你是誰？」我看著他的一雙眼睛。

他沉默而痛苦。

這個人突然在我生命裡出現，無緣無故對我那麼好，那麼關心我，躺在手術床上面對生死的時候，不是害怕，而是拚命搜索我的身影，要知道我就在他身邊。

楊浩教授選我做手術的助手不是因為我有多好，而是潘亮的要求吧？

他甚至有一雙和我一樣的眼睛。

「你到底是誰？這張照片是誰給你的？」我再一次質問他。

「是妳爸爸寄給我的。」他終於說了。

「我爸爸為什麼把我的照片寄給你？你為什麼會認識我爸爸？」

「妳爸爸方志青是我的好朋友，我們兩個從小一起長大……妳只有一個月大的時候，我把妳交給他。」

「你什麼意思？什麼你把我交給他？」我的嘴角在抖。

潘亮看著我，微微一笑：「妳是我女兒。」

「你胡說什麼？」我不肯相信。

「那時我被仇家追殺，要離開香港，不能把妳帶在身邊，怕他們會傷害妳。」

「你說的我一點都不信，你是不是瘋了？如果你是我爸爸，那我媽媽是誰？」

「她叫鐘芳儀，是個大學生，我們沒結婚，她生了你之後，被她爸爸媽媽送去國外，我以後再也沒有她的消息。」他說著眼睛紅了。

「你是說，你不是好人。在我看來……我早該看出來了，你多半是混黑道的，否則也不會被仇家追殺，你和一個不自愛的女大學生好上了，生下了我，她的家人反對她和你一起，把她送到國外，不讓她再見你，而你因為要躲避仇家，把我送給了你的好朋友……你不知道什麼時候回到香港，但是你一直都沒有找我，兩年前，你知道自己快要死了，就來找我……」

潘亮點頭。

我禁不住笑了：「你是不是電影看太多了？」

他什麼也沒說，痛苦地看著我。

「還是你腦袋壞了？」我拿起他的病歷，一頁一頁地大力翻過去。

可是我很清楚他腦袋裡面沒有腫瘤，他腦袋沒壞，是肝臟壞了。

「你以為我是傻的嗎？為什麼你們都以為我是傻的，都可以騙到我？我不相信你。」

我把他的錢包和那張照片扔在床邊，也把病歷丟下，怒沖沖地走出病房。

我離開二十三樓，跑到醫院頂樓，天空下著微雨，那兒只有我一個人。

我拿出手機，打給爸爸。打的時候，我看到自己的手在抖。

多倫多的時間是早上，這個時候，爸爸媽媽應該在吃早餐，吃完早餐就會回雜貨店。

「爸爸……」

「嘿……毛豆……」

我一聽到爸爸的聲音就哭了，我捂著嘴，說不出一個字。

「毛豆，妳怎麼了？沒事吧？」爸爸很緊張地問我。

「爸爸，你認識一個叫潘亮的人嗎？」

我期待的是爸爸告訴我他不認識這個人，不認識一個姓潘的。

我聽到的是沉默。

沉默就是回答。

長長的沉默之後，爸爸問我：「妳見到他了？他怎麼了？」

「在醫院，肝癌，快死了。他說我是他女兒，是嗎？」

爸爸在電話那一頭嘆了一口氣，聲音有些震顫：「是的。」

我咬著嘴唇，沒說話。

「毛豆，妳還在嗎？」

「哦，再說吧。」我掛斷了。

我太知道了，潘亮沒騙我。一個快死的人，為什麼要騙我呢？

他跟其他病人完全不一樣，他看我的時候不像是一個病人在看醫生，而是像一個父親在看他的孩子，慈愛也驕傲。他想辦法接近我，他知道我喜歡吃黑森林蛋糕。

他和我一樣的血型，同樣對撲菌特這種藥過敏。

從來沒有人說我長得像爸爸媽媽，都只說窩窩長得像他們，窩窩常常取笑我，說不知道我是在哪裡撿回來的。可是，當我第一次見到潘亮，就覺得有一種奇怪的感覺。他是白狐，我是小狐，我和他一樣，有一雙像狐狸的眼睛。我長得那麼像他。

我看著雨，看著眼前的一片空無。

我的媽媽是沒有月經的，她肚皮上有一條小小的疤痕，是手術留下的。她生我的時候血崩，得切除子宮保命。如今想起來，她是騙我的吧？她沒生過我，是生窩窩的時候血崩，那時就已經做了子宮切除手術，以後再也不能夠生孩子。

我的手機響了起來，是媽媽打來的電話。

我按下了通話鍵。

「毛豆，對不起，一直沒告訴妳，是為了保護妳。」媽媽哀傷地說。

我的心碎了。

「嗯……知道了。」說完，我掛斷電話。

我的父母不是我的親生父母，我的生父快死了，我的生母不知道在哪裡，我愛得那麼深的那個男人背叛了我，我的世界是不是快要崩塌了？我是誰？

## 10

這一晚，我一夜未睡，怎麼睡得著呢？

半夜，我走下床，把兒時的照片全都翻出來看了一遍，找到那張我穿黑色天鵝絨裙子過三歲生日的照片，那麼害羞，那麼快樂……同一天，還有我們一家四口的合影，黑森林蛋糕放在餐桌上，爸爸抱著我，媽媽抱著七歲的窩窩，窩窩的眼睛盯著蛋糕看，忘記看鏡頭。

我很沒用地哭了。

第二天，我若無其事地回到醫院上班。

一整天，我沒去過二十三樓，沒去見那個說是我父親的男人，他都快要死了。

夜晚十一點，我離開二十樓，搭電梯到樓下去，在電梯裡碰到小珍妮。

「方醫生，這麼晚才走啊？」

「嗯，今天比較忙。妳呢？」

「我去六樓，我有朋友剛入院生孩子，我去看看她。」

「啊……」

「第一胎，還沒生。」說完，小珍妮又問我，「妳知道潘亮出院了嗎？」

「什麼時候走的？」

「今天一大早走的，我以為妳知道呢。」

「是他自己出院？」

「好像有車來接他，我聽到他打電話。」

「哦……」我應了一聲。

「他是不是沒法做手術了？」

「是的，已經擴散到肺部。」

「哦……」小珍妮無奈地看看我說，「他人挺好的，很有禮貌，不麻煩人，長得又好看。」

電梯到了六樓，小珍妮先出去。

「再見啦，方醫生。」

「再見。」

電梯門慢慢關上，留下我一個人在裡面。我抬起頭，望著電梯頂，使勁地憋住眼淚。

電梯到了地下，門打開，我緩緩走出去，在醫院外面上了一輛停在那兒的出租車。

「是妳啊，醫生。」司機大叔回頭對我笑。

我對他微微一笑。

「是去司徒拔道嗎？」

「啊不，去皇后大道西。」我說。

這個司機大叔經常在西區一帶出沒，從我實習的時候就時不時坐他的車，他喜歡在車上聽一些英文老歌，喜歡說話，喜歡學英文，心情好的時候，我會跟他聊幾句。

「醫生今天很累吧？」他在後視鏡裡看我。

「有一點。」

「注意身體。」

「啊，謝謝你。」我挨在窗邊，勉強笑了笑。

他很識趣地沒有再跟我說話。

車子在黑夜裡飛馳，車上播著木匠兄妹樂團的〈Yesterday Once More〉，歌沒老，老掉的是人。往事如昨，可惜每一個昨天也不會重來。我已經不知道什麼是真，什麼是假的。

到家了，我付了車資和小費，疲憊地走下車。

一下車，我就看到程飛。

他幽幽地坐在樓梯的台階那兒，坐在昏暗中等著。看到我的時候，他站起身，看著我，抿著嘴，滿臉鬍碴，一副受傷的樣子。

我直視他的眼睛片刻，在他開口說話之前從他身邊靜靜地走過，沒停下。

我爬上三層樓回家，不知道這算不算是我的家。走了那麼多年的最熟悉不過的樓梯，只有這一天，那麼難走。

程飛沒有追上來。

我打開門進屋，把門帶上。

我從未如此認識自己，終於我明白為什麼我可以那麼決絕與無情，因為我身體裡面流著一個黑道人物和一個叛逆女學生的血。

過去的幸福原來都是虛幻的，上天好像給了我一切，然後一夜之間又拿走。這是個玩笑嗎？這玩笑也太大了，大得我都接不住。

「我不喜歡說再見。」潘亮是這麼說的。

他答應過我不會跑掉，然後又騙了我，再一次把我丟下。這是個始終自私的人。

「有些鳥在知道自己將死的時候會飛到很遠的地方去，安靜地死在那兒……鳥不像人，走的時候，用不著告別……」潘亮那天是這樣說的。

為什麼要愛上別人呢？深情終究是一趟孤獨的旅程。為什麼要牽掛一個人呢？凡有牽掛，就有牽絆。愛太累了，不告別的人，是最強大的。

我就成為那隻不告別的鳥吧。

# 歸宿

chapter 5

從那時候開始，我就決定把每一天當成最後一天來活。
向死而生，反而明白自己真正想要的是什麼，需要的又是什麼。

I

飛機降落在自由城的隆吉機場，終於來到獅子山了，轉機、等待，又轉機，在路上折騰了二十幾個鐘頭，我早已經累成一條狗。等我拿到行李過安檢，又發現自己白成一朵雲，我看到的是一片黑，這世界怎麼這麼黑？從近到遠幾乎全都是黑人，要是機場大樓這時突然停電，估計我會以為這裡除了我之外沒有別人。

我拖著行李走出安檢，看到史立威，八個月沒見，他看來像一塊「黑炭」。

「黑炭」看到我，使勁地對我揮手，走過來幫我拿行李和我的紅色網袋。

他跟我說的第一句話是：「防曬霜帶了嗎？」

出發之前，史立威特地提醒我要帶防曬霜。

「帶了。」我說。

「你怎麼這麼黑啊？」我看看他的臉，他只比黑人白一些。

「這裡可是非洲啊，我照鏡都以為自己是黑人了，我無所謂，妳曬黑了白不回來就慘了。」史立威笑著說。

他瘦了，看上去神清氣爽，我從未如此想要給他一個大大的擁抱，但是他雙手太忙了，一隻手拖著我的箱子，另一隻手拎著我的紅色網袋，網袋裡裝著兩個足球，箱子裡還有一個打氣筒。

「你為什麼要我老遠帶兩個足球來？你是怕萬一飛機失事我掉到海裡沒有救生圈嗎？」

史立威哈哈笑著說：「足球在這裡是個寶呢，非洲人很喜歡踢足球，但是這裡的足球賣得很貴，就算買到，質量也不會好。」

「怪不得我過安檢的時候每個人都盯著我的網袋看。」我恍然大悟。

「唉，誰要妳把球裝在網袋裡？財不可以露啊。」史立威笑嘻嘻地說。

「可你為什麼要兩個足球啊？是你自己玩的？」

「給醫院裡的小孩子玩的，醫院裡只有一個爛皮球，踢了幾年，已經不是圓的了。」史立威說。

「哈囉……哈囉……」出了機場，幾個非洲人一看到我和史立威就哄上來，笑咪咪地跟我們搭訕。

「不要跟他們說話，一直走，不要停下來。」史立威叮囑我。

我跟著史立威，穿過廣場，朝著碼頭走去。

「我們在碼頭坐船去醫院，很快就到。」史立威說。

這裡很熱，雨季剛過，路上塵土飛揚，除了綠色的椰子樹，整個世界全是濛濛的一片泥黃色，路上的人不無好奇地盯著我們兩個黃皮膚的外國人看，我也好奇地看著那些頭上頂著沉甸甸的東西悠閒地走著的女人。這裡的女人走在路上是從來不低頭的吧？一低頭，東西就掉下來了。

我跟著史立威走過一條馬路，一輛又破又舊的小汽車這時從我倆身邊緩緩駛過，五座位的車廂裡至少擠了八、九個人，車尾的保險槓上站著四個人，車前蓋那兒坐了三個人，車頂載滿貨物，這些貨物上面又坐了六個人，車門的把手也掛著大大小小裝滿東西的塑料袋，難怪車速慢得像蝸牛似的。

「在香港沒見過吧？這是非洲一景，這裡的人很會物盡其用。」史立威說。

我們上了船，穿好救生衣，史立威一本正經地抱著兩個足球，別人看他，他也看別人，他早已經投入了這裡的生活。這艘小船不像那輛又破又舊的小汽車，四方八面掛滿了人和貨物。

「其實我拿著這兩個足球就等於拿著救生圈，根本不需要穿救生衣啊。」史立威笑著對我擠眼。

正拿著手帕擦汗的我，聽他這麼說，看著他的怪模樣，禁不住咯咯大笑。此時此刻，這個小國不也成為我暫時的救生圈嗎？

我靜靜地看著船上每一張陌生的臉孔，十一年內戰，滿目瘡痍，人命如草芥，這個西非小國，缺胳膊缺腿的人比比皆是，我千里迢迢跑來，彷彿把自己從文明世界扔到了蠻荒，也把自己扔向了無盡的孤單。

此時此刻，史立威成了我唯一的依靠，我緊緊地貼著他坐，我的老同學，我突然說不出地愛他，可是我太慚愧了，我並沒有史立威那麼善良。鳥兒是將死的時候飛向未知的遠方，我飛來這裡，是為了從我破碎的人生中逃跑。

## 2

「媽媽，她要兩包咖啡豆、一根火腿和一罐橄欖油、沙丁魚……沙丁魚放在哪裡呢？」

「我來拿吧。」媽媽說。
「我來切火腿。」爸爸說著從肉櫃裡拿出一根火腿，放在切肉機上切成薄薄的一片片。
「我拿咖啡豆。」我在貨架上拿了兩包咖啡豆。
穿著白色羽絨和灰色運動衫褲的客人是個五十來歲的加拿大女人，一頭紅髮。她常常來買東西，以前從未見過我，這天看到我，一個勁地對我笑，好奇地看著我。
「這是我的小女兒，從香港來度假。」爸爸給我們介紹。
紅髮女人問我：「妳有沒有十八歲？」
她這麼一問，我禁不住微笑，回答她：「早過了。」
「天！妳看起來很小啊。」紅髮女人說。
「啊，謝謝妳，我不小了。」我把她買的東西包好給她。
客人走了之後，爸爸逗趣地說：「老外看我們都看不出年紀，他們多半以為我四十歲不到。」
「你想得美，你怎麼會像四十不到？」媽媽笑著啐了他一口。
「好吧，頂多五十。」爸爸說著把剛送來的一箱聖誕卡一張張放到近門口的旋轉貨架上。
還有一個多月才是聖誕節，雜貨店已經開始賣聖誕卡了。
去獅子山之前，我決定先飛到多倫多看看爸爸媽媽和窩窩一家，他們知道我要來都很高興，我的心情卻完全不一樣。
在飛機上的那十幾個小時，我一直很忐忑，不知道見到他們的時候會怎樣，又該說些什麼，我終究不是他們的親生女兒，我只是個外人；或許更像一個客人，在他們家寄居了許多年。

當我推著行李穿過安檢，在接機大廳看到他們時，一切憂慮頃刻間全都煙消雲散。和以前一樣，爸爸、媽媽、窩窩、姐夫和已經是少女的兜兜早就在那兒等著我。我朝他們輕輕揮手，大塊頭姐夫接過我手上的行李車，窩窩和兜兜跑上來跟我擁抱。

「坐飛機累不累？」爸爸問我。

「在飛機上有沒有睡覺？」媽媽問我。

「不累，我有睡。」我說。

那一刻，一切都沒有改變，還是跟從前一樣，我們是一家子。

媽媽早就把我的房間收拾好了，窩窩一家三口住在隔壁的另一幢房子，她和姐夫在市中心有一家自己的小小的會計師行，工作挺忙的，每天晚上我們就在爸爸媽媽家裡一起吃飯。

媽媽的廚藝絲毫沒有進步，但是，即便是把菜煮壞了，如今的她，也不會在廚房裡歇斯底里地大吼。

這天晚飯吃的是忘了放鹽的烤雞和炒得有點乾的青菜，我們一個個若無其事地吃著飯，窩窩突然冒死說：

「媽媽，妳以前煮的菜可難吃了。」

「那妳為什麼不煮？」媽媽氣鼓鼓地問窩窩。

「我煮的根本不能吃。」窩窩吐吐舌頭說。

媽媽笑了。

「我覺得媽媽煮的菜好吃啊。」姐夫誠心誠意地說。

「你就會哄媽媽，不要臉。」窩窩瞅了姐夫一眼。

我的大塊頭姐夫就像年輕時的爸爸，脾氣那麼好，總是被欺負。人們說女孩子愛上的男人都像自己的爸爸，窩窩選的丈夫像爸爸，而我呢？我悲傷地發現，我無法回答自己這個問題。

我看著我的家人，看著這個我寄居了許多年的小旅店的三個主人，窩窩跟媽媽一樣，臉上有兩個酒窩，兜兜也遺傳了窩窩的酒窩，越大越漂亮。爸爸的高挺的鼻子遺傳給了窩窩，他們三個長得真像啊，而我的確不像他們。為什麼我以前從來沒發現呢？我還一直以為我是爸爸和媽媽的混合體，我多笨啊。

「阿姨，獅子山是個什麼地方？危險嗎？」兜兜問我。

「內戰結束了，應該還好，我有同學在那邊，會照顧我。」我說。

「妳這麼快就走？才來兩星期，為什麼不多住幾天？」窩窩問我。

「那邊醫院很缺人呢。」我說。

他們沒有問我為什麼突然要去獅子山，又為什麼一個人跑來這裡，我沒精打采、帶著一張失戀的臉來到，也沒提起過程飛這個人，他們是我的家人，又怎麼會看不出來？只是都沒問。

在多倫多的兩個星期，除了在家裡，就是偶爾到雜貨店裡幫忙，窩窩好幾次說要帶我去玩，我都推了。我只想靜靜地待在家裡，待在我的苦澀和傷痛裡。

離開多倫多的前一天早上，爸爸要到市中心去買一台新的咖啡機，問我要不要一起出去。

「嗯，好的。」我穿上厚厚的外套坐上爸爸的車。

車子沿著市中心駛去，我看著路上的風景，一直沒和爸爸說話，但我知道他有話要跟我說。

「我和潘亮是從小就認識的好朋友。」爸爸突然開口說。

我沒答話，一副波瀾不驚的模樣。

爸爸接著說：「我們住在同一條街上，小學同班，中學也同班，他很聰明，對朋友很好，很仗義，每次打架都贏。」

說完，爸爸衝我笑笑，我嘛嘛嘴，沒說話。

爸爸從外套的口袋裡拿出三張舊照片給我，說：「我手上就只有這三張照片，兩張是我們初中的時候在球場上拍的照片，那時我們在學校的籃球隊。」

我看看爸爸給我的照片，很快就認出少年時代的潘亮，他站在爸爸和幾個隊友身邊，身上穿著球衣，有點靦腆地對著鏡頭微笑，怎麼看都不像後來一個混黑道的人。

另外一張照片，潘亮的年紀看上去比球場上那幾張照片裡大了一些，只有他和爸爸兩個人，在碼頭邊，這時他的眼神已經不同了，很銳利，也有點邪氣。

「他中學畢業之後沒有再讀書，有一段時間我完全沒有他的消息，他再出現的時候跟以前不一樣了……他說他跟幾個朋友做生意，我沒有問他是什麼生意。」

「他是混黑道的吧？」我直接問爸爸。

爸爸點頭：「看來是的，我沒詳細問，他也不想我知道。」

車子停在安大略湖的湖邊，爸爸問我：「妳說他離開了醫院，妳知道他去了什麼地方嗎？」

我搖頭。

「他的病怎麼了？能治好嗎？」

我又再一次搖頭。

爸爸難過地看著湖面，說：「都這個時候了，他到底跑哪裡去了啊？」

我想說：「這個人，他從來就不在我身邊。」可這句話我終究沒有說出口。

「妳不要怪他，他是為了妳好，那天晚上他把妳抱來給我的時候是很捨不得的，留妳在身邊，妳會很危險。他要我答應他，這事絕對不能告訴妳。」

我咬咬牙，問：「爸爸，你有沒有見過我親生的媽媽？」

爸爸搖頭。

「算了吧，即使見到面，她也不會認出我。」我說。

「妳不怪我們不告訴妳？」爸爸看向我，抱歉的樣子。

我搖頭。看著這個養育我長大的男人，我突然發現，他已經沒那麼年輕了，臉上有了皺紋，頭髮也稀疏了。我想起兒時的假期他常常帶著我去工作，去醫院、去診所賣藥。他喜歡看漫畫，怕媽媽罵他，只能偷偷在租書店裡看，而他會帶著我去；他喜歡看的漫畫，我也喜歡。

這個和我沒有血緣的男人，像我親爸爸那樣疼愛我，總是護著我，從不缺席我人生裡每一個重要的時刻。

而我的父母，卻缺席了。

天空這時突然下起了鵝毛大雪，雪落在湖面上，落在湖畔，落在車子的擋風玻璃上。

「妳看，下雪了呢。」爸爸說。

我轉臉看著爸爸，哀傷地說：「爸爸，買完咖啡機就回家吧，我想回去。」

「好的，我們回去吧。」爸爸開動車子。

「到了獅子山，要照顧好自己。」爸爸說。

「知道了。」我說。

雪越下越大了，天地之間白濛濛的一片。

「女孩子不一定要結婚的呀，只要過著自己喜歡的生活就好。」爸爸說。

「嗯，我知道。」我別過頭去，看著車窗外面的飄雪，沒敢看爸爸，我早已淚眼模糊。

## 3

「到了。」史立威說。

我們下了船，走過一條小路就來到醫院。

那兩幢兩層樓高的員工宿舍就在醫院旁邊，宿舍前面有一大片空地，幾個小孩子蹲在地上不知道在玩些什麼遊戲，他們一看到史立威拿著的網袋裡有兩個足球就興奮地跑過來摟著他，把他當成一棵樹，一個個像猴子爬樹似的，爬到他身上。

「叫方醫生。」史立威吩咐孩子們。

一個個都有著一雙大眼睛的小孩好奇地看著我，一個小女孩笑著伸手摸摸我的大腿。

「足球是方醫生帶來的，你們以後要聽方醫生的話，知道嗎？拿去玩吧。」說完，身上爬滿小孩的史立威好不容易才伸出手從網袋裡拿出一個足球，然後大腳踢出去，孩子們紛紛從他身上跳下來追著那個球跑。

「從來不知道你原來這麼喜歡小孩子呢。」我笑笑對他說。

「因為我也是小孩子啊，來吧，走這邊。」

史立威帶我爬樓梯到宿舍二樓。

「這裡所有房間的大小都是一樣的，有些簡陋啊。」

我住的小單間就在樓梯旁邊，兩個大窗、一張小鐵床、一個床頭櫃、一個木衣櫃、一張書桌、一個浴室，比我想像的乾淨整潔。

「員工餐廳就在地下，菜不怎麼好吃，所以，妳看我……」史立威拍拍自己的肚子說，「來到這裡之後瘦了十斤，用不著減肥。」

我衝他笑：「你本來就不胖，這裡估計是沒有胖子的。」

「還真沒見過，肚子很大的，不是懷孕就是營養不良。」史立威坐到屋裡唯一的那把椅子裡說。

我打開箱子，把史立威媽媽托我帶來的罐頭和麵條給他。

「你媽媽給你的，你家的麵條，還有辣椒油、很多罐頭，你有罐頭刀吧？」

「有啊，我從香港帶來的，大家知道我有罐頭刀，都跑來問我借，手術刀也沒這麼受歡迎啊……哈哈……我媽媽以為我在這裡受苦，我在這裡當然不是享樂，但是我不苦啊，妳也很快就會習慣。」

說完，他又問我：「妳知道這裡只有一台內窺鏡嗎？」

我不禁皺了眉頭：「不會吧？那怎麼辦？不夠用啊。」

史立威抬起一條腿說：「那就省著用唄……世上跑得最快的是非洲人，除了基因，也因為他們都得用腳走路，跑得慢會被野獸追到，命都沒有，而且很多人都沒有車，你缺少的東西，說不定反而讓你跑得比別人快……我們以前在西區醫院實在太幸福了，要什麼有什麼，歡迎妳來到原始世界，在獅子山，妳很快就會練出一身好武功，變成萬能的赤腳大夫。」

說完，他站起身：「我就住在妳隔壁，有什麼事隨時找我，放心，這裡很太平，他們都知道我們是來幫忙的，對我們很友善，一個人不要隨便離開醫院範圍就是。」

我點點頭：「知道啦。」

「餓了吧？」

「不餓。」

「那妳休息一下吧，等下我帶妳去見院長。」

「啊……我洗把臉就可以。」我說。

「妳來得正好，我下個月就回香港，他們很缺外科醫生。」史立威說。

我在這裡唯一的依靠也將要失去了。

# 4

親愛的大頭：

答應一到獅子山就給你報平安，我四天前到的，網路不太穩定，今天終於能上網了。

我就住在醫院旁邊的宿舍，房間可大了，風景宜人，空氣很好，床很舒服，員工餐廳的菜也很美味，不用擔心我。

院長法比奧是個四十二歲的義大利人，留著大鬍子，既是外科醫生，也是個退役軍人，金髮灰眼，長得很帥，像電影明星。他和太太西爾維婭是五年前來這裡的，三十九歲的西爾維婭是麻醉師，也是個畫家。他們就好像都有三頭六臂似的，能文能武，什麼都會。

這裡就像聯合國，同事來自世界各地，主要是歐洲人，只有我和史立威是中國人，他下個月就回香港，到時候就只我一個黃種人，可是很稀有的呢，我就怕我太受歡迎，大家都把我當成稀有動物看。

我每天的生活很有規律，早上七點查房，八點開會，九點開始做手術，大大小小的手術，我們能做的都盡量做，一直做到傍晚。夜晚回到宿舍，已經累趴了，我每晚都睡得像頭豬。

我在這裡一切很好，勿念。你也保重。

子瑤

我按鍵把信發送了出去。

我真的有那麼好嗎？我坐在房間裡唯一的一把椅子裡，夜晚十一點，我拿起手表，看著表盤上那隻傻乎乎的著名的小獵犬，那麼無憂無慮、那麼快樂，就算失望和沮喪，也只是微小的失望和沮喪，這是我的生日禮物。可我再也不願意過生日了，生日的時候，我想起的不是自己，而是那個和我同一天生日的女人。

小秒盤上的那一行小字，我熟得不能再熟，「Eyes on the Stars」，我看向窗外，星星閃亮，可是，那個答應幫我數星星的人，他看的天空已經跟我不再一樣，永遠不會一樣了。我的眼睛累了，這陌生的小國、陌生的天空，說不盡的淒涼。

「要是在非洲不習慣就回來吧。」那天在機場告別的時候，徐繼之跟我說。

## 5

「妳會回來的吧？」徐繼之問我。

「啊……我不知道。」我說，「如果非洲很好，我就留下。」

他衝我笑笑：「那我以後去非洲看妳。」

「好。」我微笑說。

出發去多倫多的那天，我沒讓俞願、李洛和蘇楊來送機，我怕見到她們我會忍不住哭。徐繼之說要來送機，我並沒有拒絕。我知道，看見他，跟他告別，我不會哭；而我想他來送我，我想見到他，是因為見到他就像見到程飛。

可是，告別的一刻，我後悔了。看到他，我還是會難過和傷心，看到他，就像看到程飛；要不是他，我也不會認識程飛。

「送到這裡就好了。」在進安檢之前，我對他說。

「保重。」他說。

我點頭：「你也保重，謝謝你來送我。」

我正要轉身進安檢的時候，徐繼之叫住我：「子瑤……到了獅子山告訴我一聲。」

「我會的。」

他看著我，想說話又沒說。

「走了。」我說。

「要是在非洲不習慣就回來吧。」他說。

就是這句話讓我想哭，後悔讓他來送我。

「什麼都會習慣的。」我憋住眼淚說。

然後，他從背包裡拿出一盒蛋糕給我。

「前兩年在俞願家裡過聖誕，妳說過喜歡吃木柴蛋糕。」他靦腆地衝我微笑。

我說不出的驚訝。

「這時候就買到了？還有一個多月才是聖誕呢。」

「蛋糕不是買的，是我學著做的。」他紅著臉說，「沒什麼送給妳的。」

拿著蛋糕，我突然明白了他的心事。我對他微笑，心裡卻說不出的難過和苦澀，這個傻瓜，他是什麼時候喜歡我的？為什麼我一直不知道？為什麼我眼裡從來只看到程飛，沒看到這個好人？

一瞬間，我好像明白了這十多年來的許多事情，為什麼看出俞願對他有意思，他就躲開了；為什麼他一直單身；為什麼我和程飛在一起之後，他很少和我們兩個見面；每次我們約他，他總是推說學校的工作很忙，而我們都相信了。我是個多麼沒心眼的人？

我們看著彼此，相對無言。

「蛋糕我在飛機上吃。」我衝他笑。

這一刻，他連耳根都紅了。

「真的要走了，飛機不等我啦。」我說。

「啊……再見。」他說。

「再見。」說完，我沒再回頭。

我抱著蛋糕通過安檢，還沒上飛機就哭了。那一年，徐繼之出院的那天，程飛來接他，我一直把他們送到病房外面，看著他們離開。程飛扶著他，荒腔走調地唱起了歌，那一刻，我眼裡只有一個人，從來沒有想過另一個可能，也沒看到有一份深情在那兒。

人生是不是一直也有另一個可能，而我們錯過了，甚至從來不知道？

## 6

親愛的子瑤：

非常想念妳。妳離開兩個月了，還好嗎？

程飛今天打過電話給我，問我妳在哪裡，他知道妳離開了西區醫院。放心，我沒說，我們三個都不會說，他問不出來的。李洛嚴重警告小陶，要是他敢告訴程飛妳在獅子山，她會打斷他的腿。我也沒告訴大汪，免得他漏了口風。

非洲的飯菜應該不會很好吃吧？要是想念我做的菜就早點回來吧。

好好照顧自己。

俞願

P. S. 獅子山到底是什麼地方啊？我只知道那裡出鑽石。

## 7

親愛的俞願：

謝謝妳沒告訴他。

時間過得太快了，妳不說我還不知道原來已經過了兩個月了。

是的，獅子山就是那個出產鑽石的國家，鑽石很昂貴，人命卻不值錢。這裡的人均壽命不到五十歲，整個國家就只有兩盞紅綠燈，我們醫院的一個醫生有幸見過其中一盞。

這是世界上最貧窮的國家之一，大部分人每天只吃一頓飯，通常是用木薯和棕櫚油煮的糊糊和餅餅。餓了怎麼辦呢？那就出去吃唄——爬到樹上採些香蕉和芒果吃。要是不會爬樹，在這裡就要挨餓了，所以他們一個個都是泰山。

我過得很好，別擔心我。

子瑤

天漸漸亮了，我把信發出去，穿上涼鞋，離開宿舍回去醫院查房。史立威離開的時候把罐頭刀留下給我，把衣服、鞋子留給醫院裡的本地人，這些東西他們都缺。我沒有了依靠，得學著自己生存；比起忘記一個人，生存一點都不難。頭髮太長了，我自己拿起剪刀把它剪短。

8

親愛的毛豆：

妳過得好嗎？在獅子山能吃到好吃的嗎？要不要寄些罐頭給妳？我們家雜貨店裡最不缺的就是罐頭呢。

爸爸最近咳得挺厲害的，都怪他，以為自己還年輕，老是不愛穿太多衣服，氣管冷著了。

這邊已經是秋天，楓葉紅了，真想摘一片紅葉寄給妳，還是妳更想要一片銀杏樹的葉子呢？也很美。妳那邊應該看不到銀杏樹吧？

妳要好好的。一個人在外面，萬事小心。

愛妳的窩窩

9

親愛的窩窩：

告訴爸爸媽媽，我在這裡很好，不用掛心，請他們保重身體。

我哭了，停下，刪掉又重寫。

親愛的窩窩：

這裡沒有銀杏樹，銀杏樹的葉子是什麼樣子的，我都想不起來了。不要寄東西給我了，多半是收不到的。

告訴爸爸媽媽，我在這裡很好，很安全，不用掛心，請他們保重身體，不舒服就要去看醫生。

我下次再寫，保重。

子瑤

# 1⊘

親愛的子瑤：

我有沒有告訴過妳，我的一個學生是在非洲度過童年的？

他爸爸是工程師，在肯亞工作，他們一家三口住在肯亞的時候，每個假期的活動就是去看動物，他是個非常快樂的孩子，常常夢想著回到肯亞去當動物園的園長。

他在動物園裡其中一個好朋友是一隻長頸鹿，母的，名字叫琪蒂歐，琪蒂歐是在三月初的一個夜晚出生的，是一隻雙魚座的長頸鹿，所以我的學生說，他將來也要愛一個雙魚座的女孩子。

在那片土地上長大的人，應該都是這麼單純善良的吧？當我們遠離物質和欲望，一切都變得簡單了。

知道我為什麼愛上物理嗎？因為它是那麼純粹的東西。

記得我們第一次見面是在病房裡嗎？那天，瘦小的妳穿著白大褂，像一道陽光那樣走到我的床邊，帶著溫暖而同情的微笑，跟我說，妳是方子瑤醫生，是實習醫生。

那一刻，我太妒忌妳了，甚至有點恨妳。妳那麼好看，亂蓬蓬的頭髮看起來像鳥巢似的，可是，妳頭髮好多啊，我的頭髮卻因為化療而掉光光。我們同年，我和妳一樣年輕，妳卻比我幸運，妳能做自己喜歡的事，妳會擁有美好而漫長的人生；而我，甚至不知道能不能活到明天。

妳從不知道我妒忌過妳，也悄悄恨過妳吧？太慚愧了，我看起來是那麼善良。妳知道的，我恨一個人和愛一個人，都可以藏得很深，深到骨子裡。

自從我活了下來，又重新長出頭髮，我就不再恨妳了，住院的日子，每一個最痛苦難熬的時刻，是妳給了我鼓勵和歡笑，我每天努力打起精神是為了讓妳進來病房的時候能夠看到一個不那麼糟糕的我；每一次，妳一離開病房我就又被打回原形了。

終於，我活下來了，是妳讓我看到活著的美好和幸福。人為什麼要氣餒和沮喪呢？所有的痛苦只是把我們變得堅強，也變得溫柔。從那時候開始，我就決定把每一天當成最後一天來活。向死而生，反而明白自己真正想要的是什麼，需要的又是什麼。

我們追逐的東西，從來不屬於自己，唯有內心的安穩，才是自己的；唯有放下，才能夠超越。

有時候，唯有離開，才知道為什麼要回來。無論妳最後選擇什麼，我會一直在妳身邊支持妳。

我做老師做太久了，是不是有點說教？

獅子山的天空可好看？加油。

願妳永遠如初，永遠純粹。

大頭

原來他恨過我，我竟從不知道。

第一天在病房裡見到他的情景，我從來沒有忘記。但是我錯了，那天我是帶著憐憫和同情的目光去看他，而他最不需要的是這些。

我和徐繼之太不一樣了，我不像他，恨一個人或者愛一個人，我都藏不住。

我的痛苦跟他那時候相比，又算得上什麼？要是每個失戀的人都要經歷一場大病，他們最後也許會發現，失戀的苦和被背叛的苦，在身體的苦難前不過是微不足道的一個小傷口。

可是，偏偏是這個小傷口卻讓我們以為活不下去了。我們一遍又一遍舔著這個小傷口，把它放到無限大，自卑也自憐，直到很久之後的某一天，我們也許才會驚訝地發現，它早已經結痂了。人生總難免有無數大大小小的傷疤，卻也只能繼續前行。

以後，還是會受傷的吧？

程飛曾經說過沒看出我是個賭徒，我也從不自知；我若是個賭徒，也只是個九流的賭徒。我的賭性來自誰的身上？也只能是潘亮吧。可是，人生總有無法不認輸的時候。我們浪擲了許多無所悔恨的時光去做自己以為會贏的事，去愛一個我們以為會與之終老的人，結果卻輸得很慘。

我是個多麼沒用的賭徒？直到囊空如洗才肯轉身離去，踏上茫茫的歸途，一邊走一邊對自己說：「我並不是一定要贏，我只是不喜歡輸的感覺。」

## II

親愛的大頭：

等我回來，我要認識你那個學生，他太可愛了。

琪蒂歐是個非洲名字吧？醫院裡有個本地護士，也叫琪蒂歐，當然，她不是一隻長頸鹿，是個非常聰明的女孩。第一次見面，她就告訴我，內戰的時候，她親眼看著自己的爸爸和哥哥被人用槍打死，她姐姐被擄走了，到現在還沒找到。

我聽到的那一刻完全呆住了，無法想像她是怎樣從痛苦中走過來的。她無怨無恨，說得那樣平淡，深信人生就是充滿磨難和不確定，但是依然可以勇敢地走下去，照樣可以聞歌起舞。否則又能怎樣呢？

面對殘酷的命運，他們是如此樂天知命，缺了一條腿就用另一條腿跑唄，沒有了胳膊還是要想辦法爬到樹上摘芒果吃，否則就只能挨餓。只要活著，沒有什麼困難是跨不過去的。

和他們的痛苦相比，我的痛苦是多麼微不足道？假如把這個世界上每個人的痛苦全都加起來再平均分配給每個人，我們也許都寧願要回自己的那一份痛苦。

剛來獅子山的時候，我過得一點都不好，我住的小單間很小，床也很小，床板很硬，餐廳的菜很難吃，這裡沒有宜人的風景，聽說海灘很美，太忙了，我沒去過。沒對你坦白，只是倔強，因為這一切都是自己的選擇。

可是，我現在過得很好。你是不是又要妒忌我呢？呵呵。

我愛一個人和恨一個人都藏不住。要是我還會愛上別人的話，也許以後要學著藏起來。來這裡一開始是為了逃避，懷著這樣的目的，我太自私了，也無法快樂。當我不自私，當我忘記自己去幫助別人，我反而嘗到快樂的滋味。我現在每天都過得很充實。你說得對，唯有放下，才能夠超越。

我昨天收到一大籃香蕉，是一個病人送來的，她肚子裡有個像壘球一樣大的良性腫瘤，我們幫她切除了，她很感激，一家子爬到樹上摘了很多香蕉送過來。西爾維婭用這些香蕉做了六個香蕉蛋糕，大家都吃得津津有味。那是我吃過的最好吃的香蕉蛋糕，那是因為我沒有任何的要求，很容易就滿足。

如果你缺乏，那就付出吧。我太笨了，現在才明白這個你可能早就明白的道理。

獅子山的天空很好，這裡有最美的星星，人們太窮了，他們不擁有什麼，除了點點繁星。

子瑤

我把寫好的郵件發了出去。

以後我還會愛上別人嗎？

那個等了我好多年的男人，我有沒有可能會愛上他？

我喜歡他，但是，我知道，即便給我一輩子的時光，我也無法更喜歡他，無法愛他。鯨怎麼可能愛上長頸鹿呢？鯨愛的是在她頭上拍翅飛著的鴿子。因為曾經那麼喜歡一個人，也就無法接受自己稍微不喜歡的人了。

## 12

西爾維婭做香蕉蛋糕的那天，是她四十歲的生日，那天晚上的星星特別亮。

我們都把凳子和草席搬到宿舍外面的那塊空地上，有些人坐著，有些人躺著，有些人在踢球。我因為帶來了兩個足球和一個打氣筒，在這裡變得很有地位，他們以為，我也是會踢足球的，所以，我從來不踢，免得露了餡。

法比奧把他的吉他拿了出來，為我們唱歌。這個長得像電影明星的院長，唱起歌來更迷人了，而且專門唱情歌。

同事們聞歌起舞，紛紛點唱，我點了一首〈Yesterday Once More〉。

同一首歌，每個人聽到的是不同的味道，憂傷的人聽出了憂傷的味道，幸福的人聽出了幸福的味道。

飄零往事，一行清淚，人面桃花，歷歷在目。

從前我總以為程飛是那個飄搖無根的人，沒想到有一天是我漂泊異鄉。

「我為什麼會在這裡？」無論此時此刻或者往後餘生，這是我心裡永遠的問號。

「我也很喜歡這首歌。」坐在我身邊的西爾維婭對我說。

「嗯……四十年前的老歌了，穿越時光，完全沒有時差，因為每個人都有昨天……」我說。

「法比奧不是我第一個丈夫，但應該是我最好的一個丈夫……」西爾維婭衝我笑著說。

我笑了，這是我第一次知道。

西爾維婭深情款款地看著法比奧，跟著他的歌聲輕輕拍掌：「第一個丈夫，我很愛他，他不那麼愛我……第二個丈夫，我們曾經相愛，但是我們想要的人生不一樣，走不下去了。」

我看著漫天的星星，告訴西爾維婭：「曾經有個幫我數星星的人……」

西爾維婭問我：「妳看過蘇菲亞．羅蘭的電影嗎？」

我搖頭。

「妳太年輕了，我也只看過她幾部老電影。她是我們義大利的國寶級女星，年輕時顛倒眾生，美得不可方物，我媽媽很喜歡她，別人都說她長得有點像蘇菲亞．羅蘭，她聽到可樂了……但她其實是像老了、胖了的蘇菲亞．羅蘭……」西爾維婭說著笑了起來。

「蘇菲亞．羅蘭說過一句話，我一直覺得這句話比她的美貌更美，也永遠不會老去……她說：『如果沒有哭泣，你的眼睛就不迷人。』」西爾維婭看著我，對我微笑。

我抿嘴微笑，心中酸澀。

這時，法比奧走過來，拉著她出去跳舞。

他們相擁著在星空下慢舞。

星星閃爍，多麼像細語呢喃。

「可是，妳有我幫妳數星星啊。」程飛是這麼說的。

有一種忘記，像模糊的往事，某年某天，你搜索枯腸，已經想不起那個人的臉，只記得當時年輕的自己。另一種忘記，卻鮮活如昨。你使盡氣力把他的身影刮落，以為終於做到了；在你毫無防備的時候，回憶卻突然撲面而來，反倒把你刮得淚眼模糊。人生是有一種遺忘，悲傷如割，欲語無言。

我站起來，回去我的小單間宿舍。愛情不都有季節性嗎？有多少人可以陪你從春暖花開一直走到漫天飄雪？最後，只剩下自己了。

## 13

親愛的子瑤：

一年沒見妳了，妳好嗎？吃得好不好？為什麼還不回來呢？妳不會是嫁給了一個富可敵國的非洲國王吧？別嫁他們，非洲國王娶很多老婆的呢。

告訴妳一個好消息，我升職了，薪水也漲了很多，會負責為集團餐廳在內地開分店，以後我會常常出差呢。

工作多好啊，努力總有回報。有自己熱愛的事業，有奮鬥的目標，有可以偶爾亂花的錢，愛情也就不再是人生的全部。

李洛最近忙死了，她要我問候妳。市道好，她賣房子賺的佣金是從前的幾十倍，她的朋友來香港都找她買房子，生意好得不得了，她可能會成為我們四個人裡頭的第一個千萬富翁。我跟她說好了，要是我以後又老又沒錢，麥麥又不愛我，我要她養我一輩子，包吃包住。

俞願的桃花真不是一般的旺啊，她的新男友叫馬伯奇，我們叫他馬伯伯，可不要被他的名字誤導了，他不過三十八歲，非常有趣的一個人，見多識廣，很寵俞願。他是一個國際精英會香港分部的業務經理，這個精英會的總部在英國。

我還是頭一回知道這個精英會，他們在全世界有十萬個會員，其中八百個是億萬富豪，厲害吧？妳知道他們都做什麼嗎？他們是阿拉丁神燈，上山下海，無所不能，負責滿足你所有的幻想、願望和要求，只要不犯法，他們都會為你辦到。

他們曾經幫一個客人在阿爾卑斯山找回一支遺失了的鑰匙，又幫一個在約旦的客人安排一位前英國M16特工帶他和他的朋友到沙漠尋寶。

一個阿拉伯王子突然想在埃及金字塔求婚，給他們打了一通電話，第二天，金字塔就謝絕遊覽，王子在幾百個親友見證之下求婚。

有個客人想和女朋友在一個無人島的星空下漫步，但是不想碰到沙子，打了一通電話給他們，幾個小時之後，整個沙灘就鋪上了紅地毯。

聽起來是不是像天方夜譚？但都是真的。

妳什麼時候回來啊？太想妳了。要是我也是他們的會員，我要騎著一頭長頸鹿去獅子山找妳。為什麼是長頸鹿而不是我喜歡的粉紅豹？因為現實人生裡並沒有粉紅豹啊，也沒有深情的王子，可女人總是太愛活在幻想裡。

蘇楊

是啊，這些故事多麼像天方夜譚，尤其當我在遙遠的西非讀著這封信。在這裡，生如螻蟻，孩子們因為營養不良而一個個頂著一個鼓鼓的肚子，能活過三十歲的都是幸運兒，活到五十歲的，都是人瑞；在這裡，大家都知道最好不要生病，也不要遇到意外，因為那就意味著死亡。病人太多，藥物和儀器缺乏，醫生只能眼巴巴地看著他們死去，但我明明知道，假如在香港，他們是不會死的。

為什麼是長頸鹿而不是粉紅豹？我們不都活在幻想裡嗎？蘇楊最後選擇她不那麼愛，但是可以共度餘生的那個男人。她醒來了，而我，我不知道我們所以為的現實人生會不會也是幻想。

## 14

獅子山的星星很美，同一片天空，獅子山的雨卻是可怕的。連續十幾天的暴雨，突發土石流，幾百人被活活埋葬，意外之後，醫院接收了一大批傷者，一連幾天，外面大雨滂沱，我在手術室裡汗如雨下，從早上九點做到第二天早上的七點。

雨季終於過去了，大家又如常地生活。在這裡，從來就沒有過不去的坎，只有跳不完的舞。他們即使是在葬禮上也是圍著死者跳舞的，在這一方土地上，無論悲喜，無論生死、聚散，同樣是用一支舞去迎接。

就像史立威那時對我說的，我很快就會習慣這裡的生活。活了三十多年，在獅子山，我終於發現，人生除了愛情，還有許多值得追尋的東西。

以前從來不懂踢球的我，也開始踢球了，還當上了守門員。

我也曬得像塊黑炭了，每天累得回到我的小單間就倒頭大睡。人在西非，這麼遙遠的小國，隔著幾千里的大洋，愛情的痛苦竟然變得沒那麼難受了，甚至終歸能夠遺忘。

這天傍晚，我從醫院回到宿舍，剛坐下，舍監瑪茜就來拍門。

「方醫生，有人找妳呢。」瑪茜說。

「誰啊？」我心裡嘀咕，怎麼會有人來找我呢？

「說是妳朋友，在樓下等妳。」

我跑到樓下的空地，他就在那兒。那個背影，我怎麼會忘得了呢？

聽到我的腳步聲，他轉過身來。

他的頭髮長了，鬈鬈的，又變回我剛認識他時的模樣。

「嘿……」他微笑。

「嘿……」我沒笑。

「妳頭髮好短……」

「我自己剪的。」
「好看。」
我抿嘴，沒說話。
「妳曬黑了……」程飛又說。
「你為什麼來這裡？」我問他。
「來看妳啊……」
「啊，謝謝你……」
他抬頭看了一眼我住的那幢簡陋的宿舍，問我：「妳就住這裡？」
「嗯。」
他又指了指宿舍旁邊的醫院：「這幢就是醫院？」
「嗯。」
「妳在這裡過得好嗎？妳瘦了很多。」他難過地說。
「我過得很好。」
「哦……」他看著我，不知道說些什麼。
「我見到史立威，他以為我知道妳在這裡。」他又說。
我就是沒想到叫史立威別說，也沒想過他們會碰到。
程飛看著我，問我：「妳什麼時候回去？」
「我不是說了我在這裡過得很好嗎？」
「妳還在恨我？」

「啊，不，我不恨你。」我說。
他不是想我不恨他嗎？當我說我不恨他，他卻好像有點驚訝。
「我恨過你，現在不恨了……」
他微笑。
「我很想妳……」他說。
我看著他，看著這張依舊熟悉的臉，對他說：「我也很想你，但是我不愛你了。」
他眼裡全是失望和氣餒的神情。
「我愛過你，就是這樣吧。」我說。
他想開口說話，我搶白：「別說你也愛過我，愛不是這樣的。」
他痛苦地看著我，突然說：「回去，我們結婚吧。」
我有點惱火地說：「程飛，你不可以這樣，你傷害了我，又希望我當作沒事發生。就算你回頭，回頭的還是原來的你嗎？我們之間，永遠也不會一樣了……被你背叛過，我再也不相信你，這種感覺太痛苦了。」
「毛豆，對不起……」他滿臉愧疚。
「啊，不……不要說對不起，我在這裡不慘啊，我找到了自己，我也原諒了你，我開始瞭解你啦，你內心永遠都在漂泊，你也不會真的想結婚，你只是想我回去。」
「不，我們結婚吧，只要妳願意……」他苦惱地說。
「你以為結婚是用來悔過和修補錯誤的嗎？結婚不是因為誠心誠意地想和一個人共度餘生嗎？不是答應為了對方要抵擋住所有的誘惑嗎？你是不適合結婚的，你是自由的，只是你從來不知道，你從來沒有不自由，你只是欲望太多。」

「我就不可以因為想和妳結婚而結婚嗎？」他衝著我說。

「但是，我已經接受了和我共度餘生的不是你……你知道嗎？如果愛你不能使我比過去幸福，那麼，這份愛是不夠好的，是不足以度餘生的。」

「我會給妳幸福……」

「我都能接受，你為什麼就不能接受我們追求的人生是不一樣的呢？曾經有一個階段，我們在一起，我們有過美好和幸福的時光，將來你的另一半，可能是沈璐，也可能是另一個人，而我只是香港，對你來說，香港只是你的過渡……你不是老想著去別的地方嗎？你是不安定的。」

「我不愛她。」

「我不想知道，你愛不愛她，是你和她之間的事。沈璐可以幫到你，她能為你做的事，是我做不到的，我配不起你的野心……我都說了不恨你。」

他哭了，我從沒見過他哭，他就像一個小孩子得不到自己想要的玩具，在那裡跺腳撒野。

「噢……別哭，你不會知道我為你哭過多少次……你不會知道我剛來這裡的時候，有多少個夜晚崩潰大哭，你不會知道這些日子我都經歷了什麼……」我靜靜地說。

他哭紅了眼睛，走過來抱著我，我沒掙開。

「我愛你，我永遠都愛你，我只是無法跟你過下去……」我拍拍他的胳膊，輕輕把他推開，「回去吧，天黑之後，路不好走。」

他含淚看著我。

我在這片貧瘠的土地上過了最充實的日子，卻也看到了愛情漂泊的本質。

程飛走了，低著頭，轉過身去，漸漸離開我的視線。

我為什麼不留住他呢？我為什麼不跑上去跟他走？

我為什麼那麼執拗？那麼不老實？

我哭了，我已經很久沒有哭過。我曾經天真地以為可以不去想他，即使面對他，也可以微笑依然，心裡不會泛起一絲波瀾，可我終究沒有自己希望的那麼鐵石心腸。

他走了，沒有再回來。

## 15

方子瑤醫生：

我們是潘亮先生的遺產執行人，潘亮先生已於日前離世，有關潘亮先生的遺產處理，請儘快與我們聯繫。

感謝

致哀

王祥雲 律師
王葉羅律師事務所

這封信是程飛離開兩天之後我收到的。

## 16

王祥雲律師：

他是在什麼時候走的？在哪裡？

方子瑤

方子瑤醫生：

潘亮先生八月三十日早上三時在瑞士蘇黎世大學醫院因病離世，根據潘亮先生遺願，死後在當地進行火化，骨灰隨即撒入湖泊。

王祥雲 律師

王葉羅律師事務所

「爸爸……」我看著信，痛苦地哭，這是我唯一一次喊他。為什麼要知道自己要死了才回來我身邊呢？為什麼沒有早一點？

# 17

親愛的子瑤：

這事我必須馬上告訴妳，程飛離開了全版圖，報紙今天也報導了。

他跟沈璐是提前解約的，報紙上說，為了解約，程飛向全版圖賠了一大筆錢。他是全版圖學生最多、收入最高的補習老師，他這麼一走，全版圖損失很大，他得賠償。

解約的事是孟長東替他處理的，他之前沒告訴我，因為他不能說。他嘴巴很嚴，我今天求了他很久，他才肯告訴我，程飛是三個月前找他的，他也只肯說這麼多。

俞願

三個月前，那就是說程飛來獅子山找我的時候已經決定離開全版圖，他來是要告訴我這事，可我沒讓他說，我把他趕走了。即使我把他趕走，讓他覺得毫無希望，他還是離開了沈璐。

可是，那又有什麼用呢？太遲了。

我看看窗外，天亮了，我穿上白大褂準備回醫院。還有兩個星期我就要離開獅子山，離開這個收留過我的小國，回到以前的生活裡。

但是，我再也不會那麼愛一個人了。

## 18

「我一直夢想著有一天坐在香榭麗舍大道的露天咖啡座裡喝著熱騰騰的咖啡，吃著剛出爐的可頌，沒想到我真的坐在這兒了。」蘇楊說這話時已經吃掉兩個可頌。

「這有什麼難的？巴黎是隨時可以來的地方。」李洛笑咪咪地說。

「哼，妳現在口氣大。」蘇楊瞥了她一眼。

「等下我還要去買東西呢，我帶了兩個空的箱子來。」李洛得意揚揚地說。

「訂到位子了，我們今晚去吃巴黎最好吃的海鮮。」俞願說著放下手機，巴黎就好像是她第三個故鄉。

獅子山離法國不遠，她們三個知道我要回去，跟我約好在巴黎見面。我們超過一年沒見了，這天陽光明媚，她們都戴著漂亮的寬邊太陽帽和太陽眼鏡，只有我，已經不那麼害怕日曬了。

「有沒有覺得自己回到文明世界了？」俞願問我。

我吃著可頌，衝她笑：「獅子山也沒那麼糟糕，當然，還是巴黎好些，在這裡有妳們。」

「就是啊，就算男人死光了，還有我們不離不棄。」李洛說。

「依靠男人不如依靠自己，只有自己活得好，才是真正的天長地久，自己才是自己的歸宿。」蘇楊說。

「我有妳們三個陪我天長地久也很幸福，我們是四大金剛啊。」我說。

在巴黎短短的五天，我們四個去了很多地方。我曾經那麼喜歡巴黎，曾經懷著巨大的虛榮喜歡這座城市，就像我懷著天荒地老的幻想去愛一個人，然而，走過那麼多的路，見過那麼多的傷痛和死亡，我突然發現，這些虛榮雖不至於膚淺，卻也從來沒有我以為的那樣燦爛。

「可是，無論如何，我還是喜歡巴黎。」在火車站分手的時候，俞願說。

「我們以後每年也來一次好嗎？我們四大金剛。」蘇楊說。

「我絕不會……反對。」李洛拉著她那兩個載滿戰利品的箱子說。

「好呀，直到我們四個都老得走不動了。」我說。

「那我們還是可以坐輪椅來啊。」蘇楊說。

「妳的火車到了。」俞願對我說。

「哦，好，那我先走。」我跟她們緊緊地擁抱道別，走上開往蘇黎世的一列列車。

「我們香港見。」李洛說。

「我們的車也到了。」蘇楊說。

蘇楊約好了麥麥去芬蘭見麥麥的爸爸媽媽，李洛也跟著一起去，小陶在芬蘭等她。

「我們回香港見。」俞願說。

俞願走上了開往米蘭的列車，她要去那邊辦公。

往蘇黎世的列車緩緩離開了月台，我再也看不到她們的身影了。人要走過多少岔路，才會找到更好的自己？才會明白曾經牢牢抓在手裡的東西原來並不屬於自己？愛情裡最美好的諾言，也敵不過人心的變幻。

巴黎的一切離我漸漸遠了。人生總是一次又一次的告別，他說他不喜歡告別，可我還是想跟他告別。

## 19

幾個鐘頭之後，我到了蘇黎世。

我住進了蘇黎世湖畔的一家酒店。每年的七月，是蘇黎世的雨季，也是湖上聽雨的七月，是蘇黎世最美的季節。

這一天，我買了船票，坐上一艘遊湖的船。雨淅淅瀝瀝地下著，我在甲板上聽雨。

我不知道潘亮的骨灰撒在哪裡，是湖心嗎？這個男人，把我帶來了這個世界，卻又從我的世界消失了，然後把自己留在這片陌生土地的陌生湖泊裡。他是喜歡聽七月的雨嗎？

我把手裡的一束玫瑰花扔到湖裡，一群海鷗拍翅在湖上飛過。

「再見了。」我在心裡說。

第二天，我去了蘇黎世大學醫院。這家古老的醫院是歐洲規模最大的醫院，專治腫瘤和心臟病，擁有許多一流的專家，也擁有最尖端的技術，潘亮在這裡也沒能活下來，那麼，他在哪裡的結局都會是一樣的。

我的爸爸，他是曾經想努力活下來的吧？

我突然有點羡慕他，這個混黑道的男人品味太好了，把自己留在這麼美麗的瑞士，選擇在這裡終結他的一生。雖然不曾告別，但也是最美的告別，這是飛鳥和鴿子的一片樂土。

他是個始終漂泊的人，我身不由已地愛上的，也是一個漂泊的人。

每一天，我也會買一張船票去遊湖，終於把湖邊的每一個小城都看過了，每一場雨也都聽過了。

這天黃昏，我下了船，回到酒店，看見他坐在那兒等我。

## 20

程飛瘦了，一臉鬍碴，看到我的時候，對我微笑，那麼熟識，卻也那麼脆弱。

「你為什麼會在這裡？」我問他。

「來看妳。」他說。

我猜是俞願告訴他我在這裡的。

「你用不著來這裡，我沒什麼好看的。」我說。

「這裡好漂亮啊，我剛剛在湖邊走了一圈，看到許多鴿子跟天鵝。」他說。

我看著他，沒說話。

「我來接妳回去。」他終於說。

「我還不想回去。」我衝他說。

「那我在這裡等妳。」程飛說。

「太遲了。」我說。

他臉上露出失望的神情。

「你回去吧，要是你留下，我馬上就走。」我說。

程飛站在那兒，動也不動，沒打算走。

我沒理他，掉頭走出酒店，一直走到湖邊。灰灰的水鳥和野鴨在湖上飛，成群的鴿子在湖邊散步。斜陽映照，一切都美得不那麼真實，卻也沒有一處是歸鄉。

一隻胖嘟嘟的天鵝竟不知什麼時候走到我的腳邊，突然啄了我的腳背一下，把我嚇了一跳。

程飛走過來摟著我，把那隻天鵝趕走了。

那隻啄人的天鵝拍著巨大的翅膀飛回湖裡去，回到一群灰灰的水鳥那兒。

「腳沒事吧？」程飛問我。

「你為什麼跟著我？」我問他。

「鴿子就是跟著鯨魚的啊。」他衝我微笑。

我怎麼就無法恨他呢？我想徹底地恨，直到遺忘。

他使勁地把我抱在懷裡說：「回去好嗎？我都累死了，兩天沒睡。」

「為什麼不睡呢？」我問他。

「幫妳數星星。」他說。

為什麼要登珠峰？英國登山家喬治・馬洛里說：「因為山就在那兒。」

為什麼要死死地愛著這個人，不能去愛別人？為什麼唯獨是他？因為愛情就在那兒。

## 21

潘亮留給我一大筆錢，我把一半捐給獅子山的醫院，另一半捐給西區醫院。他混黑道賺到的錢，我不想要，也不該要，那筆錢應該還給這個世界。

我又回到西區醫院上班，第一天在手術室見到史立威，我發現他沒有在獅子山的時候那麼黑，他白回來了，竟比我白。

史立威一看到我就皺眉，慢條斯理地說：「都說了讓妳帶防曬霜。」

程飛為了賠錢給全版圖，把司徒拔道的房子賣了，是李洛替他賣的，賣了個好價錢。房子和積蓄都耗盡了，我們搬回皇后大道西，每天爬三層樓回家。

根據雙方協議，程飛一年內不能為全版圖的幾個對手工作，幸好徐繼之介紹了幾個學生給他上門補習，學生又介紹學生，賺的錢雖然不能跟以前比，但是，我們也不需要那麼多的錢。

我沒問過，我也不想知道他和沈璐之間的事，那只會使我痛苦。能夠原諒，也就能夠遺忘。

後來有一天，我們發現那棵幸福樹竟然開出了一朵朵小花。

「開花了呢。」程飛說。

「幸福樹開花是代表幸福的吧？」我問他。

「應該是的，否則就不會叫作幸福樹。」程飛衝我笑。

把幸福樹賣給程飛的女孩，眼睛已經完全看不見了，許多年前，我答應過她，要是幸福樹開花，我會回來告訴她。

這天，下班回家的路上，我經過花店，發現他們還沒關門，穿著米色圍裙的女孩正忙著包花。

「我那棵幸福樹開花了。」我告訴她。

女孩雀躍地說：「真的嗎？那花是什麼顏色的？」

「黃色的。」我試著看看花店裡有哪些花跟幸福樹的花同一個顏色，我看到了一桶黃色的玫瑰。

「顏色就像那邊的黃玫瑰。」我指給她看，她現在看不到，但是，在她失去視力之前，是見過黃色玫瑰的。

「啊，太好了，那很美。」

「我遲些要訂一束新娘禮花，簡簡單單就可以，妳覺得什麼花好呢？」

「妳要結婚了？」

「嗯。」我點頭微笑。

「恭喜妳，好日子是什麼時候？」

「十二月，還有一個月，早該訂的，我太忙了。」

「不怕，還有時間，我幫妳想想。」

「哦，好，謝謝妳。」

「妳先生就是送妳幸福樹的那一位？」女孩問我。

我笑笑說：「除了他，都沒人娶我。」

「怎會呢？我眼睛還看得見的時候見過妳，不會沒人娶妳啊。」女孩說。

「那妳也見過他吧？」

「啊……他的樣子我不記得了，他長什麼樣子的？」

「他呀？怎麼說呢？他很高，他認為自己長得好看，我覺得是過得去吧。」我笑著說，「他就是我喜歡的那種男人的樣子。」

「啊，很甜呢。」女孩說。

我看到店裡的紅玫瑰很美，挑了幾枝，女孩幫我配了幾朵米色的小花，包好給我。

我看看手表，程飛應該補完習回來了，我付了錢，拿著花走過馬路回家。

在獅子山一年多，每天在醫院裡跑來跑去，又當過守門員，我也變得像個非洲人，很能跑。我大步跑上樓梯，跑到三樓，看到程飛叉開兩條腿坐在台階上。

「你怎麼坐在這裡？忘記帶鑰匙了嗎？」

「我在等妳。」他看著我說。

「傻了嗎？幹嘛坐在這裡等？快起來吧。」

他沒站起來。
「你看，這花好看不？」我晃晃手裡的花。
「好看。」程飛對我微笑，疲憊的樣子。
「你怎麼還坐著呢？」我皺眉看他。
他坐在那兒，痛苦而蒼白，我連忙丟開手裡的東西跑上台階，可是，我跑太慢了，他從台階上掉下來，整個身體沉甸甸地掉到在我懷裡，我差一點就接不住。

## 22

他答應過我，他會好好活著，會用盡全部的力氣活著，他再次騙了我。
我們說好了，等我們兩個老了，要住到義大利的薩丁尼亞島，在島上養一群羊，他負責趕羊，我負責羊兒的健康，我們在那兒開一家小餐館，餐館後院蓋一座土窯，用柴火來烤叉燒，我們在島上賣叉燒飯和叉燒比薩，義大利人一定沒吃過這麼好吃的叉燒。
「冬天就關上門休息吧，太冷了，到時我們去教父的老家西西里度假。」我對他說。
「啊，如果有來生，我想做一隻鯨，」我說，「自己頂著一個噴泉，到哪裡都帶著，想要什麼時候許願都可以。」
「那我到時候就做一隻鴿子吧。」他說。
「為什麼是鴿子？鴿子有什麼好啊？我在海裡，你在天上。」
「因為鴿子都愛飛到噴泉邊乘涼啊。」程飛說。

「那好，約定啊，你不要半路被人抓去做紅燒乳鴿才好。」

「只要還沒把我燒熟，我就會飛來找妳。」

那個突然破裂的腦血管瘤把一切希望和約定都帶走了，我們從來不知道它的存在，事前毫無徵兆，連告別的機會也沒有留給我。

他就掉在我身上，掉到我手裡，那麼軟弱、那麼無助，我救過那麼多人，卻救不了我愛的人。

二○○○年的那個早上，我們坐在海邊，喝著小香檳，吃著冰淇淋，程飛問我許了個什麼願，我不肯告訴他，那時我不知道他是不是也喜歡我。

我在日出時許的那個願，是希望和他在一起。

如今是永遠不會如願了。

既然要離開我，為什麼又要回來我身邊，給了我希望？為什麼不乾脆讓我留在非洲？從今以後，漫漫長夜，誰在我身邊幫我數星星？

「不過，幸好妳遇到我，妳從今天開始就不會孤獨終老。」那一年，在醫院裡，青澀的我，青澀的他，他明明是這麼對我說的。

## 23

程飛離開兩年了。我每天上班下班，時間一逝不返，可是，有些傷痛永遠不可能治癒，有些牽掛，超越了生死。我恨過他，怨過他，卻始終愛他。無論以後在人生中遇到什麼事情，我永遠忘不了那個遙遠的十一月，那個衣衫襤褸、臉上卻帶著明亮的微笑的大男孩，是他在我心裡投下了一顆星星。

無論他後來變了多少，那顆星星雖曾黯淡卻始終在那兒，要是他還活著，他依然是當初那個內心善良也動盪不安的人，就好像他是被一隻大手生生地扯進這個世界似的，無辜又慌亂，也註定了今後的孤獨與漂泊。

可我們當中有誰不是陰差陽錯被生生地扯進這個世界的呢？有誰來的時候是笑著的、是情願的啊？都是哇哇大哭。

我把程飛的骨灰撒在薩丁尼亞島的大海裡，那是我們說好了要一起終老的小島。我會常常跑去那裡陪他，跟他說話，也跟身邊的每一隻鴿子說話。

這一年的除夕，我在醫院當值。早上的手術做完，我在便利店買了咖啡和一個圓麵包，坐到主樓外面的院子那兒吃我的午餐。

我喝完咖啡，站起來，準備回去，就在這時，我看到她。

是沈璐，她推著一張輪椅，輪椅裡坐著一個虛弱的老女人。

她看到我，我也看到她了。她停在我身邊，說：「我媽媽，媽媽，這是方醫生。」

輪椅上的老人對我微微點頭。

「還好吧？」我問了一聲。

沈璐難過地微笑：「還好，明天做手術。」

我以為我會恨沈璐，可是，我不恨她。

我回到主樓，回去病房看我的病人，我剛剛幫這個十二歲的漂亮的鬈髮男孩拿掉他肝臟上的一顆腫瘤，他會活下來。

窗外陽光正好，再過幾天，我就放假了，可以去薩丁尼亞島看程飛。

天冷了，薩丁尼亞島也許正下著雪。我要告訴程飛，我今天救了一個孩子，一個像他一樣天生鬈髮的男孩；我要告訴他，活著真好，活著就能夠在每個夜裡數數天上有多少顆燦爛的星星。從今以後，就換我來為他數星星吧。

國家圖書館出版品預行編目資料

愛過你 / 張小嫻著. -- 初版. -- 臺北市：皇冠，2019.10
面； 公分. --（皇冠叢書第 4795 種）(張小嫻愛情王國；15)
ISBN 978-957-33-3482-8（平裝）

857.7　　108015054

皇冠叢書第 4795 種
張小嫻愛情王國 15
愛過你

作　　者—張小嫻
發 行 人—平雲
出版發行—皇冠文化出版有限公司
台北市敦化北路 120 巷 50 號
電話◎ 02-27168888
郵撥帳號◎ 15261516 號
皇冠出版社（香港）有限公司
香港上環文咸東街 50 號寶恒商業中心
23 樓 2301-3 室
電話◎ 2529-1778　傳真◎ 2527-0904
總 編 輯—龔橞甄
責任主編—許婷婷
責任編輯—蔡承歡
美術設計—王瓊瑤
初版一刷日期— 2019 年 10 月

法律顧問—王惠光律師

讀者服務傳真專線◎ 02-27150507
電腦編號◎ 537015
ISBN ◎ 978-957-33-3482-8
Printed in Taiwan
本書定價◎新台幣 380 元 / 港幣 128 元